快乐读中外文学故事

KUAILEDUZHONGWAIWENXUEGUSHI

U0639958

近代文学故事

雨报晓——黎明前呐喊

范中华◎编著

湖南人民出版社

本作品中文简体版权由湖南人民出版社所有。

未经许可，不得翻印。

图书在版编目（CIP）数据

风雨报晓：黎明前呐喊：中国近代文学故事 / 范中华编著 . —长沙：湖南人民出版社，2013.1（2024.09 重印）

（快乐读中外文学故事）

ISBN 978-7-5438-8646-9

I.①风… Ⅱ.①范… Ⅲ.①故事—作品集—中国—当代 Ⅳ.① I247.8

中国版本图书馆 CIP 数据核字（2012）第 186798 号

快乐读中外文学故事：风雨报晓——黎明前呐喊（中国近代文学故事）

编 著 者	范中华	
责任编辑	骆荣顺	
装帧设计	君和设计	

出版发行　湖南人民出版社［http://www.hnppp.com］

地　　址　长沙市营盘东路3号

邮　　编　410005

经　　销　湖南省新华书店

印　　刷　永清县晔盛亚胶印有限公司

版　　次　2013 年 1 月第 1 版
　　　　　2024 年 9 月第 4 次印刷

开　　本　710×1000　1/16

印　　张　15

字　　数　250千字

书　　号　ISBN 978-7-5438-8646-9

定　　价　25.00元

营销电话：0731-82683348　　　（如发现印装质量问题请与出版社调换）

目　录

1

开一代新风的龚自珍
kāi yī dài xīn fēng de gōng zì zhēn

龚自珍（1792—1841 年）是我国近代杰出的思想家和文学家，是近代文学史上首开风气的人物。

龚自珍，字尔玉，又字璱人；更名易简，字伯定；又更名巩祚，号定庵，又号羽琌山民。浙江仁和（今杭州市）人，出身于官僚地主家庭。家中世代为官且治文，继祖、先祖、外祖、父、母、胞妹等，均有著作。外祖父段玉裁，是清代最杰出的语言文字学家之一。

开创了一代新风的龚自珍，幼年受到了良好的家教。尤其是他母亲段驯，是著名文字学家段玉裁的女儿，大家闺秀，识文断字，非常重视对儿子进行启蒙教育。比如当她发现儿子的保姆金妈教自珍吹笛子时，便非常生气，认为这对儿子的教育不利，作为仕宦之家的后代，应该接受最正统的启蒙教育和科举教育，于是赶走了金妈，决定亲自教儿子，每天都要教几个时辰。

浙江杭州龚自珍纪念馆内的龚自珍塑像。**龚自珍是中国近代启蒙思想家和著名的作家，是晚清开风气之先的重要文人。**

她像一个严格而又细心的家庭教师那样，为教与学双方都拟定了计划。开始，她教儿子背诗认字，后来还发挥自己的知识优势，讲了日月水火天地之类常用字的原始来历，尤其是象形字的讲解，引起了幼年自珍极大的兴趣。同时，她还常为儿子讲授《三字经》里的典故，用生动的故事，如"苏武牧羊"、"铁杵磨针"、"夸父逐日"、"精卫填海"等，来讲一些关于怎样做人、怎样学习的道理。当儿子的理解力有明显增长时，段驯便开始用生动形象的语言去讲解诗词格律，引导儿子去注意诗词的韵脚和属对以及修辞手法等，渐渐使儿子体会了"诗词"的奥秘，在诗美的引诱下去更多地接触诗词。为了扩大幼年自珍的阅读范围，段驯从苏州娘家带来的一些诗集中选取了一些诗歌让儿子熟读。其中有顾炎武、吴伟业、屈大均等人的诗。特别是吴伟业的诗，深为自珍所喜爱。有时吃饭时，他手里还拿着吴伟业的诗集，有空就读上几句。

饱含母爱而又循循善诱的启蒙教育，使幼年自珍相当轻松地学到了许多知识。尤其是有关诗歌的家教，成为他后来向诗歌发展并多有创作的重要基础。当然，段驯更想把儿子引向那个时代读书人的"大路"——读书做官之路上去。除了自己对儿子讲其爷爷如何考上进士、父亲如何考上进士、你将来也能考上进士之类的话之外，她还托人请了严州府建德县秀才宋璠为家塾先生，专门教自珍读那些科举能派上用场的书，如《四书》、《五经》之类，自珍也能学得进去。其父龚丽正偶或从京城返回杭州家中，当然少不了检查一下儿子的学业，无论满意与否，也都少不了这样一通庭训："龚家乃书香门第，仕宦之家。汝当抓紧读书，安心学业，考取了功名，方不辱门楣！"年少的自珍望着来自京城的大官模样的父亲，只有唯唯而已。

龚自珍早年从外祖父学文字学，从小受到良好教育，在诗歌、散文、经学、小学、金石文字、天文、地理，以至释道典籍、科学掌故等方面，广泛涉猎。十三岁时，著文《知觉辨》，"是文集之托始"。

自珍年少时的家教是比较成功的，即使他在科举路上一直走到了进士及第，也未戕害其天性个性，使他仍能有活泼的思想、丰富的感情，写出了许多风格灵动、意深味美的诗文。

二十一岁，外祖父段玉裁为其词集作序，赞其"治经史之作，风发云逝，有不可一世之概"。二十三岁，作《明良论》四篇。段玉裁说："吾且耄，犹见此才而死，吾不恨矣！"龚自珍青年时期就有经世之志。二十五岁前写下的《明良论》、《乙丙之际著议》、《尊隐》、《平均篇》等文，锋芒毕露，直刺黑暗腐朽的封建王朝。二十七岁，中举人，诗文受盛评。二十八岁时，和魏源一道在北京从今文经学家刘逢禄学《公羊学》，以微言大义抒发对时政的看法，因此更坚定了他经世致用、改革社会的信念。二十九岁，任内阁中书，作《东南罢番舶议》、《西域置行省议》，指出当时社会已存在严重危机："各省大局，岌岌乎皆不可支明，奚暇问年岁？"他一直存在着这种危机感，到鸦片战争爆发，"英夷"果然叩关而入。由于龚自珍言行不合于统治阶级的要求，他在功名仕宦的道路上颇不得意。二十八岁到三十八岁十年间，经过六次会试才考中进士。考中进士，廷试对策，大致祖法王安石的《上仁宗皇帝书》。到朝考时，在《安边绥远疏》中，陈述南路北路利弊，及安抚策略，洋洋洒洒，直陈无隐。龚自珍只做过内阁中书、礼部主事等小京官。十余年冷署闲曹，志业难伸，俸禄微薄，口腹难继。但他并没有随俗浮沉，苟且偷安，而是着眼于"天地东西南北"之学，致力于朝章国故和边疆史地的研究。他这时所写的诗文，议论透辟，谋虑深远，切中时弊。由于他在禁烟运动中支持了以林则徐为首的禁烟派，遭到了官僚大地主顽固派的排斥，四十八岁便辞官南归。这一年，他写下了带有自传性质的《己亥杂诗》三百一十五首。两年后，客死于丹阳书院。

龚自珍是我国近代文学史上开一代诗风的杰出诗人。他继承了我国积极浪漫主义的优良传统，"继往开来，自成一家"。现存诗分编年诗和《己亥杂诗》两大部分，编年诗共二百九十首，形式多样，以绝句体和歌行体最多；《己亥杂诗》基本上是七言绝句，共三百一十五首。

道光十九年农历四月二十三日，龚自珍轻装简从，只身出都南归。七月初九到达杭州。这次南北旅程上下八九个月，途经河北、山东、江苏、浙江四省。《己亥杂诗》就是在这期间陆续写成的。

在这三百多首诗里，思想内容比较广泛，涉及政治、经济、军事、文化等各个方面，它不仅记录了诗人的家世、社会交往和坎坷的政治生涯，表现了作者思想的形成过程，有些作品还突出地接触到当时围绕着禁烟问题所展开的抵抗与妥协的尖锐的政治斗争，抒发了对清王朝腐败黑暗的愤懑和维护主权、反对外来侵略、反对屈膝投降的爱国主义思想情怀。对于这些作品，完全可以当做时代的史诗来读。

《己亥杂诗》揭露社会弊病，抨击官僚制度，表现了作者火一样的热情，给人以鼓舞和激发。它们对那个死气沉沉的社会猛然一击，惊醒许多世人的沉梦，促使人们向真、向善、向美、向勇，使这些诗篇具有不朽的历史价值和审美价值。

龚自珍的许多著名诗篇，集中抨击科举制度和论资排辈的官僚制度，呼吁要任人唯贤，改变后继乏人的局面，以挽救封建社会的颓势。所以，诗人强烈呼唤：

> 九州生气恃风雷，万马齐喑究可哀。
> 我劝天公重抖擞，不拘一格降人材。

这是《己亥杂诗》中最著名的诗篇。在诗人眼里，当时的中国就像有千万匹马叫不出声音来，到处死气沉沉，令人窒息。要改变这样的局面，使中国变得有生气，只有依靠疾风迅雷般的社会大变动。这里有愤怒的谴责，也有殷切的期待，诗人希望风雷激荡，摧枯拉朽，重开新貌。

清代后期，经济上处于崩溃的地步。特别是以英国为首的资本主义势力侵入中国以后，白银像潮水般流向国外，更加速了封建经济全面崩溃的趋势，龚自珍面对这种情况，忧心忡忡。封建政权越是行将灭亡之时，封建统治阶级对土地的掠夺也越疯狂，致使阶级分化和对立现象日益严重。这种情况在鸦片战争前的中国社会里，表现尤为突出。这种阶级的急剧分化和对立，在《己亥杂诗》中有深刻的反映。

《己亥杂诗》从总的倾向看，不仅有强烈的现实感，而且想象丰富，形象生动，是现实主义与浪漫主义的有机结合，而从每一首诗来看，又是华彩纷披，各有特色。有的作品，汪洋恣肆，浮想联翩，充满浪漫主义色彩。如"九州生气恃风雷"一句，借助"风雷"这个气候的自然特征，用慷慨沉雄而又迂回曲折的诗笔，把对社会的批判与美好的追求熔铸在一起，使人感受到磅礴的气势，荡气回肠。有的则用白描手法，没有任何的夸张与曲笔，直接敷陈，而又显得郁怒横溢，使人神动于中而情满于怀，如"故人横海拜将军"。有的巧设譬喻，在哀艳中寄以雄奇。有的别具一格，借景抒情，寄情于景。有的清峻深刻，有的情思神飞。总之，《己亥杂诗》的艺术风格多彩多姿，犹如一座百花园，枝妍色艳，竞吐芬芳。另外，鲜明的形象感，生动的画面，清丽的词采，也是《己亥杂诗》的重要特色。在晚清的文坛上，龚自珍的散文与他的诗歌一样驰名。龚自珍大量的散文在不同程度上带有浓厚的时代色彩和研究经史的气息。其中那些文学色彩较明显的散文，包括政论、杂文、书信、序跋、寓言、碑传、记叙文等，和他的经史研究的关系尤其密切。他揭露衰世现实的一个重要的内容是解剖封建专制统治的弊病，而这在当时没有言论自由的情况下，往往不能直说，因此他常使用曲笔，利用"史事之为鉴"，借评论古代帝王来寄托讽谕之意。龚自珍散文语言风格多样，主导风格尖刻而含蓄。他善于运用尖刻而含蓄的语言表达满腹牢骚、一腔怨愤，在嬉笑怒骂中收到出奇制胜的艺术效果。龚自珍的散文在"学凋文敝，索索无生气"的嘉道文坛上，不受桐城派的所谓"义理"、"考证"的束缚，而以其深刻的思想内容和独特的艺术

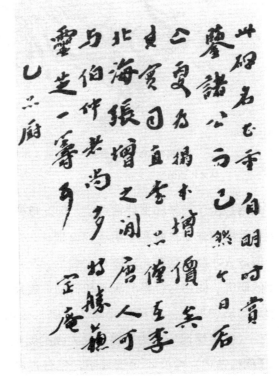

龚自珍题跋手迹

风格放射出耀眼的光辉。

《病梅馆记》是龚自珍的一篇脍炙人口的美文。这是一篇借寓意手法来借题发挥的政治性散文。

《病梅馆记》是对专制统治摧残人才的抗议之声，亦是作者
怀才不遇的愤慨之情。

病梅是由于束缚和摧残造成的，因此疗梅就必须"毁盆"和"解缚"。这种奇特的想象寄寓着易于明晓的道理：人才的受压是由于专制统治，因此，解放人才就必须首先冲破专制统治。文章在"病"字上下工夫，对于病梅的研究、同情与疗梅的决心和行动，就反映了冲破专制统治、追求个性解放的热切期望。这种托物喻人、以梅议政的新颖的立意和深邃的思想，使《病梅馆记》成为一篇感染力强的脍炙人口的杂文。

《病梅馆记》全文不足三百字，但奇悍犀利，笔法深曲，把作者积聚在心中的愤慨、忧思、愿望鲜明地表露出来了。当人的价值和尊严受到亵渎和摧残时，作者清醒地觉察到这方面的问题，并大声疾呼，从而使这篇短文具有较高的美学价值和积极意义。作者把缜密的思考和深刻的感受浓缩到简练的地步，而又说理从容透辟，形象鲜明生动，读之令人久久难忘。

龚自珍的诗文，在艺术上达到了较高的成就。他善于运用典型形象来表现重大的社会内容。寻常风物到了他的笔下，都被赋予特定的政治含义。他又是一个"乐亦过人，哀亦过人"的浪漫主义诗人。他写过一些现实主义的诗篇，但就其创作的总倾向看，则是积极浪漫主义的。他揭露黑暗，反抗现实，渴望变革，追求理想，对未来寄以极大的热情和希望。他的诗文，往往以丰富的想象，夸张的艺术手法，构成生动有力的形象，气势飞动，想象奇特，给人以不寻常的艺术感受。他的诗文充满了战斗的激情，渗透着叛逆和反抗的精神，完整地表现了诗人的人格和真性情。这是近代中国所吹响的一支浪漫主义的前奏曲。

2. 慷慨高歌三元里抗英
kāng kǎi gāo gē sān yuán lǐ kàng yīng

1841 年 5 月 27 日，清朝逆靖将军奕山在与攻打广州的英侵略军的交战中，兵败投降，被迫订立丧权辱国的《广州和约》，中英鸦片战争第二阶段结束。

5 月 29 日，盘踞广州北炮台的英军闯入三元里肆虐，当地人民奋起反击，英军仓皇逃走。为防英军报复，当地民众在三元里古庙中集会，决定以庙中三星旗为"令旗"，自发抗击英军。自此，一场自发的保卫家乡、抗击侵略军的人民战争从此揭开。5 月 30—31 日，以三元里为中心的一百零三乡的劳动人民，集结了约二万五千人，"刀斧犁锄，在手即成军器；儿童妇女，喊声亦助兵威"（林福祥《平海心筹》），怀着高度的爱国热诚，以近乎原始的方式，和英国侵略者进行了殊死的斗争，并取得了辉煌的胜利。6 月初，英军撤出虎门。这场抗击侵略者的斗争，以三元里人民的大获全胜而告终。在这场反侵略的正义斗争中，除了三元里周围的父老乡亲，还有广州城郊的纺织工人、打石工人，一些具有爱国思想的绅士和

知识分子也加入了打击英军的行列。事后，参加或未参加抗击斗争的知识分子，又拿起自己的诗笔，将这一史无前例的英勇事迹记载了下来，颂扬这些普通民众保家卫国、抵御外侮的爱国情操和献身精神。

在歌颂三元里抗英胜利的众多诗歌中，何玉成的纪实诗比较突出。何玉成，广州北郊三元里附近之萧冈村人。曾任当地团练——怀清社学的首脑。道光二十四年（1844 年）以"会试大挑一等"，授四川射洪县知县，被称为"爱民民爱"的"循吏"。后落职回广州闲居，筑"揽翠山房"，并作有《揽翠山房诗钞》。何玉成素有爱国惠民之怀，对清朝官僚的卖国嘴脸、英侵略军的暴行早有不满。三元里抗英的前夕，他便写下四首五言律诗《辛丑首夏书事》，质问统治者"谁失虎门险"？批评清政府"将士尽抛戈"的"和戎今妙策"。5 月 30 日三元里民众自发抗击英军时，他被推举为爱国乡勇的首领，攻打英军，表现突出。三元里抗英胜利后，他被当时的两广总督祁口称赞为"打仗出力"、"力团辛勤"、"督率乡民，奋不顾身"，被授"六品军功"之衔。同时，他用诗歌详细追记了当时的战况：

> 少壮争御侮，老弱同赍粮。
>
> 天心助我民，一雨纷淋浪。
>
> 夺我刀与牌，歼彼犬与羊。
>
> 夷众下海去，群怒犹未降！

诗中详细叙述了民众抗英获胜的过程。

何玉成还在诗中高度赞扬了民众同仇敌忾、自发抗暴的爱国情操和勇敢精神。这些诗歌，来自于民众的真实斗争生活，来自于作者的亲身经历，故而富有真情实感，朴实动人。

在所有关注三元里抗英斗争的诗人中，最著名的是号称"粤东三子"的张维屏。张维屏（1780—1859 年），字子树，一字南山，号松心子，又号珠海老渔，广东番禺人。嘉庆九年（1804 年）举人，道光二年（1822 年）进士，曾官居湖北长阳、黄梅、广济及江西太和县知县，袁州府同知、吉州府通判，后官至南康府知府。早年与黄培芳、谭敬昭称"粤东三子"。至京师，翁方纲叹为诗坛大敌。晚年为广州学海堂学长。张维屏早年作诗受宋诗派影响，内容多为抒写个人经历、酬赠及山水诗。鸦片战争后，其反映三元里人民抗击英军的七古长篇《三元里》，悲愤激昂，气壮词雄，充满爱国精神，传诵一时，闻名海内，为他在中国近代反帝爱国诗潮中赢得了崇高的地位。

这首三十二句、二百二十四字的七言古诗《三元里》，以形象生动的笔触，歌颂了三元里英雄儿女的壮烈行为：

> 三元里前声若雷，千众万众同时来。因义生愤愤生勇，乡民合力强徒摧。……妇女齐心亦健儿，犁锄在手皆兵器。……一戈已踣长狄喉，十日犹悬郅支首。……不解何由巨网开，枯鱼竟得攸然逝。魏绛和戎且解忧，风人慷慨赋同仇。如何全盛金瓯日，却赖金缯岁币谋！

这首诗以精练而概括的诗句，勾画了三元里人民全民皆兵、同仇敌忾、自发保卫家乡的爱国情操和英雄豪气，嘲讽了英军束手就擒的狼狈和清官僚投降卖国、放虎归山的无耻行径。全诗感情激烈，语言精警，用典贴切，典雅多讽，音韵铿锵。在同类题材的诗中，是写得最为精练典雅、最具抒情性和形象化的一首，从而广泛流传，使三元里抗英义举在中国近代爱国主义诗潮中成为一道光彩夺目的风景。

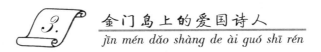

3. 金门岛上的爱国诗人
jīn mén dǎo shàng de ài guó shī rén

鸦片战争时期，有一个亲身参加过这次战争的诗人，他就是世代生活在金门岛上的林树梅。

道光二十年（1840 年）六月五日，一艘英帝国主义的军舰，偷袭厦门，连放枪炮，杀伤了当地许多军民，守卫海疆的驻军立即还击，击毙了一个侵略军头目。侵略者见势不妙，仓皇逃窜而去。林树梅亲自参加了这次战斗。事后，闽浙总督邓廷桢从邵武写信，召他去见。林树梅到邵武后，同总督详细地探讨了厦门一带的海防问题，并受邓廷桢之命，写出了《备金门防台澎固内外书》，具体谈到如何招募乡勇，加强训练，抵御外侮。邓廷桢看后，十分称赞，并令他亲自担任这一任务，负责招募乡勇。回金门岛后，他立即行动，很快就招募到身强力壮，热爱国家民族的青年一千多人。经过一段训练，就分头把守岛上重要隘口；乡勇们也群情激愤，奋勇当先，同仇敌忾，誓死保卫全岛，从而在金门岛上出现了一支英勇善战的铁乡勇。一年后的道光二十一年（1841年）五月十四日，一件意想不到的事情发生了，这就是厦门的"当事者"，以侵略军都南去广州为借口，要解散乡勇。他竭力劝阻，说明"夷性反复"，侵略者本性难改，必须时刻提防，巩固海防。没料"当事者"一点不听，把这支训练有素而且英勇善战的乡勇，全部遣散回家。林树梅激情难却、义愤填膺，立即挥笔写下了一首《散遣乡勇》的诗。诗题下的小叙对这首诗的写作作了如下说明："辛丑年，防夷厦门，当事属树梅团练乡勇千人，未用也。旋以广东议抚，遽令散遣，诗以志慨。"诗是这样写的：

> 椎牛飨壮士，义气干云霄。
>
> 千人共一胆，步武无喧嚣。
>
> 方期卫桑梓，同度烽烟稍。
>
> 铅刀惜未试，翻遣归渔樵。
>
> 厦金唇齿地，未免愁虚枵。
>
> 杞忧仗谁解？浊酒聊自浇。
>
> 歌罢仰天啸，慷慨思骠姚！

前四句歌颂这支军队的同仇敌忾，气壮山河，时刻准备给敢于来犯者以狠狠的打击；接着的四句表现自己对"当事者"的无端遣散乡勇的无能为力；最后的悲歌长啸，既抒发了自己对投降派的愤懑，也透露出一位爱国志士的希望：有像汉代骠骑将军霍去病那样的人物出现。在抗敌将领林则徐、邓廷桢被撤职查办的情况下，他虽然忧心忡忡，却无法消解自己的忧愁。同年七月九日，英帝国主义集结舰船三十四艘，进犯厦门，"当事者""愕然"，他却直奔高崎，"急募乡勇"，准备抵抗，可是"当事者"竟弃厦而逃。到十五日，侵略者再次侵犯金门岛时，"询知有备，遁去"。真是"沿海风鹤皆惊，金门独安堵"，完全是因为他所训练的乡勇时刻提防着，英军才不敢妄动。

道光二十一年（1841 年）七月十日，厦门失守，林树梅有《厦门书事》诗：

> 经年筹备扼重关，孤注如何一掷间？
> 但见鲸鲵来鼓浪，谁移熊虎守轮山？
> 死生顷刻人争渡，烽火家乡我未远。
> 但忆倚闾愁正切，可怜无计慰慈颜。

诗作进一步揭露了"当事者"遣散乡勇、致使门户失守的事实。也就在这天的半夜，当那些"当事者"纷纷逃窜时，林树梅却星夜赶赴高崎，带乡勇去厦门抗击英军。尽管这时厦门陷落，但仍有许多将领同帝国主义侵略者血战到底。厦门领兵宫延平、副将凌志、水师游击张然、汀州守备卫世俊、水师把总纪国庆、杨肇基、李启明等，都在战斗中壮烈牺牲；翼长江继芸、游击洪炳，也投海殉国。林树梅抱着对英雄的崇敬，写下了《吊御夷死事诸公》诗：

> 战守纷纷议不同，一时捍御独诸公。
> 即看壮气能吞敌，始信捐躯是尽忠。
> 大将漫言尸裹革，后军先作鸟惊弓。
> 千秋自有平心论，为诵《招魂》吊鬼雄。

诗中体现了高昂的爱国主义精神。亲身参加抗击英帝国主义侵略者、卫国保家的林树梅在这首诗中，一方面歌颂了众英雄的"气能吞敌"，为国"尽忠""捐躯"；一方面又痛斥了"当事者"有如"鸟惊弓"。细读这

首诗，我们更觉得作者所显示出的深层意思，是对清廷卖国求降，更换抵抗派诸将，重用主和派的一种谴责。"千秋自有平心论"一句，振聋发聩。《梦先君子军容甚盛》就进一步表述了他的忧国忧民。作者的父亲是一位武将，长期驻扎海防前线，而且治军甚严。作者也曾随父生活在军中，还曾到过台湾。面对厦门的一败，他不由得想起父亲，父亲的容颜自然出现在他眼前。诗写道：

> 倚剑如闻昔日音，一天鼙鼓阵云深；
>
> 金门沙草初鸣雁，父老箪壶正望霖。
>
> 独见平生忧国志，应知未死出师心。
>
> 孤儿即欲阵时事，梦醒空伤泪满襟。

这首叙事与抒情相结合的律诗，充分表达了作者的爱国主义精神，字里行间无不流露出他忧国忧民的思想感情。他的不少诗，都表现出时刻关心着厦门的收复。

林树梅有诗集《啸云诗抄》，文集《啸云文抄》，真实记录了鸦片战争时期厦门一带人民抗击英帝国主义的斗争，有着"诗史"的价值。路工在《访书见闻录》中说，林树梅"这样一位金门岛上的爱国诗人，应该在近代文学史上占有一个显著的地位"。

4. 俞万春与《荡寇志》
yú wàn chūn yǔ dàng kòu zhì

道光六年（1826 年），一个自称"忽来道人"的人，忽然写起小说来。这就是一生并不得志、只是一介"诸生"的俞万春。小说的名字叫做《结水浒传》，又名《荡寇志》。

"志者，记也。"《荡寇志》记的是什么？记的是俞万春跟随他父亲多次镇压南方一些省份人民起义的事情。他曾手拿刀枪，亲自屠杀过暴动的广东珠崖黎族人民，也曾镇压过桂阳梁得宽、罗帼瑞为首的农民起义，还直接参与过对湖南、广东、广西三省瑶民起义军的杀戮。正因为这样，才有了《荡寇志》的创作。他的目的很明确，就是通过这本小说使人人都知道"强盗"不可为，强盗应该斩尽杀绝，萌芽不生。出于这种心态，他苦思冥想，对《水浒传》作了一个他认为天经地义的"结"，给梁山英雄好汉安排了被斩尽杀绝的悲惨结局。梁山的一百单八将中，不是被生擒，就是战死；不是被吓破了胆，就是被处斩。其中，战死的，有呼延灼被一支飞镖"正中咽喉，落马而死"，花荣为陈丽卿用箭射死，秦明打仗中"滚下山麓去，脑浆迸裂"，关胜遭飞锤打伤而死，朱富也被"一枪洞胁而死"，扈三娘在战阵中被活活扼死，鲁智深后来也中风身亡，武松医力疲精尽而死。被生擒的有：史进因全军覆没，被官军活捉；李逵惨败负重伤后也被生擒；宋江是在战斗中被人射伤左眼后，为两个渔夫活捉；公孙胜被陈希真将魂魄摄了去；柴进因在战斗中吓破了胆，被盖天锡生擒。遭斩的竟达三十六人之多。这个结局，充分表现出作者"尊王灭寇"、以明国纪的良苦用心。正因为这样，他一反《水浒传》的主题，把梁山英雄好汉都写成青面獠牙杀人放火的强盗，并极尽歪曲、丑化之能事。

作为一部长达七十回的小说，《荡寇志》却也有它的特色。这就是鲁迅在《中国小说史略》中所说："书中造事行文，有时几欲摩前传之垒，采录景象，亦颇有施、罗所未试者。"在《中国小说的历史的变迁》中又说："文章是漂亮的，描写也不坏。"这恐怕就是毛泽东《在延安文艺座谈会上的讲话》中所说的那样："内容愈反动的作品而又愈带艺术性，就愈能毒害人民，就愈应该排斥。"

下面，不妨选一段关于一丈青扈三娘与女飞卫陈丽卿交战的描写，供大家评阅：

那时月色明亮，两阵上点起成千的火把，照耀如同白昼。只见战鼓响处，扈三娘出马，大骂道："狼心毒肺烂坏五脏的小贼人，把出这般毒手来，不要慌，吃你老娘一刀！"丽卿笑道："不知死活的贱丫头，将息好了，不要杀到半儿不结，又推甚事故。"三娘凤目圆睁，拍马抢刀直取丽卿。月光之下，两个女英雄扭成一堆，搅成一块，鞍上四条玉臂纵横，坐下八盏银蹄翻越。这单枪好比神龙出海，那双刀好似快鹘穿云，那一个只为夫主报仇，不顾生死性命；这一个要替皇家出力，那管利害吉凶。两边阵上，战鼓震天，呐喊扬威。厮拼了一百多合，全无半点输赢，两边兵将都看呆了。希真、永清称赞不已，林冲等也都叹服。丽卿战够多时，不能取胜，心里焦躁，想道："不这般诱她，如何得手。"便把那支枪搅了个花心，往后面吐出去，这个势子是杨家秘传，叫做"玉龙晾衣"。三娘也识得，正要她盖来。丽卿故意不用，反往下一捺。三娘见了破绽，忙使个"金蛟劈月"，掠开那口刀，往丽卿嗓子上刷地喝声"着"，横劈过来。只道着手，那知丽卿正要她如此，便把腰一挫，凤点头，霍地往三娘刀口下钻过。三娘劈个空，丽卿早钻到三娘背后，顺手抽转枪，拖篙势往三娘腰眼里便刺。三娘见劈空，吃了一惊，忙转马，把刀横往后面下三路扫去。说时迟，丽卿的枪已刺着三娘的护腰兜儿上，只争得未曾透入；那时快，三娘的刀掉转来，恰好"当"的一声，刀背格在枪的古定上，这叫做大勾手。丽卿吃他扫开枪，也抢了个空，豁地两匹马都分开。丽卿抢在林冲那边，三娘抢在希真这边，中间隔得不远，都兜转马头立定了，喘着气，厮看。但见满地月华，露水明亮。希真、永清望见，都连叫："可惜，可惜！"那边林冲替三娘捏了把汗，叫声惭愧。三娘喘呼呼地骂道："险些儿着了贱人的手。"丽卿道："造化你这婆娘。"两个又交马斗了二十多合，仍是一样，大家都不济事，都带转马回本阵去了。

这段文字，生动、形象、简洁、流利，写得有声有色，绘声绘影，读起来，如见其人，如闻其声。人物描写、刻画，也很下工夫，有个性，说明作者驾驭语言的能力，是相当熟练的。书中这类场面的描写，如梁山英雄张清同官军的对战，也是有声有色的。其他像李逵的勇猛，武松的英武，林冲的委曲求全，鲁智深的忠诚梁山事业，都写得淋漓尽致。

俞万春（1794—1849年），字仲华，浙江山阴（今绍兴市）人。诸生出身，嘉庆、道光年间，曾跟随他父亲，在广东、湖南、广西一带'从征瑶变"，而且取得了功名。晚年"立地成佛"，到杭州行医，崇奉道教、佛教，号"忽来道人"。《荡寇志》先后写了二十五年（1826—1841年）,中间有过三次大的修改，但到他死，仍然没有修改完毕。后来，由他儿子俞龙光修订润色，在咸丰三年（1853年）刊行于世。他原先的想法是想通过这本小说，消除施耐庵的《水浒传》在人民群众中的影响，但是，事与愿违，人们十分鄙弃这部《荡寇志》，更进一步认识到了《水浒传》的不朽价值。

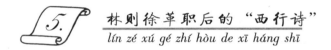

5. 林则徐革职后的"西行诗"
lín zé xú gé zhí hòu de xī háng shī

作为中华民族"禁烟"英雄的林则徐（1785—1850年），是福建侯官人。他在海风的吹拂下度过了孜孜求学的青少年时代，而后则是北行，考上进士，做起京官。还曾加入消寒诗社即宣南诗社，写下的诗多酬唱性的消闲遣兴之作。此后曾外放浙江杭嘉湖道、江苏按察使、湖广总督等职，政绩相当显著，官运可谓亨通。及至道光十八年（1838年）岁末，奉命为钦差大臣，赴广东进行禁烟。在他的努力下，于祖国东南一隅的虎门，终于燃起了销毁大批鸦片烟的熊熊大火，由此也照亮了林则徐伟岸的爱国英雄的形象。

然而，林则徐的此番壮举却招致了灾难性的命运，那些与他的政见背道而驰的投降派，借口鸦片战争实乃林氏禁烟之果，丧心病狂地攻击、诬陷林则徐，其结果可想而知，真正想为国家谋利益的爱国英雄却承担了本不存在的罪名，被查办革职，后又加重处罚，遣戍伊犁。

由此，在东南沿海建立不朽勋业的林则徐，开始了他的西行，沿途写

林则徐不仅因其坚决抗英而彪炳史册，更因为他在时代浪潮的鼓荡下能注目
久被世人置于眼界之外的"夷务"，倡导"师夷"，而成为睁眼看世界的第一人。

下了不少诗作，并且"诗情老来转猖狂"。痛苦的事业挫折感和复杂的人
生体验，使他的诗风也较前期的消闲之诗有了明显的不同，爱国忧时的深
情寄托，使他的诗具有了深切动人的诗魂以及郁勃苍凉的情调。

据记载，道光二十二年（1842 年），林则徐辗转西行，到了西安，当
时是五月中旬，由于"河上积劳，感受时温，顿成疟疾"，症状显得特别
严重。彼时此病实为大病，颇难医治。为了能够较好地得到治疗，遂"呈
请病假，因就地赁房侨居"。经过悉心治疗，月余病愈。此时家人被林氏
安排留居西安，他自己则仍遵王命，继续西行。沿途每日备记行程，写成
《荷戈纪程》一卷。他在辞别家人时，写了《赴戍登程口占示家人二首》，
诗云：

> 出门一笑莫心哀，浩荡襟怀到处开。
> 时事难从无过立，达官非自有生来。
> 风涛回首空三岛，尘壤从头数九垓。

休信儿童轻薄语，嗤他赵老送灯台。

力微任重久神疲，再竭衰庸定不支。

苟利国家生死以，岂因祸福避趋之。

谪居正是君恩厚，养拙刚于戍卒宜。

戏与山妻谈故事，试吟断送老头皮。

第一首诗主要着意于劝慰家人、嘱咐家人。本来是非常悲苦的离愁别恨却出之以比较轻松的乃至幽默的笔调，放达中依然让人能够感到那种实实在在的沉重。第二首诗主要着意于抒情言志，较为贴切而又全面地陈说了自己为官从政的体验。尤其是"苟利国家生死以，岂因祸福避趋之"，充分表达了林则徐的爱国情怀，表现出他不顾个人生命危险而一心报效国家的高风亮节。尽管在此"明志"之前已有"力微任重久神疲"的不堪重负的感受，但林则徐显然是那种深受传统文化影响的"先天下之忧而忧"的志士，在他的心中装着"国家"，同时也装着"君恩"。

林则徐手书对联

在林则徐西行而至甘肃酒泉县时，写下了《出嘉峪关感赋》，包括四首诗。其一着力描述嘉峪关作为古老的关隘是怎样的险要，"严关百尺界天西，万里征人驻马蹄。飞阁遥连秦树直，缭垣斜压陇云低。天山巉削摩肩立，瀚海苍茫入望迷。……"其二、其三则着力抒发由嘉峪关引发的历史沧桑感，诸如"东西尉侯往来通，博望星槎笑凿空。塞下传笳歌敕勒，

楼头倚剑接崆峒……""敦煌旧塞委荒烟，今日阳关古酒泉。……西域若非神武定，何时此地罢防边？"表现出了诗人穿透苍茫历史时空的丰富想象力。其四直接抒发诗人个人的独特感受，将自己的西行所涌发于心头的悲凉之意写了出来：

> 一骑才过即闭关，中原回首泪痕潸。
> 弃繻人去谁能识，投笔功成老亦还。
> 夺得胭脂颜色淡，唱残杨柳鬓毛斑。
> 我来别有征途感，不为衰龄盼赐环。

向来信奉着"苟利国家生死以，岂因祸福避趋之"这一人生崇高原则的林则徐，有功反而被遣戍边关，这种人生的巨大落差和由此而产生的深切痛苦，必然会使他的西行以及西行之诗都带上明显的悲剧色彩。"一骑才过即闭关，中原回首泪痕潸"，"我来别有征途感，不为衰龄盼赐环"，便很真切地道出了诗人的悲凉心境。

西行而至兰州，林则徐继续着他的歌吟：

> 时事艰如此，凭谁议海防？
> 已成头皓白，遑问口雌黄。
> 绝塞不辞远，中原吁可伤。
> 感君教学易，忧患固其常。

——《次韵答姚春木》

西行而至新疆哈密，林则徐依然继续着他的歌吟：

> 积素迷天路渺漫，蹒跚败履独禁寒。
> 埋余马耳尖仍在，洒到乌头白恐难。
> 空望奇军来李愬，有谁穷巷访袁安。
> 松篁挫抑何从问，缟带银杯满眼看。

——《途中大雪》

人民英雄纪念碑上的"虎门销烟"浮雕。虎门销烟展示了中国人民坚决的反侵略斗争精神，但这种精神只有经过近代熔炉的锻造才能成为斗争的利器。

西行而至新疆伊犁，林则徐当然还在继续着他的歌吟，只是心境似乎明朗了一些，因为他能与同事全庆一起经办新疆开垦之事了。有事可干，能够为国为民效力，心中便感到几分踏实，这显然体现了一种可贵的品格。他在《柬全小汀（全庆）》诗中写道：

> 蓬山俦侣赋西征，累月边庭并辔行。
> 荒碛长驱回鹘马，惊沙乱扑曼胡缨。
> 但期绣陇成千顷，敢惮锋车历八城。
> 丈室维摩虽示疾，御风仍喜往来轻。

虽然踏勘荒地很辛苦，但林则徐心中却显得充实，并对"绣陇成千顷"的美景充满了憧憬。

林则徐在中国近代史上是个光辉四射的民族英雄，他的文化视野也很宽广，派人译外文书报，主张师夷以制夷。然而说起他的诗，包括西行之诗，尽管也有较高的艺术水平，但在整个近代诗林中却并不显得怎样突出。不过，能够从他的诗中很好地窥见他的心境或情感历程，这也就足够了。

6. 《海国图志》：魏源风雷壮天颜
hǎi guó tú zhì：wèi yuán fēng léi zhuàng tiān yán

魏源（1794—1857年），原名远达，字默深，又字墨生，别号良图，学佛名承贯，湖南邵阳金滩村（今属隆回县）人。出生于中小地主家庭，祖父未曾做过官，父亲魏邦鲁，曾在嘉定、宝山等地做过巡检、主簿一类的九品小官。

魏源画像

魏源的一生，正处于中国半殖民地半封建社会的转折期。他的青少年时期是在湖南家乡度过的。他聪颖过人，很小就入私塾读书，非常用功。一个人一间屋子，昼夜攻读。时间久了不出门，偶尔出门，连自己家的狗也不认识他，对着他狂吠。魏源十五岁时，考中了秀才。二十岁，参加了本省学政选优考试，被录取，成为拔贡，取得了保送入京参加考试的资格。青壮年时期，曾来往于京、湘和江浙之间，一面参加考试、会试，一面给人当家庭教师，或从事著述，或做督府的幕宾。二十一岁随父入京，二十九岁考中举人，此后三次参加进士考试，均未被录取。五十一岁那年，朝考中三甲第四十九名，但因考卷涂改，罚停殿试一年。科举上的屡次失利，促使他把时间精力转向了经世致用的学术研究和社会活动。

三十二岁时，江苏布政使贺长龄请他编辑《皇朝经世文编》。他用了一年时间，完成了这部一百二十卷的政治、经济巨著。该书收集了从清初到清中叶的有关政治、经济方面的文献档案，为研究鸦片战争以前的中国社会，提供了许多可贵的原始资料，这本书问世后，影响很大。正如俞樾所说："数十年来风行海内，凡讲求经济者，无不奉此书为矩镬，几于家有其书。"

三十六岁，他在北京出钱捐了一个内阁中书舍人的小官。三十八岁，父亲去世，又回到了南方，协助两江总督陶澍、江苏巡抚林则徐等筹划漕运、盐政、水利的改革，以后又将自己的意见写成了《筹鹾篇》、《筹河篇》等著作。他的各种切中时弊的主张，有些得到了实现，收到了一定的成效。

1840年鸦片战争爆发，使魏源的视线从对内改革，转向对外抵抗侵略。他在四十八岁时还入裕谦幕府，到浙江前线抗英。他对定海等地防务提出建议，主张诱敌深入内河，加以围歼，结果未被采用。

他为了激发民族自尊心和自信心，写了长达四十万字的《圣武记》，并在《南京条约》签订的同月完成。同时，为了"以夷制夷"、"以夷款夷"、"师夷长技以制夷"，在林则徐《四洲志》的基础上，着手编写了《海国图志》。该书问世后，不仅对近代中国产生了很大的影响，而且传到日本，曾为日本的学者文化人所争读，认为这部书引起了他们思想上的革命。

魏源在《海国图志·序言》中写到这本书的目的是"为以夷攻夷而作，为以夷款夷而作，为师夷长技以制夷而作"。

魏源从鸦片战争失败中，看到了清朝统治的腐败，但作为地主阶级一分子的他，对此更为痛心疾首。他不像顽固派和投降派那样，要么把西方资本主义侵略者看成是"化外之民"，对西方国家的情况茫然无知，认为天朝"无所不有"，夜郎自大；要么把西方侵略者看成天神，乞降求饶。魏源一方面看到外国侵略者的性格是"唯利是图，唯感是畏"，针对侵略者这一性格，就必须使侵略者"有可畏怀，而后俯首从命"；另一方面他也看到侵略者确有"长技"，他们凭着"一战舰，二火器，三养兵练兵之法"来欺侮中国，因此，他认为一定要把抵抗侵略的立脚点放在加强国防

力量上，对侵略者的进攻要有充分的武装准备。这种主张是卓有见地的。

那么，究竟怎样抵御外国侵略者呢？魏源根据他对敌我双方情况的了解与分析，提出了一些具体的主张。

魏源提出这些反侵略的主张和办法的时候，表现了另一个可贵的思想，就是他对中华民族充满了能够败敌的信心，他从中国悠久的历史文化中，看到了中国人的聪明智慧并不比西方落后。在清朝封建统治极端黑暗的情况下，在外国侵略者疯狂侵略面前，能够这样对自己的国家民族充满自信，实属不易。

在《海国图志》中，魏源还编写了大量的介绍西方大炮、机器、轮船、望远镜等器械制造和使用的内容，并希望引起人民的重视。

《海国图志》几经重刊，最后扩展到一百卷，八十八万字，各种地图七十五幅，西洋器械图四十二页，粗略地介绍了世界许多国家的概况。这些对外部世界的最初描述是比较浅显的，对国外历史地理状况也缺乏详尽的审核，有些说法依然沿用旧的传闻。但这部书仍有十分引人入胜的内容，这就是使人振聋发聩的"师夷长技以制夷"的开放思想，在夷夏大防的桎梏中，第一次提出我有所短、夷有所长，标志着中国传统世界观念的变异，有了新的起点，它启蒙了一批中国的先进志士为挽救民族危亡而漂洋过海，寻找制夷之技。

魏源一生，前期主要参加科举考试，并以幕僚身份积极革除弊政，为民做了许多好事，鸦片战争后亲自参加了抗击英国侵略者的斗争，先后提出了"富国强兵"、"缓本急标"等政治、经济主张。但在晚年，思想坠入了不可解脱的矛盾当中，对清王朝完全失望，对太平天国运动困惑恐惧。他终于辞官，在迷惘中寻找一片与世无争的净土，皈依佛门，最后孤寂地离开人世。

魏源不仅是个进步的思想家，而且在文学上也颇有造诣。他一生的主要精力，贡献于时务政事、今文经学的著述。在文史哲方面都撰写和编辑了许多著作，史学方面，编有《海国图志》一百卷、《元史新编》九十五卷、《明代食兵二政录》八十卷、《皇朝经世文编》一百二十卷、《圣武记》一百四十一卷。哲学方面有《默觚》等。在学术源流上属今文经学派。曾猛烈抨击宋学和汉学，主张恢复西汉今文经学的传统。

魏源在文学方面确是一位难得的诗人。他主张"诗以言志"，发愤而作；提倡文以贯道，寓道于文；强调诗有三要："厚"、"真"、"重"。魏源的诗主要分为两部分：政治诗、山水诗。他以文入诗、以史入诗，在一部分诗歌中反映了鸦片战争前后的现实生活，表现了爱国忧民的感情。例如《寰海》、《秋兴》等组诗和《秦淮灯船行》等长诗，具有深刻的社会意义。

魏源自称"十诗九山水"，在他的近千首诗作中，绝大部分是以画入诗的。他生动地描绘了我国名山大川的壮丽景色，反映了对祖国山河的挚爱，把自己感时愤世的情感全部融入诗中。

龚自珍与魏源都是在鸦片战争前夕较早地觉察到国家民族危机，有志于拯危济时的先觉者。龚自珍曾喊出了"九州生气恃风雷"（《己亥杂诗》），魏源也喊出了"何不借风雷，一壮天地颜"（《北上杂诗》）。他们期望假借风雷，一展宏图，刷新天地。在清王朝的腐朽统治下，这种高怀远志虽然落空了，但他们各以得风气之先的先行思想，为近代思想史写下了光辉的开篇，腐朽的清王朝虽然压制他们乘风雷以驰骋，却无力阻止他们的思想和创作酝酿为风雷，在近代历史进程中，产生了深远的影响。

7. 梅曾亮游小盘谷
méi céng liàng yóu xiǎo pán gǔ

山水游记是我国古代文学中的一个重要体裁，也出现过许多脍炙人口的名篇佳作。像唐代柳宗元的《永州八记》、明代袁宏道的《游虎丘记》、清人姚鼐的《登泰山记》，都是这方面的精品。桐城派的梅曾亮的《游小盘谷记》，言简有序，写得相当平易而富有情韵。

桐城派是清代一个很著名的文学流派。它是从康乾时代兴起的，创始人是方苞（1668—1749年），后经刘大櫆（1698—1779年）、姚鼐

（1732—1815 年）的推波助澜，曾显赫一时。姚鼐去世后，虽已过其盛，仍有他的四大弟子（梅曾亮、管同、方东树、姚莹）顶立门户。到了近代，随着阶级矛盾与民族矛盾的加剧和激化，虽受到龚自珍、魏源等一批新兴的散文的冲击，但仍是散文创作的正宗。梅曾亮就是姚鼐去世后桐城派的核心人物。

梅曾亮（1786—1856 年），字伯言，一字柏岘，江苏上元（今南京市）人。道光时进士，早年喜欢骈体文，后在钟山书院读书，以姚鼐为师，致力古文辞。官至户部郎中，居京师长达二十多年。晚年告老还乡，主讲扬州书院，文坛奉为大师。

梅曾亮的散文，能够从日常生活中发现一些带普遍意义的社会问题，上升到"义、理"的高度，有着鲜明的时代色彩。

一次，好友管同（1780—1831 年）登门造访，二人闲谈时说到南京西北的小盘谷，有胜山，有名泉，有嘉树，也有修竹，还有不少名胜古迹，不觉二人都动了心思，想一块去寻访一番。他舅舅侯振廷也被他们说的话感动，对外甥说："我听长辈人说，那小盘谷里，有几十座庙宇，还有一块平展展的空地，上面盖有七八十间小屋，不光是个避暑的好地方，还是个与外界隔绝的世外桃源。老人们都说，明代末年，清兵南下金陵时，南明朝廷的很多遗老遗少都跑到那里去，一住就是几个月。那里虽然距京城只有二三十里地，清兵却无法发现。"管同也说："人说那里还有个古寺，很有些年代。寺里的僧人十分好客，也善于植树、种竹，因此，谷两边的山上，郁郁葱葱，隔天遮日，一年四季常青。到了秋天，红一块，黄一块，青一块，绿一块，五彩斑斓，绚丽夺目，令人心旷神怡。"舅舅插言说："那里的桂花树最有名了！"大家正要听他的下文，他却抽起烟来，然后，又抹了一下胡须，说："全神州的桂树，就数咱们盘谷的奇特。一是树大，一般都有合抱那么粗，再大点的，两个人也搂不住。二是花特别香。一到中秋，满树的桂花，金光灿灿，就像树上结满金铃一样，累累洋洋，花香随着徐徐的山风，飘洒到群山峻岭之中。人说，桂花一香就是十里，可小盘谷的桂花，一香就是几十里，连金陵城都能闻到。"

他的话还没说完，旁边一个青年，伸着鼻子，对在座的人说："我都闻到那桂花的香味了！"他的话说得大家都笑了。

梅曾亮沉默了一会儿，对大家说："我们干脆约几个相好的，一起寻访一次小盘谷。"

过了几天，梅曾亮就与舅舅侯振廷、好友管同、弟弟念勤、朋友马湘帆、学生欧岳庵一行6人，去寻访小盘谷。

出得城，西北方向漫行，就进入丘陵地带，再走十几里地，就进入狮子山。这时，他们就问当地人："这里是小盘谷吗？"人们七嘴八舌地回答。有的说："这里不远了。"有的却说："没听说过有小盘谷那个地方。"

行走间，见路两边的山坡上，满是高耸的修竹，不觉也就进入竹林。只见大竹遮天蔽地，阴凉、清新，难见阳光。再向前，遍是岔路，忽左忽右，叫人为难，大家都觉得不知道该走哪一条路，才能到达小盘谷。这时，不知道是谁说了一句"条条路儿通盘谷"，大家也就信步继续前行。蜿蜒曲折的林间小路，时而相当宽畅平坦，时而狭窄得只能走过一个人，几乎每条路，都是这样。忽然，听到有狗叫唤的声音，他们觉得前面一定会有人家，就个个加快步伐，迅速往前赶路。谁知，到达目的地时，竟连一个人也看不到，只有万竹连枝，沙沙作响，好像又在告诉他们："再前行，就会到达小盘谷。"由于好奇心和寻访的兴致，他们竟没有休息，"不达目的，绝不罢休"的信念，使他们继续赶路。

大约又走了可以煮熟五斗米的时辰，忽然林尽地宽，人们的心也豁然开朗起来。这时，到了归云堂。这是一座山中寺院，周围的居民也不少。他们家家都把种植桂树当做自己的事业。屋前屋后的桂树，参差错落，茂密葱郁，显然都是精心劳作的结果。梅曾亮等六人，继续南行，穿过一条向来少人行走的小道，不知不觉地就到了一个大山谷。抬头四望，所有的山上，都长满了很大的桂花树，棵棵随着山势，呈现出东倒西斜的姿态，那形状，就像天上扣着的大盆，里面十分严密，人就是咳嗽一声，那声音也无法扩散出去。这时山林里，鸦雀无声，寂静异常，可人们的耳朵里，总是响着一种声音，原来是泉水汇集到一个湖泊发出的响声。湖的面积很

大很大，四周一直挨着山脚。

接着，梅曾亮等从归云堂向北寻去，结果到了卢龙山。只见山上高低不平，高处就像灶台，低处就像水井。有人面对这块地方，说："这是当年南明遗老们避清兵的地方。人们相传已久的所谓三十六茅庵，七十二小屋，就都在这个山上。"大家这才松了一口气，尽情地欣赏着这一不平常的山间奇景，回忆金陵的兴衰，品味人生的坎坷，追思那曾有过的历史。

天快黑的时候，梅曾亮等六人仍游兴未尽。踏上归途的时候，山下一片昏暗，只有皎洁的月色，投布在它的上面。从山上向下面看去，无数修竹的摇曳飘动的影子，就像鱼龙在惊涛骇浪中穿梭、跳跃。面对眼前如此动人的景色，同游的人都异口同声地说："这万竹蔽天的地方，恐怕就是小盘谷了！"

回家后，梅曾亮立即写了一篇《游小盘谷记》。记中不仅叙述了自己寻游小盘谷的经过，而且精心地写了那里的山、水、竹、树和古迹，文笔极为精美、简洁，意象也格外鲜明。全文抓住了一个"寻"字，笔笔蘸情，处处生辉。最后的凝笔写小盘谷，理、义、情融为一体，表现出他为文善于以小寓大。

梅曾亮其他记游的作品，如《钵山余霞阁记》、《运河泛舟记》、《游瓜步山记》、《冯晋渔舍人梦游记》、《引虹桥记》等，也都文辞美洁，简明扼要，意象鲜明，脍炙人口。

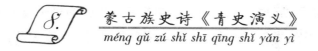

8. 蒙古族史诗《青史演义》
méng gǔ zú shǐ shī qīng shǐ yǎn yì

内蒙古卓索图盟土默右旗（今辽宁北票市），有一个叫做忠信府的蒙古贵族家庭，它就是一代天骄成吉思汗的第二十七代孙旺钦巴拉的家。这个忠信府是蒙古族世袭四等太子（蒙语叫做台吉），属下层贵族。由于这里蒙汉杂居，使生活在这里的蒙古族比较容易受到内地汉族思想、文化的影响。

旺钦巴拉从小就喜欢读汉族的古典文学。他父亲是一个有过功名的贵族，这样，就使他有机会接触更多的蒙汉古籍。他又有相当高的文化教养，也喜欢藏书，就在家里修建了"多宝斋"、"绿波堂"等专门藏书的书房，收藏有蒙、汉、满、藏等不同文字的图书数千部。尤其是有关蒙古历史的著作，成了他研究蒙古史的珍品，爱不释手，还不断评、点。鸦片战争时期，旺钦巴拉曾奉命移兵渤海海防前线，守卫海疆长达数年之久，就是在这种军务十分繁忙的情况下，他也不忘蒙古史的研究。由于他忠于职守，勤恳练兵，曾受到清政府的嘉奖。也就在这个时候，旺钦巴拉在自己长期研究和积累资料的基础上，开始写一部蒙古族历史演义小说《大元盛世青史演义》。

《大元盛世青史演义》又名《大元勃兴青史演义》，简称《青史演义》。旺钦巴拉最初的设想是概括蒙古族杰出的政治家、军事家成吉思汗从诞生到斡哥歹即位的七十四年历史。因此该书结构规模十分宏大，而且是以编年史的形式，有序地展开这位智勇双全的主帅、开明君主的时代里许多重大的历史场面，使它成为蒙古族的一部史诗式的长篇历史小说。可是由于他军务繁忙，结果只写了八章，就在道光二十七年（1847年）初，告别人世。长子古拉兰萨、五子贡纳楚克、六子崇威丹精，都喜欢诗歌创作，却无意继承父亲的遗志，把这部小说接着写下去。这时的七子尹湛纳希，只有十岁，虽然也能吟诗作文，却还拿不起如此宏大浩瀚的历史小说。

大约过了二十年的光阴，即同治六年（1867年），尹湛纳希在写完反映漠南蒙古贵族青年爱情生活的《一层楼》、《泣红亭》和《红云泪》以后，忽然家中发生了一系列变故，先是妻子萨仁宝勒亡故，接着他的五兄贡纳楚克也去世了。为了安慰自己，他就去翻阅父亲大量的藏书，于是看到了他父亲《青史演义》手稿的前八章，成吉思汗的故事再一次地感动了他。"从此，又起了这样的念头，就是把先父没有写完的这部《大元盛世青史演义》续写出来，让所有的蒙古人都能知道自己的历史。"（《青史演义初序》）为了完成这部有六十九章的大型英雄史诗，他不仅多次阅读父

亲的藏书，还设法寻找有关资料。结果，工夫不负有心人。他找到了大元时代所属蒙古很多部落的史书、历史故事、传记，以及汉族的不少历史著作、蒙满藏文经典共二十多种。他如饥似渴地日夜细读，废寝忘食，"绞尽脑汁，费尽心血"（同上引），花了十多年工夫，终于在光绪十二年（1886 年）完成了这部瑰丽宏伟的杰作。

《青史演义》全书近八十万字。这在蒙古族的文学史上是少见的。在作品中，尹湛纳希以自己高昂的民族自豪感，对先祖先烈虔诚的信念，在十分广阔、深厚的历史文化背景上，为我们细致地描绘出十二三世纪蒙古草原上宏伟的历史画面，并在这个历史总画面上，给我们推出了以成吉思汗为中心的一系列蒙古族英雄人物。前五十章写成吉思汗为主帅的彼培图统一蒙古高原的征战，十分红火，也是全书中最为精彩的部分。在这里，我们亲眼看到彼培图军民，把民族的统一大业看成至高无上的神圣职责，个个奋勇当先，自觉行动，努力为实现蒙古草原的进步与发展，奉献自己的力量。他们也像自己民族英雄史诗和传说中那些无所畏惧的英雄好汉一样，个个都表现出草原游牧民族那种传统的剽悍、勇敢、乐观、真诚的秉性。他们乐于奉献，将荣誉看得比自己的生命还要宝贵；他们疾恶如仇，同仇敌忾；他们不贪求钱财，也不追求奢华，不沉溺酒色，勇于作战；他们有难同当，有福共享，大块吃肉，大碗饮酒，团结奋进，为蒙古高原的统一和昌盛，视死如归，义无反顾，表现出集体主义和爱国主义精神，民族传统也得到进一步的发扬光大。生活在 19 世纪后期的尹湛纳希，通过上述描写，体现了他振兴民族、统一祖国、抗击外来侵略的进步思想。在鸦片战争后国家遭受帝国主义列强侵略，民族面临危亡的时代里，其现实意义与价值也就十分明确了。

小说着力塑造了成吉思汗的英雄形象。历史的真实与艺术的创造，使他完整、丰满，也富有个性色彩，但并不神化。

作为部族领袖和政治家、军事家的成吉思汗，是一个雄才大略的蒙古民族英雄。睿智、贤德是他性格的主要方面。在统一蒙古高原的过程中，成吉思汗十分注意以德服人，反对一味地凭借武力征服天下，他说，"治理百姓只能依靠恩义和贤德，并不在乎力气"；"征服天下在于诚信，而不在威势"，颇有汉族儒家的"仁政"的味道。从此出发，他本着天下为公的思想，为解救黎民百姓于水火之中，自觉承担统一的大任。他说："如今在北方有不计其数的无道之君，他们随心所欲地百般折磨众生灵，累月连年起狼烟，荼毒百姓如同狂风卷动沙土尘埃。所以，我要当仁不让地平定北方。"当有人问他为什么要杀害那么多的君主时，他斩钉截铁地回答道："那班无道之君，扰乱北方，恣意横行，残害百姓，连年用兵，致无辜百姓横尸沙丘。因此，我安定北方，当仁不让。"（第三十五章）从而表现出成吉思汗统一蒙古高原，完全是顺应历史潮流的。他的驰骋疆场，南征北战，东杀西砍，剪除十二恶汗，消灭七十五部族，也是推动历史车轮滚滚向前的进步行动。军事是政治的一种特殊手段，也是它的继续。成吉思汗进行的战争是正义的，他从不主动挑起战争，更不以强欺弱，也不乱杀无辜。这样就深得民心。有一次，他手下的大将者勒蔑部属要用水淹被击溃的敌军，他制止了这种做法；又有一次，军师木华黎要用火攻被困山中的克烈部士兵，他亲自赶赴现场，劝他给克烈部士兵留一条生路。对投奔他的一些部落，也能赏给他们良马，甚至把自己身上的衣服脱给他们穿，把自己家的牛马茶油分给他们，救贫济困，抚老恤幼（第三章）。正因为这样，他最后用武力统一了蒙古高原，进而统一整个中国，在中国历史上立下了不朽的功勋。

《青史演义》艺术上的成就，是多方面的，像结构的宏阔，人物形象塑造的成功，战争描写的真实而不雷同，语言运用上的纯熟、明朗、简洁，风格上的刚劲、豪放等等，不仅为蒙古族长篇小说创作开辟了新的天地，而且成为中国近代长篇小说中的不朽之作。

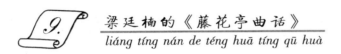

9. 梁廷楠的《藤花亭曲话》

liáng tíng nán de téng huā tíng qū huà

"曲话"，就是对戏曲的理论探讨和评说。它是我国古代的一种戏曲理论著述，形式活泼，语言生动，论述精彩，有情有趣。曲话与诗话、词话共同被称为我国古代三大"话"。明清以来，这方面的著作，随着戏曲的蓬勃发展与繁荣昌盛，也日渐活跃起来，出现了许多这方面的著作。它们从不同的角度与层面，有说有议、有记有述、夹述夹议地对古代戏曲作了散若群珠的品评和述说，而且时出新意，时见妙论。曾经做过林则徐幕僚的梁廷楠，也写过一本曲话，这就是《藤花亭曲话》。

梁廷楠（1796—1861 年），字章冉，别号藤花主人，广东顺德人。曾以道光甲午（1834 年）副贡的身份，出任广东澄海县训导，任上参加修纂《广东海防会览》，从而对当时的国际形势相当熟悉，对英帝国主义的殖民政策和国内情况，就更清楚。不久，任广东广州越华书院监院教官，后来升任内阁中书，加侍读衔。

在风起云涌的中国近代革命史上，梁廷楠同当时许多最先觉醒的知识分子一样，对国家民族的命运十分关心。他留心时务，寻求救国救民的药方。他推许西方一些国家的民主、自由与共和制度，并企望着把它们都介绍到国内来，加以实施。道光十八年（1838 年），林则徐被任命为钦差大臣，赴广东查办"海口事件"，节制全省水师。林则徐到广东后，于次年即责令英国商船缴烟，并立即在虎门全部销毁，还严令外商具结：凡船只夹带鸦片者，船货全部没收，船主也要正法。不久，林则徐升任两广总督，对梁廷楠十分器重，就特地邀请他在自己的总督府里担任文官，共同商讨保卫国家海疆、抵抗外夷侵略的详细计划。从此，梁廷楠全心全意地投身林则徐领导的禁烟运动和抗击英国侵略者的斗争中去，表现出高度的爱国主义精神。在这一阶段里，梁廷楠不仅为林则徐起草了大量的文稿，制定了许多规章制度，还直接参与一些重大事件的谋划与决策。同时，又通过自己的实际调查研究，完成了有关国际关系方面的专著《粤海方志》与《夷氛闻记》，为林则徐在两广总督任上的不少重大决策提供了科学的依据。

作为一个学者，梁廷楠的治学是把史学、金石学作为自己的主攻方向，著有《南唐五主传》（三卷）、《金石称例》（四卷）等。在戏曲创作上，有杂剧四种，分别是《圆香梦》、《江梅梦》、《断缘梦》和《昙花梦》，合称小四梦；传奇《了缘记》一种。作者在上述戏曲创作中，自觉地继承了明代戏曲大家汤显祖"因情成梦，因梦成戏"的传统，并赋予了它们浓郁的近代色彩。《江梅梦》是"小四梦"中的一篇代表作，写杨玉环与李隆基的爱情故事，人物形象鲜明、生动，立意也有着"历史的艺术反思"的味道。

《藤花亭曲话》共五卷，第一卷列举元明杂剧和传奇剧目，主要根据元人钟嗣成《录鬼簿》与清人黄文旸《曲海目》两书，按作家作品数量的多寡重新加以归类排比。第二、三两卷是对名家名作的品评，难能可贵的是他不因袭前人谈曲、论曲的习惯，皆有独到的评论。有的是从文献或史书上去追究本事的渊源和来龙去脉，有的却专谈剧本的辞藻和章法，其中最多的，也是最得心应手的是从剧情、结构上去评论它们的所得与所失，而且独具慧眼。第四卷重点是谈曲辞格律、宫调和谱法。第五卷侧重的是戏曲音韵，作者精通音律，给这卷的评论增加了许多学术色彩。其中虽然也经常引用前人的论述，但却不时出现一些精辟的见解和个人独特的评论。

作为一部"曲话"，梁廷楠的《藤花亭曲话》自有它高明的地方。这就是在戏曲评述中，能够从戏曲创作的特殊角度上去品戏、论戏，十分注重情节结构、场面的安排与布局，人物的对话和曲辞在塑造人物形象上的重要作用，且客观、公允，很有见地。

梁廷楠的"曲话"，品评了自从元明以来的数百位作家的作品，在评论中，心平气和，公允客观，态度科学。

有丰富戏曲创作实践的梁廷楠，在他的《曲话》中，很重视艺术的独创精神，并把这一精神贯穿在《曲话》的始终。

梁廷楠在《曲话》中对《桃花扇》似乎独有所钟。他一方面是对它的"借儿女之情，写一代兴亡之感"的"历史的艺术反思"十分器重；另一方面，也对它人物的描写、刻画，语言上的个性化特色，以至结构上的别出心裁作了很高的评价，尤其是对它的悲剧结局给了极高的评价。

更为可贵的是，《曲话》还能够从对作品的具体分析入手，科学地给以评价，既不溢美，也不藏拙。他虽然称道"《桃花扇》笔意疏爽，写南朝人物，字字绘形绘声。至文词之妙，其艳处似临风桃蕊，其哀处似着雨梨花，固是一时杰构"；同时也指出它结构上的"自我作古，亦殊觉淡然无味"，曲调上的"未免故走易路"等等。态度坦然，难能可贵。

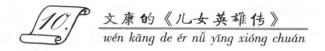

10. 文康的《儿女英雄传》
wén kāng de ér nǚ yīng xióng chuán

文康的《儿女英雄传》，却是对《红楼梦》的一种"矫枉"。文康在书的第三十四回中说："曹雪芹作那部书，不知和假托的那贾府有甚的牢不可破的怨毒，所以才把他家不曾留得一个完人，道着一句好话。"因此，他就把"儿女"和"英雄"强糅在一起，写出这本小说。这种创作指导思想，是把"英雄事业"与"儿女真情"统一到"忠孝节义"的上面去。他还说："儿女无非天性，英雄不外人情；最怜儿女最英雄，才是人中龙凤。"

文康是满洲镶红旗人，姓费莫氏，字铁仙，一字悔庵。他的先世，曾是清王朝的显贵和高官，祖父勒保曾任经略大臣，节制五省军务，封侯爵。文康本人曾捐纳理藩院员外郎，升郎中，再升直隶天津兵备道，咸丰初任安徽凤阳府通判。晚年境遇并不太好，文康与曹雪芹有不少相似的地方，都出身于没落贵族家庭，都是"荣华已落，怆然有怀，命笔留辞"的。

《儿女英雄传》共四十一回。成书于咸丰三年到同治四年（1853—1865年）间。刊行于光绪初年。主要写安骥与张金凤、何玉凤的婚姻故事。少年公子安骥因父亲安学海在河工任上被奸人陷害，下在狱中戴罪赔修。为了营救父亲，安骥变卖田产，凑积巨款，只身前往。先是雇了两个骡夫，但这两个骡夫路途起了歹心，企图谋财害命。后又误入能仁寺，落入凶僧手中，幸亏侠女十三妹在悦来客店曾与他相遇，暗中设法保护，又探得骠夫的阴谋，终于弹毙凶僧，全歼能仁寺歹徒，搭救出安骥与另一蒙难的村姑张金凤及其父母。十三妹又从中撮合，把张金凤配与安骥。十三妹真名何玉凤，父亲被奸贼纪献唐所害，她从此立志要为父亲报仇，就拜义士邓九公学艺，结果练就一身好武艺。后来，她的仇家纪献唐被杀，她曾有过父仇已报、出家为尼的想法，却因安骥的劝导，改变初衷，也嫁与安骥。再后张金凤与何玉凤共侍奉安公子，陪他读书上进。安骥也不负二人的用心，科场连连报捷，位极人臣。"一龙二凤"、"龙凤呈祥"，享尽人间荣华富贵。

　　作为文人写作的一部评话小说，《儿女英雄传》在艺术上有不少值得肯定的地方。在情节结构上，关节脉络、伏线呼应、行文布局都很紧凑，故事情节曲折生动。尤其是前半部，更引人入胜，蒋瑞藻《花朝生笔记》称其"结构新奇"。如叙述安骥一家的故事，线索直露；写何玉凤一家的故事，却"藏头藏尾"，隐约写来，顺叙倒叙，穿插有度，颇显构思功力。在具体描写上，无论是写人写景，状形绘事，都相当细致真切，生动传神。场景描写也相当壮阔多彩。皇宫、巨宅、市镇、野村、庙前、客店、街景、科场及贩夫走卒、游民强盗、村姑细妇等等，都写得绚丽夺目，富有特点，摇曳多姿，色彩斑斓，有如鲜明的民俗风情画。在人物刻画方面，既重视他们仪容外表的描写，也能注重人物内心世界的刻画；既写他们的儿女情怀，又写他们行侠仗义的英雄气概。写人情缠绵悱恻，写侠义豪放粗犷；重笔轻描，点染有度，显示出人情小说同侠义小说的趋于合流。在人物心理刻画方面，中国古典小说总是随着故事情节的发展，在人物的行动中自然加以描写。《儿女英雄传》继承了这一传统，而且有一定发挥和创新。如悦来客店中十三妹与安骥的初次相遇，处处从安公子的眼睛里去写十三妹，把一个从未出过远门的"贵族公子"的幼稚、痴呆，与饱经人世沧桑的女侠的豪放、泼辣的性格，刻画得历历在目，活灵活现。写安公子中举时安家人的各种情形，也十分传神。他们的外表行动，都不自觉地把自己内心感想告诉给读者。实际上，他们外表行动都是自己思想情感与内心活动的一种外观。像家人张进宝气喘吁吁地跑进家门报告，安学海拿着送来的报单，就往屋里跑；安太太也乐得双手去接报单，激动得竟将烟袋递给了安老爷。这时的安公子，却一个人站在墙旮旯里哭了起来；丫鬟长姐也独自在房里坐立不定，听到喜报，把给安老爷戴的帽子错给了安公子；舅太太未撒完尿也跑了出来；安公子的岳母张太太却一个人躲在小楼上，撅着屁股向魁星烧香礼拜，那虔诚劲都在她的拈香跪拜中。这一大段描写，把安学海全家上上下下、里里外外、老老少少、男男女女追慕功名、急切复杂的内心世界，都极其准确生动地表现了出来。在语言运用方面，作者对北京语言的熟悉，和采用方言土语、俚俗民谣、市井口语的笔致，肆意畅达，活灵活现。叙述生动、风趣、诙谐。写人物对话，能选取个性化的语言，使其传神，令读者如闻其声，如见其人，声口传人性格。如张太太的满嘴情话，无故打岔的笨拙，佟舅太太的不时"傲区儿"（开小玩笑），张金凤心宅周密的婉转流利，安学海不苟言笑的迂腐四方，邓九公拙于心计的豪人快语，以及村妇村夫的市井短语等等，都无不一一传神。

《儿女英雄传》把人情和侠义结合起来写，是一种艺术上的创新。人们也可以从一些不太经心描写的场景与人物活动中，感触到作品所表现出的社会问题。像"案里头没有做出弊来"的衙门书办，不顾民命、贪婪误工的河员道台等，使读者看到清王朝的腐败与社会的不安。但是，作品所写毕竟太理想化，又有过多的忠孝节义的说教，使这本小说成为一部封建伦理道德相当浓厚的作品。

文康《儿女英雄传》出现的四十年后，有不署作者姓名的《续儿女英雄传》三十二回问世，光绪二十四年（1898 年）北京宏文书局印行。书中写十三妹等任山东钦差办案、除暴安良的故事，偏重侠义描写，文字也一般，可列入侠义小说。

11. 魏秀仁的《花月痕》
wèi xiù rén de huā yuè hén

　　在近代众多的狭邪小说中，魏秀仁的《花月痕》，却以自己独特的艺术风格和细腻的描写，给读者留下了深刻的印象，也使人们从中了解到当时妓女的命运和封建文人日趋没落、颓唐的精神状况，从而帮助读者认识社会大变动时期的一些带有普遍性的社会问题。由于作者魏秀仁（1819—1873年）科场失意，仕途又不得志，长期在陕西、山西、四川等地做幕僚，经历了鸦片战争时期的一些人与事，所以，作品中也自然烙印着那个时代的一些特点和痕迹。

　　《花月痕》又名《花月姻缘》，五十二回。内容主要写韦痴珠与刘秋痕、韩荷生与杜采秋相恋的故事。韦痴珠与韩荷生都是风流才子，人称"海内二龙"，他们又以文字相交同游山西并州，角逐官场，流连烟花妓院，韦钟情刘秋痕，韩眷恋杜采秋。所恋上述烟花女子，都十分美貌艳丽，人称"并州双凤"。可是这两对才子佳人的命运却极不相同。韦痴珠文采风流，著作等身，倾倒一时；但因怀才不遇，穷困潦倒，困顿在旅邸之中，不久韦与妻子相继亡故，刘秋痕也以身殉情。韩荷生却官运亨通，飞黄腾达，"俨然诸侯之上客，参机密而握权要"，后又立功封侯，功成名就。杜采秋也得到个一品夫人的封典。其实，韦、韩两人的遭际，都浓缩着作者的生平经历与理想追求。小说处处把他们两个人的不同命运对照着去写，文笔缠绵，哀感顽艳。

　　我们还是先看一段第十五回关于韦痴珠秋心院访刘秋痕的描写：

　　　　痴珠下车，见门是开的，便往里走来。转过甬道，见靠西小小一间客厅，垂着湘帘。兜头便问道："有人么？"也没人答应。痴珠便进二门，只见三面游廊，上屋两间，一明一暗，正面也垂着湘帘，绿窗深闭。小院无人，庭前一树梧桐，高有十余尺，翠盖亭亭，地下落满梧桐子。忽听有一声："客来了！"抬头一看，檐下却挂了一架绿鹦鹉，见了痴珠主仆，便说起话来。靠北小门内，走出一人来挡住道："姑娘有病，不能见客，请老爷房里坐。"痴珠方将移步退出，只听上房帘钩一响，说道："请！"痴珠急回眸一看，却是秋痕，自掀帘子迎将出来。身穿一件二蓝夹纱短袄，下着青绉镶花边裤，撒着月色秋罗裤带；云鬟不整，杏脸褪红，秋水凝波，春山蹙黛，娇怯怯的步下台阶，向痴珠道："你今天却来了！"痴珠忙向前携着秋痕的手道："怎么好端端的又病哩？"秋痕道："想是夜深了，汾堤上着了凉。"便引入靠南月亮门，门边一个十五六岁丫环，浓眉阔脸，跛着一脚，笑嘻嘻地站着伺候。痴珠留心看那上面蕉叶式一额，是"秋心院"三字。旁边挂着一副对联，是：

一帘秋影淡于月；三径花香清欲寒。

进内，见花棚菊圃，绿蔓青芜，无情一碧。上首一屋，面面纱窗，雕栏缭绕。阶上西边门侧，又有一个十二三岁丫环，眉目比大的清秀些，掀起茶色纱帘。秋痕便让痴珠进去，炕上坐下。痴珠说道："这屋虽小，却曲折得有趣。你卧室是那一间？"秋痕道："这是一间隔作横直三间，这一间是直的。"便将手指东边道："那两间是横的，前一间是我梳妆地方，后一间便是我卧室。你就到我卧室坐。"说着下炕，将炕边画的美人一推，便是个门。痴珠走进，由床横头走出床前，觉得一种浓香，也不是花，也不是粉，直扑入鼻孔中。那床是一架楠木穿藤的，挂个月色秋罗帐子，配着锦带银钩。床上铺一领龙须席，里间叠一床白绫三蓝洒花的薄被，横头摆一个三蓝洒花锦镶广藤凉枕。秋痕就携痴珠的手，一齐坐下。

从这段关于刘秋痕"秋心院"的描写中，我们发现《花月痕》的作者语言运用得纯熟逼真，日常生活描写得细致真切，而且入情入理，饶富生活情趣与韵味。在人物描写与刻画上，也能符合人物的心理变化与个性特征。如第二十八回的写痴珠与秋痕因风藤镯事的误解、第九回的写痴珠与秋痕的相遇、第十三回的写杜采秋看信，都相当出色。景物描写也极富诗情画意，令人神往。

12. 林昌彝的《射鹰楼诗话》
lín chāng yí de shè yīng lóu shī huà

"诗话"这一名称，始于宋欧阳修的《六一诗话》，他在《诗话》的第一句话中说："居士退居汝阴，而集以资闲谈也。"是"闲谈"而称"诗话"，即关于诗的闲谈。宋诗话作者许□也给诗话下过一个定义："诗话者，辨句法，备古今，纪盛德，录异事，正讹误也。"综合历史上各种对诗话的理解，我们可以说，诗话就是一种漫话诗坛轶事、品评诗人诗作、谈论诗歌作法、探讨诗歌源流的随笔。

在我国，诗话就其内容和体制而言，有其漫长的渊源，早在先秦时代就已盛行着谈诗的风气；到了汉代，出现了独立的诗文论著，这些评论虽不同于后来那种漫谈式、随笔式的诗话著作，但它们对诗歌理论、诗歌作法的探讨及对历代诗人的品评，给予后代诗话作者的影响是很深远的。魏晋以来的笔记小说也是诗话的另一重要渊源，虽然这些笔记并非诗话专著，但却与诗话有着很密切的亲缘关系。诗话的勃兴和繁荣是在宋代，此后，在金元明时代不断发展成熟，趋于系统化。随着诗歌的不断发展，诗话著作也是卷帙浩繁，不可胜举，而出现于鸦片战争前后的《射鹰楼诗话》便是其中的一部。

《射鹰楼诗话》共二十四卷，全书论及当代诗人约四百位，诗作两千余首，采释极博，把不同流派创作的或多或少反映反帝爱国思想的诗作集中起来宣扬，是一部具有强烈爱国主义思想和进步思想内容的诗话。书名"射鹰"者，"射英"也，即射击英帝国主义。全书有四部分内容：首先，考订并评述古今诗作，发表对诗歌创作和鉴赏的见解，在诗歌形式方面，主张艺术风格多样化，反对独偏一格；其次，品评"有关风化"的诗作，重视诗的教化作用，要求诗歌对"时务"产生积极作用，要求诗人对社会要有理想和抱负，"贵有抱负，方为大家"；此外，采录了大量师友的诗歌。而整部《诗话》中最为精彩最为重要的则是反映其爱国主义思想的部分。在这一部分中，作者借诗话抒陈时务，发忧时救世之政见和感慨，有着明确的政治目的。同时，辑录了一大批爱国诗人在鸦片战争时期的主要作品，保存了不少反对帝国主义侵略的优秀诗篇，并在评论中热情赞扬了这些爱国诗人和人民群众的抗英义举，对腐朽的时政进行了尖锐的抨击，渗透着强烈的爱国主义的时代情感。

19世纪30年代，鸦片在中国恣意横流，使中国人民遭受了空前的浩劫，对此，作者满怀忧虑地写道：

> 福州文地，即以金为山，以银为海，亦不足供逆夷所欲，况地瘠而民贫者乎？数年之后，民其涂炭矣！

既反映了鸦片给中国带来的灾难，也反映了作者对鸦片危害的深深忧虑及对广大人民的深切同情。

英国入侵，清政府却一味主张议和，置民族危机于不顾。对此，作者在评论陆游《书志》时，悲愤地说：

> 英逆之变，主和议者是何诚心？余尝见和约一册，不觉发为之指。陆渭南书志诗云："肝心独不化，凝结变金铁。铸为上方剑，衅以佞臣血。"读此诗，真使我肝心变成金铁也。

在这段评论中，作者把矛头直指统治者："面对英国的侵略，你们却力主议和，这究竟是何居心？看到那屈辱的和约，我气愤得头发都竖起来了。陆渭南在《书志》中说：'我的肝心啊，你为何不熔化凝结成金铁，我要用你铸成宝剑，去刺穿佞臣的胸膛！'读这首诗，真使我的肝心变成了金铁！"一席话，言辞犀利，如匕首，像投枪，对清政府腐败无能的抨击，对丧权辱国者的愤恨及不甘屈辱的一腔正义充溢于字里行间，读来不由令人血脉贲张，拍案而起！

鸦片战争时期，爱国诗作精彩纷呈，对这些优秀的诗篇，作者也给予了高度的评价，认为"《三元里》、《三将军歌》、《越台》、《江海》、《书愤》诸诗有据鞍顾盼之意"。这些评论，充分体现了作者对反帝义举的称道。在对魏源写于鸦片战争后不久的《前史感》和《后史感》诸作的评论中，作者写道：

> 默深诗如雷电倏忽，金石争鸣，包厚时感，挥洒万有。
>
> 默深所谓诗文，皆有裨益经济，关系运会。

这些评论，表现了作者不甘屈辱、忧心时事及表彰正气、伸张国威的爱国热忱，反映了时代和民族的精神，也体现了诗话编纂者的良苦用心。

如此一部充满忧时愤世爱国主义情感的著作，它的作者是谁呢？他，就是林昌彝。

林昌彝（1803—1876 年），字惠常，号芗溪，别号茶叟，福建侯官人。道光十五年（1839 年）中举，但一生在科举和仕途上都很不得意。

林昌彝是一个留心时务，主张经世致用的学者与诗词评论家。他生于民族危机日深、社会剧烈动荡的时期，他对帝国主义的侵略切齿痛恨，与魏源、林则徐、张际亮等经世爱国的作家交往，并引为同志，"每谈海氛事，即激昂慷慨，几欲拔剑起舞"。鸦片战争爆发后，写出了《平夷十六策》和《破逆志》，为巩固海防、反抗帝国主义侵略出谋献策，深得时人欣赏。满腔的爱国热情使得他在论诗时，把当前危及国家民族命运、全社会共同关心的反抗外来侵略的问题，置于论诗的首位，把反帝爱国作为选诗、论诗的首要标准。因此，在《诗话》中，他广泛选录爱国诗歌，并高度赞扬这些诗歌有"俯仰世变，深抱忧患"（卷一），"留心时务，满目疮痍"（卷二），"关心桑梓，怫然隐忧"的现实主义创作倾向。可见，作者不仅是一个学者和诗人，也是一个关心国事、颇有经世之心的爱国者。

《射鹰楼诗话》"非同泛泛语"之处，在于它真实地记录了鸦片战争前后一批爱国主义诗人反侵略的呐喊与救国救民的热忱，并在一定程度上显示出在民族危难时代，文学直面社会现实的审美风貌。

13. 洪秀全的《述志》和《定乾坤》
hóng xiù quán de shù zhì hé dìng qián kūn

　　一个偶然的机会，他得到一本《劝世良言》，这本书改变了他的信仰。从此，他只信上帝，不信孔子。一天，他带着几个同伴走进孔庙，做出一件惊世骇俗的事来：毁坏了孔子的塑像，砸掉了孔子的牌位，并在庙壁上奋笔写下了《毁偶像作》一诗：

　　　　神天之外更无神，何故愚顽假作真？
　　　　只有本心浑失却，焉能超出在凡尘。
　　　　全能天父是为神，木刻泥团枉认真。
　　　　幸赖耶稣来救世，吾侪及早脱凡尘。

　　这个破坏偶像的人就是太平天国革命领袖、天王洪秀全。

　　洪秀全（1814—1864年），广东花县人。他出身于一个贫苦的农民家庭。洪秀全幼年聪慧好学，家人对他寄以厚望，希望他将来考取功名，光宗耀祖。洪秀全七岁入私塾读书，五六年间就能将《孝经》、"四书""五经"熟读成诵。稍长，自己又找来野史奇书广泛涉猎，学识更为广博。十六岁时，家庭生活逐渐困难，父亲不能再供他读书求学，洪秀全回到家中与父兄一块下田劳动。劳动生活一方面锻炼了他的身体，另一方面也使他更进一步了解了农民的思想感情和他们生活的艰辛。回乡劳动第二年，族长看重他的学问人品，于是聘他为本村的塾师，这样他又有了学习的机会。

　　像所有的中国古代读书人一样，洪秀全希望通过科举考试求取功名的愿望很强烈。他先后四次参加考试，结果均遭失败。其失败原因在于当时科举考试非常黑暗、肮脏，不能选拔有真才实学的人才。

　　洪秀全在广州考试时，偶然从外国传教士手中得到一本宣扬基督教教

义的书《劝世良言》，读后大为
震动。由于屡次落第他大受刺
激，一天他生了大病，全身高烧
满口吓人的话语，他说他走进了
天堂，看见了上帝，上帝十分慈
善地对他讲话……这场大病持续
了四十多天。

图为洪秀全画像。洪秀全砸掉了孔子这个
偶像，又把自己设计成偶像，这正是封建社会
农民突不破的局限。

大病之后，洪秀全最后一次
参加考试，正如他所预料，又一
次失败了。这次失败，使洪秀全
对科举考试彻底绝望，而且他对
清朝统治下的中国社会现实越加
不满、痛恨。他从广州回到家
中，怒气冲冲，尽将书籍掷于地
上，愤慨地说："不考清朝试，
不穿清朝衣"，"等我自己来开科取天下士吧！"并且挥笔写下两首表达自
己高远志向的诗。其一后人定名为《述志》：

> 手握乾坤杀伐权，斩邪留正解民悬。
> 眼通西北江山外，声震东南日月边。
> 展爪似嫌云路小，腾身何怕汉程偏。
> 风雷鼓舞三千浪，易象飞龙定在天。

另一首后人取名为《定乾坤》：

> 龙潜海角恐惊天，暂且偷闲跃在渊。
> 等待风云齐聚会，飞腾六合定乾坤。

两首诗中，洪秀全均以"龙"自喻，自比帝王。诗中充溢一股雄视天
下，气吞万里的霸气。两首诗风格均十分豪迈，情感都十分饱满，表现了

洪秀全决心推翻腐朽的满清政权，建立一个大同世界的远大理想、抱负。"易象飞龙定在天"表达了革命事业必胜的信念；"等待风云齐聚会，飞腾六合定乾坤"对未来革命运动作出了充满信心的展望。洪秀全"斩邪留正解民悬"的思想无疑是积极、进步的，符合人民的愿望，也符合历史发展的方向。但是，两首诗中流露出的浓重的帝王意识、个人英雄主义思想显然又是错误、反动的，这显示出洪秀全思想的局限性。他思想进步的方面指导着太平天国革命事业的蓬勃发展，而他思想的局限处又使他亲手创立的革命事业最终失败。

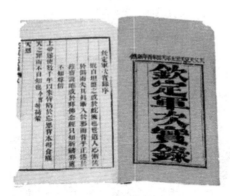

对于世代沉溺于愚昧之中的千百万小农来说，宗教的语言是最容易理解的语言，神秘的力量是最可信赖的力量。他们天然地寻求正义，又天然地相信天命，当正义和神助合而为一时，造反就成了天意选定的事业。图为《钦定军次实录》。

为了实现自己宏大的抱负，洪秀全开始了革命实践。从 1843 年起，他利用《劝世良言》和当年病中幻象的情景宣传宗教思想，并创立宗教团体拜上帝会。他的同窗好友冯云山是他忠诚、积极的支持者。拜上帝会经过一段曲折以后很快发展壮大起来。洪秀全与他的助手开始筹划起义。洪秀全专门请铸剑名工为他铸了一把"斩妖剑"，并赋诗明志，他在这首《咏宝剑诗》中写道：

> 手持三尺定山河，四海为家共饮和。
>
> 擒尽妖邪归地网，收残奸宄落天罗。
>
> 东南西北敦皇极，日月星辰奏凯歌。
>
> 虎啸龙吟光世界，太平一统乐如何！

诗中再一次表达了洪秀全决心扫荡旧世界、建立一个新世界的理想。

时机终于成熟了，在洪秀全、冯云山等人的努力宣传下，加入拜上帝会的人成千成万。1851 年，在洪秀全三十八岁诞辰之际，广西桂平县金田村里旗帜飞扬，刀枪闪光，密密层层的人群，欢笑着，熙熙攘攘。洪秀全身着长袍，手按斩妖剑，在人群的欢呼声中宣告起义，建号太平天国，起义军号称太平军，洪秀全为最高领袖，称为天王。

金田起义像一声巨雷在中国黑暗的天空中炸响。在洪秀全领导下，广西的起义军发展迅猛，"其势如暴风骤雨"。清朝统治者对此十分畏惧，派大军前往镇压。太平军广大将士为洪秀全描绘出的理想社会所鼓舞，浴血奋战，重创清军，并取得官村大捷，大长太平军声威。1853 年，太平军途经江西、安徽、江苏三省，一路势如破竹，占九江、克安庆、过芜湖，乘胜一举攻下南京，并将南京改名天京，尊为太

图为洪秀全雕塑。洪秀全既是天国的开基之主，又是天国的亡国之君。农民领袖这样急遽的命运变迁，留给后人沉重的思索。

平天国的首都。洪秀全在众将士护拥下隆重进城，登上宝座。太平天国定都之后，洪秀全以天子身份颁发《天朝田亩制度》。这一重要文件十分具体地阐述、描绘了洪秀全对太平天国未来将要创立的新世界的种种设想。他的最高目标是要建立一个"有田同耕，有饭同食，有衣同穿，有钱同使，无处不均匀，无人不饱暖"的大同理想社会。这一乌托邦式理想社会对广大农民具有强烈吸引力，太平天国成为受苦受难的下层劳动者热切向往的世界。《天朝田亩制度》的颁发，一系列新政的推行，使太平天国国势日隆，如日中天。

随着革命事业的日益发展，太平天国领导者思想深处的封建意识也日益显露出来。专制作风、个人崇拜、对权力的贪求使领导集团内部产生分裂，1856 年，终于发生"天京变乱"，太平天国内部互相残杀，杨秀清、

韦昌辉被处死，石达开受猜忌而出走。"天京变乱"使太平天国由兴盛走向衰败。1864年，天京被清兵重重包围，形势十分危急，远在外地的太平军也无法解救，眼看大势已去，洪秀全在绝望中病死。

洪秀全一生写下不少战斗诗篇，以抒发革命豪情，表达改天换地的决心，并宣传革命道理，鼓励人民起来反抗。这些诗中以《述志》和《定乾坤》最为著名，也最具代表性。通过这两首诗我们可以清楚地了解洪秀全的思想，他事业的成败得失原因从这两首诗中也可以略见一斑。

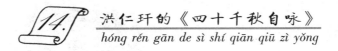

14. 洪仁玕的《四十千秋自咏》
hóng rén gān de sì shí qiān qiū zì yǒng

临终有一语，言之心欣慰。

天国虽倾灭，他日必复生。

这是太平天国干王洪仁玕在同治三年（1864年）十一月二十三日被清政府处以凌迟极刑前写下的绝命诗。诗句洋溢着视死如归的坚贞精神和对太平天国事业的崇高信念。诗如其人，洪仁玕是一位农民革命英雄，也是近代中国放射思想异彩的人物，并有一些充满战斗激情的诗篇传世。

洪仁玕（1822—1864年），字谦益，号吉甫，洪秀全的堂弟，出身于贫苦农民家庭，自幼聪明好学。洪仁玕像当时许多知识分子一样渴望通过科举求取功名以光宗耀祖。1836年，十四岁的洪仁玕第一次到省城参加科考，但未能考中秀才。此后每应县试常常名列前茅，但府试总是失败，最终未中举人，大为失望。没有出路，只得在家乡任塾师。此时的洪仁玕已经成熟起来，他目睹当时政治腐败、人民受难、科举黑暗等现状，萌生了对现实社会的强烈不满，产生了推翻清朝政府的思想。

洪仁玕与堂兄洪秀全虽然有年龄差异，但生活在同村，长年交流，感情深笃。幼年时，他与洪秀全经常一起议论时事，聆听洪秀全的慷慨陈词。他对洪秀全既敬且爱。道光十七年（1837年），洪仁玕十五岁那年，洪秀全屡试不第，深受刺激，大病一场，病愈后开始传教。洪仁玕与冯云山最早接受洪秀全施行的洗礼。他是洪秀全"拜上帝教"的信徒，并在教书期间进行传教活动。

洪秀全、冯云山为传教离开本乡，洪仁玕留了下来。1851 年，洪秀全在广西金田村发动起义，留在家乡的亲属和有关的人都受到官方严缉，洪仁玕就在受通缉之列。为了避难，他曾几度寻找太平军的队伍，但均未找到。1852 年，洪仁玕与洪秀全派到广东的一个使者一起发动了一场小规模的起义，但很快失败了。他被官方逮捕却幸而逃脱，并辗转逃亡到香港。太平天国定都天京后，洪仁玕来到上海企图进入天京未果，只得返回香港。在海轮上，洪仁玕激情澎湃，挥笔写下：

> 船帆如箭斗狂涛，风力相随志更豪。
> 海作疆场波列阵，浪翻星月影麾旄。
> 雄驱岛屿飞千里，怒战貔貅走六鳌。
> 四日凯旋欣奏绩，军声十万尚嘈嘈。

诗中表现出他渴求投入太平革命军中早日建功立业的豪情壮志。

返回香港后，他接触了一些外国传教士并以给外国人教中文为生，与此同时，他也向外国人学习了许多新知识，大大开阔了视野。在香港没待几年，他急于投奔洪秀全，便离开香港，前去天京。临行前，他赋诗一首：

> 枕边惊听雁南征，起视风帆两岸明。
> 未挈琵琶挥别调，聊将诗句壮行旌。
> 意深春草波生色，地隔关山雁有情。
> 把袖挥舟尔莫顾，英雄从此任纵横。

诗歌慷慨激昂，气势逼人，充满着对未来的必胜信念。咸丰九年（1859 年），他从广东到江西、湖北，乔装成商人，经过清兵控制区终于到达天京。长期怀才不遇的洪仁玕终于找到了一片可以充分施展自己才华的

天地。

　　洪仁玕的到来使天王洪秀全欣喜万分。1856年，太平天国发生内讧，杨秀清、韦昌辉被处死，石达开出走。这次变乱之后，天王无人佐政，朝政无人管理，京外无智勇双全的前敌统帅，战场形势转入被动。正当太平天国危急的时刻，洪仁玕来到天京，天王洪秀全的高兴是不言而喻的。洪秀全十分了解洪仁玕的才干，又值太平天国处于用人之际，所以，洪仁玕到天京不到二十天，洪秀全就不顾文臣武将的不满，封洪仁玕为干王，并把他推到仅次于天王的重要位置，让他总理朝政，并兼任军师。洪仁玕看到诸将有不服之色，屡次推辞不就，但天王不允。于是，年仅三十八岁的洪仁玕担当起宰相之职。他决心竭忠尽智，报效天王知遇之恩。

清军围城图。描绘的是清军四面围攻太平天国天京的情形。

　　洪仁玕任职之后，目睹天国内部种种弊端，下决心进行改革。他根据对西方国家的研究，结合天国的实际，写了一本名为《资政新篇》的书，经天王洪秀全批准后公布。这是一本构思严密、条理清晰、切中时弊、放射思想异彩的奇书。其中包含着洪仁玕学习西方、立志把中国改造成为"新天、新地、新世界"的可贵理想。在这本书里，他按照自己的了解，叙述了西方资本主义国家的情形，认为这些国家"技艺精巧，国法宏深"。他主张同外国通商，主张发展工业，主张准许私人投资、奖励发明创造。

我们不难看出洪仁玕的主张实际上是要建立一个实行资本主义制度的社会。除了写出《资政新篇》，洪仁玕上任后还推行了一系列新政，稳定了当时的局面。然而，他的改革也触动了一些权贵的利益，因此遭到了一些人的攻击。

1859—1860 年间，天京被清军包围，形势十分严峻。洪仁玕自幼熟读经史，他巧用"围魏救赵"的计谋，让太平天国精锐部队千里奔袭杭州，吸引围困天京的清兵南下，然后立即回军击败围京的清军。这一战役打得干净、利落，大获全胜，在太平天国战史上堪称杰出战例。洪仁玕在指挥战役中表现出了足智多谋、运筹帷幄的军事指挥才能。经此一战，太平军"军威大振"。

正当太平军沉浸在胜利的欢乐中并乘胜出兵苏、杭等地时，安庆告急。当时，天京周围没有可以抽调的兵力，洪仁玕奉诏南下催兵。这年他正好四十岁。生日那天，他回顾自己一生的历程，百感交集，写下一首《四十千秋自咏》：

> 不惑年临感转滋，知非尚欠九秋期。
> 位居极地夸强仕，天命与人幸早知。
> 宠遇偏嗤莘野薄，奇逢半笑渭滨迟。
> 兹当帝降劬劳日，喜接群僚庆贺诗。

诗中流露出辛酸、愤慨、自勉、自励的复杂心情，反映出他不得意的处境。这个立志改革的政治家在面对日益滋长的腐败时，深感力不从心。

东进太平军一部分在洪仁玕催促之下回到天京奔赴安庆，另一部分留恋苏、杭繁华之地而迟迟不动。安庆终于失守。清军以安庆为大本营，沿长江向东，水陆并进，从太平军手里夺取了皖南、淮南和沿长江的一个个据点，天京又一次被清军包围。军事上的一次次失利使天王洪秀全十分震怒，他严责洪仁玕失职，并革去他的总理之职，削去他的爵位。

同治三年（1864 年），天王洪秀全病逝，天京陷落。洪仁玕与幼主洪天贵福逃出天京，只有少数随从跟随。他们辗转流亡，走到江西广昌，被

清兵擒获。面对清朝官员的审问，洪仁玕毫无畏惧，最后，被清兵杀害，这年他四十三岁。洪仁玕英勇牺牲了，他用自己的生命实践了生前立下的"宁捐躯以殉国，不隐忍以偷生"的誓言。

15. 太平天国留下的传说故事
tài píng tiān guó liú xià de chuán shuō gù shì

太平天国起义是我国近代史上规模最大的一次农民起义。太平天国提出的种种社会理想表达了广大农民的愿望，得到了他们的热烈拥护。这场起义虽然失败了，但却留下许多动人的传说。

太平天国运动共历十四年，转战大半个中国，留传下的故事丰富多彩，但大体可分以下几类：

第一类，颂扬起义领袖聪明才智的故事。如《金田起义》讲的是冯云山奉天王之命打造武器为起义做准备。打造时，整日整夜叮叮当当，声音很大，传到几里之外。为了避免被官兵发现，惹起麻烦，冯云山巧生一计，他很快派人买来一大群鹅。鹅爱叫，而且不光白天叫，夜晚也叫，一大群鹅的叫声就把打铁声音掩盖住了，这样，起义军可以安心赶造武器了。兵器越来越多，铺子里装不下，于是把兵器搬到韦昌辉家藏起来；后来，这里也放不下了，怎么办呢？这时，冯云山又生一计。他找来心腹兄弟，趁黑夜悄悄把兵器全都放进犀牛潭里去，然后叮嘱他们不许走漏消息。起义前一天，洪秀全派人来拿兵器，冯云山说："明天一起去犀牛岭拿。"第二天，几千人都上犀牛岭等着拿兵器，却不见有一件。等了一会儿，冯云山也来了，大家见他两手空空，很吃惊。这时，冯云山说："昨天晚上，天父托梦给我，说要给我们许多武器，已经放在犀牛潭里了，现在我们一同去取吧。"大家十分兴奋地来到犀牛潭边，一个人下水摸了一会儿，高兴地说："里面武器可多哩！"大家一片欢腾。这一故事赞扬了冯云山的超人智谋。这类故事很多。

第二类，反映起义军纪律严明、爱护百姓的故事。《洪杨带兵过瑶寨》

太平军制造、使用的大炮

讲的是起义军过瑶家村寨发生的故事。故事内容是：瑶家男男女女听说一支队伍过来了，都吓得躲进深山。因为他们屡遭官兵的骚扰，非常害怕。瑶民走后，鸡呀、猪呀、牛呀、羊呀，满村乱跑。太平军进村后，头领说："瑶人都是受苦人，是天兄的兄弟姐妹！大家快帮着把牲口赶进圈里去，喂好饲料，我们在寨外安营，不得乱入民房！"第二天，队伍离去，几个大胆的瑶民进村探看，发现村里一切安然无恙，有的东西用过后还留下了钱。后来，人们还发现一张纸条，上面写着太平军是穷人的队伍。"是太平军！"瑶民十分感动，男女老少追赶队伍，送去食物以表谢意，有的青年还参加了太平军。

第三类，赞美太平天国女英雄的故事。洪宣娇是太平天国著名女将领，关于她的传说很多。《刀砍刘四》讲她十七岁时单身从广东去广西，寻找哥哥洪秀全，一路上以卖武艺赚钱作路费。一天，她来到一个镇子，照样摆场卖艺，却遇上一个蛮横的恶人。此人长得身材高大，满脸横肉，名叫刘四。他闯进场子向洪宣娇索要钱财，洪宣娇十分生气。他见洪宣娇不服便提出比武较量。两人打斗起来。洪宣娇虽为女子但武艺高强，她赤手空拳与手持大刀的刘四搏斗。几个回合之后，刘四技穷，洪宣娇夺了他的大刀，"嗖！嗖！"两下砍下刘四的双手，刘四疼得满地打滚，围观群众，莫不拍手称快。传说中的洪宣娇何等英武！《赖红姑》讲女英雄赖红姑十八般武艺样样精通，清妖十分畏惧。她随赖文光南征北战，为天国立下不少战功。

第四类，颂扬太平天国匡扶正义、除暴安良的故事。《白兀赵》说的

图为街巷血战。太平天国的悲剧意义不仅在于天京失陷后太平军巷战的惨烈与牺牲的悲壮，更在于他们猛烈冲击传统，却无法挣脱传统的轮回；激烈反对封建，却无法逃离封建的泥淖，这是历史的悲哀。

是有个村叫白兀赵。这个村本来如戏上唱的"前有戏龙河，后有落凤山"，十分秀美，可是由于大片田地让大财主钱眼红霸占去，村民们都穷得丁当响。白兀鸟常来村子里的一棵大白果树上歇脚，它们嘴里掉下的毛鱼子常铺撒一地。这一情形让钱眼红看见了，他又红了眼。他霸占了白果树，独吞毛鱼子，还把村子改为"钱家鱼园"。这一年，太平军来了，钱眼红依然横行霸道。太平军头领让士兵把他捆挂在白果树上。从此后，钱眼红再也不敢欺侮穷人，白兀赵恢复了原名。《埋狼岗》讲的是庐州东南四十里处有个埋狼岗，旁边有个时家村，村里有一家人，生活很贫苦。这家人有个姑娘叫三姑，出落得像荷花一样俊俏、美丽，苗苗条条。村里有个恶霸叫时大郎，已到七老八十的年纪，还欺男霸女，横行乡里。左邻右舍都恨他恨得牙根痒痒，背地里叫他屎大狼。这屎大狼看到三姑长得漂亮，便生邪心带着狗腿子把三姑抢走了。老母亲看见女儿被抢快要急疯了。三姑的大哥大虎去救她，被恶霸害死。三姑也悬梁自尽。二哥二虎拿大刀冲进屎大狼院子，一刀砍下屎大狼的一只右臂。屎大狼家人见势将二虎团团围住，二虎寡不敌众。正在危急之时，太平军出现了。他们止住双方，问明原委，把二虎带到英王陈玉成面前，英王赞扬二虎是一条好汉。二虎看到太平军保护穷人，感到无比亲切。他叙述了一家人的遭遇，请英王做主为他报仇。英王当即下令将屎大狼正法，并把他的财宝粮食尽数分给穷苦百姓。附近的财主听说了这件事，都吓坏了。自此之后，人们把埋着屎大狼的荒岗称作"埋狼岗"，以示对恶人的痛恨。这类故事在太平天国传说中也占很大比例。

太平天国战斗的地方流传着许多这样的故事，表达了人民对这场革命的肯定与赞美。它们是近代文学中极为宝贵的一部分。

16. 中兴之臣曾国藩的传世《家书》

zhōng xìng zhī chén céng guó fān de chuán shì jiā shū

曾国藩（1811—1872年）是晚清的中兴之臣，他一手创办的"湘军"打败了太平天国，挽救了清王朝。然而，他一生的事业又和他的家世息息相关。曾国藩出身耕读之家，从小就过着勤俭朴素的生活，受到礼义廉耻、忠君爱国传统儒家思想教育。六岁开始认字，二十四岁中举，二十八岁中进士并被点翰林，可谓少年得志。正是因为这些，才为日后他的事业奠定了良好的思想基础。

曾国藩能成为桐城中兴的盟主，这还与他平日访师择友密不可分。他深知学问事业和师友的影响很大，曾说："凡做好人，做好官，做名将，都要有好师好友好榜样。"他曾投师于军机大臣穆彰阿，是穆彰阿的门生；又曾从大理学家倭仁、唐鉴学习程朱理学。唐鉴教其治学，倭仁教其做人。这些对他后来的伦理道德思想、治学、立身处世，乃至政治、经济、军事等实用方面的学问影响很大，使他的思想很少越出中国传统思想范围。

曾国藩在长期宦海沉浮与理学的潜心研究中，逐渐形成了以礼治政、

图为留学幼童合影。曾国藩在晚清史上是开风气之先的人物之一。在他与李鸿章的奏请下，1872 年清政府派出首批赴美留学幼童，成为近代官派留学之始。

以忠孝做人的内法外儒的思想体系。他认为对太平天国，不仅需要武装"围剿"，还需要思想、文化方面的"围剿"。桐城派以程朱理学为归，以卫道、绌邪、兴教化为任，正是一支可以利用的队伍。

19 世纪 50 年代末，湘军在与太平军处于相持阶段之时，曾国藩幕府中急需各方面的人才，而战争进行的主要地区是江苏、安徽。曾国藩的振臂一呼，使衰微的桐城派文人学士纷沓而来，成为曾氏幕府的政治、文化方面的重要力量。据统计曾氏幕僚中官员九十二人，其中江苏、安徽籍的就占二十四人，这样也增加了他的政治势力。

在桐城派中兴中，曾国藩首先肯定桐城派为文家正宗，又不断扩大桐城派阵地并新组了一支文学队伍。

由于曾国藩对桐城派文章的大胆改造，使桐城派文学走出了低谷，从规模狭小的死胡同中走出来，开始表现复杂的社会题材和社会思想，从此打破了桐城派所谨守的法度、语言的禁忌。桐城派能中兴，其中很重要的因素源于曾国藩对桐城文的改造。

作为一种文学样式，"家书"是最能体现作者真情实感的了。它的无拘无束，自由活泼；倾注亲情，无话不说；真情流露，苦口婆心，都使这种作品洋溢着一种浓郁的感情，真实的内容，亲切的感觉。古今中外，也出现了许许多多脍炙人口、百谈不厌的家书，令人读来心旷神怡，从中看到一些其他体裁难以表现的内容与感情。

曾国藩（1811—1872 年）的家书，所涉及内容十分广泛，大到政治、经济、军事、治学、修身，小到家庭生活、人际关系，无所不及。通过他对子弟子侄人品、学识、处世、为人等方面

这是曾国藩传世的唯一一张照片

的教育，清楚地看出他修身、齐家、治国、平天下的原则。无怪乎蒋介石、毛泽东等许多政治家，都要把《曾国藩家书》奉为必读之书。

在家书中可以看出曾国藩为官的法则：恪守"忠"、推崇"仁"、留心用人、倡勤俭，反映了儒家思想对他为人立世之道的深刻影响。

曾国藩事业的成功，得益于他勤奋刻苦的学习。他的治学方法和理论，即使在今天也有着重要的参考价值。他认为：气质本自天赋，很难改变，但读书可以改变人的气质。想要寻求改变气质的方法，必须先立志。他常说："志不立，天下无可成之事。"

在军事上曾国藩凭着儒家精神，训练出地主武装湘军。他募兵要农夫，选官需智勇，训练仿戚家军治兵之法，并作《爱民歌》要求湘军传唱，以示对军民关系的重视。曾国藩属文人带兵，以儒家精神练出一支子弟兵——湘军，但他并不是一个成功的指挥官。他自己也说："鄙人乃训练之才，非战阵之才。"湘军在平定太平天国之乱中多次被太平天国军打败，曾国藩也曾有过三次投湖自杀以示决不投降、决不贪生怕死的忠心，幸被部将所救，这些失败的战役，差不多都是曾国藩自己亲任指挥官的。曾国藩虽屡战屡败，但他意志坚强，态度沉着，仍能继续战斗，贯彻始

终。从《曾国藩家书》中可看出：曾国藩的军事理论十分精湛，却不能将这一精湛的理论与实际有机地加以结合，他不过是一位军事上的理论家。

家书中写得最多的是治家的方法。他的治家沿其祖训"书蔬鱼猪，早扫考宝"八字家规。他把治家的关键放在"勤俭孝友"上，他认为这是一家精神力的表现。他十分注意对女眷的教育。

《曾国藩家书》能历久不衰，让每个读者都爱不释手的原因，就在于他为官、处世、治学、治家的原则适合人们在现实生活中的需要，能恰到好处地协调人际关系，维持家庭和睦。它是中华民族传统文化的一部分。

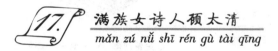

17. 满族女诗人顾太清
mǎn zú nǚ shī rén gù tài qīng

在中国文学史上，女性向来是男性作者审美视界中反复把玩、吟咏的对象。在漫长的古典文学画卷中，多是琳琅满目的女性人物形象，而能够以创作主体、审美主体载入文学史册的女性作家，则凤毛麟角。这不能不归咎于以男性主义为中心的夫权文化。到了近代，伴随着独立、平等、民主等意识的萌芽，这种清一色的男性作家文学史的状况略有改变。胡文楷《历代妇女著作考》共列女作家四千余人，仅清代就有三千五百人之多（均指有作品传世或存目于文献者）。到了近代，巾帼更不让须眉，其自我觉醒意识空前增强。尽管如此，传统封建礼教，还在严格封杀着企图独立于"爷们儿"世界的巾帼女杰。凡能够脱颖而出、传名后世的女作家，无不是经历千难万险后以伤痕累累之躯挺立于男性作家们面前。鉴湖女侠秋瑾自不必说，在她之前，一位满族贵妇也不堪青春生命虚耗，而用她的词笔唱出了厌倦贵族陈腐生涯，渴望个性舒展的心灵呐喊。她就是有"男中成容若，女中太清春"之称的满族最优秀的女诗人顾春。

顾春（1799—1876年），字梅仙，又字子春，号太清。晚年别号云槎外史。这是一位身世不幸、平生遭遇曲折而充满传奇性的奇女子。她本属贵族，西林觉罗氏，是满洲镶蓝旗人，鄂尔泰曾孙。但这贵族身份给她带来的并不是荣耀和富贵，而是罪孽和不幸。乾隆二十年（1755年），她的祖父、广西巡抚鄂昌因胡中藻诗案牵连，被赐自尽。她一出生，便是"罪人之后"，后来被荣恪郡王绵亿府上一顾姓包衣人（奴仆）所收养，遂冒姓顾。以至于百年之后，人们仍难以断定其祖籍。据她后来的《食鹿尾诗》说到食"海上仙山"的鹿尾而牵动乡情，又自名其词集为《东海渔歌》，有人便推测其家乡当在"吉、黑濒海产鹿之区"。顾春自幼失去父母，养于仆人之家，旦夕祸福、穷富巨变，给她幼小的心灵抹上痛苦而难忘的记忆。幸运抑或不幸的是，顾春聪慧过人，乖巧伶俐，尤喜舞文弄墨，游戏作诗，颇有情致。在二八芳龄时，便出落成绝色佳人，才貌双全。二十岁时，被绵乙郡王之子奕绘看上，便嫁给自家主人公子做了侧室。所幸的是，奕绘虽贵为乾隆皇帝曾孙，袭贝勒爵，但风流儒雅，擅长诗词书法，喜爱金石书画，还有一副怜香惜玉的情种怀抱，娶了顾春这位颇擅音诗的绝代佳人后，对其宠爱有加，专在永定河之西、大房山之南购得南谷，为顾春营建别墅，很快就把正妻抛诸脑后。夫妾二人吟诗作画，骑马弹奏，唱和相得。还在别墅中交结名流，谈艺论道，惬意无比。奕绘府邸俨然就是一个文学沙龙。可惜好景不长。道光十八年（1838年），奕绘卒，顾春的不幸便随之而来。奕绘正妻所生嫡长子载钧袭爵。他向来不满意顾春，在奕绘丧事刚完，便旧仇新恨一起清算，将顾春及其所生子等五人逐出贝勒爵府，终于为久被冷落的母亲报了失宠之仇。而顾春只好在西城养马营租赁民房暂住，时常还得遭受载钧的种种刁难。自此，顾春便从充满柔情蜜意的贵妇人生活跌入封建宗法家族利益倾轧的无底深渊，连一种自食其力的农妇生活都过不安宁。这种苦难生涯倒也成了她诗词的好素材，遂自署"太清西林春"或"太清春"。七十七岁时双目失明，仍不辍诗笔。晚年以子贵，生活有所好转，逝世时已在七十八岁以上。

顾春是一位至情至性的诗人。虽嫁与奕绘为侧室，但夫妾以诗唱和，互为知音。奕绘在世时，贝勒府是文士名流雅集的场所，顾春自然是讨得各方人士喜爱的女主人，不仅美丽华贵，而且诗才出众。那种众星捧月式的荣宠和得意正是射向载钧及其母亲心窝上的利箭。奕绘卒后，顾春搬往

西城，与当时的文人雅士的交游和诗文唱和依然不绝，更令载钧感到其对父亲守丧不忠，败坏门风。其中，顾春与大思想家、大诗人龚自珍往来尤为密切。

顾春与龚自珍的交往在当时有许多议论。据说二人相恋，有情而无缘。从文学的角度看，自珍、太清相恋之真伪倒也无须过于较真，所谓流言止于智者，民间又有"无风不起浪"之语。自珍、太清交往之密留给文学史的，不应该是桃色事件式的绯闻，而应该是鲜活的、生动的、能够激活创作灵感和生命激情的写作契机，是见情见性的、能够浸润诗人们天性的自由、浪漫之母乳。自珍、太清二人皆人中龙凤，诗词俱佳，性情相投，互相倾慕，互为知音。如二人真的以诗相恋，也是情理之中的事。

太清作为满族最优秀的女诗人，诗词俱佳，数量众多，尤工于词。有《天游阁集》五卷，包括诗词，有词集单行本《东海渔歌》四卷。况周颐《蕙风词话》引用当时人的公评："本朝铁岭人词，男中成容若，女中太清春，直窥北宋堂奥。"认为她与纳兰容若分别是清朝最优秀的女性和男性词人，时人纷纷欲先睹为快。她的词作内容包括题画、唱和、咏怀、咏物四类。这些词作摆脱了元明以来纤巧浮艳、雕琢模拟的恶习，直取宋词中生动活泼的创造精神，自由抒写真实的生活和情感，被况周颐评价为"深稳沉着，不琢不率"，"闺秀中不能有二"。她的怀人之作《早春怨·春夜》写道：

> 杨柳风斜，黄昏人静，睡稳栖鸦。短烛烧残，长更坐尽，小篆添些。红楼不闭窗纱，被一缕、春痕暗遮。淡淡轻烟，溶溶院落，目在梨花。

春夜怀人，幽深的背景，寂寞的情怀，难挨的长夜，情景人融为一体，细腻生动，耐人寻味，化用宋人词意了无痕迹。其他如抒情词《定风波·恶梦》、咏物词《江城子·落花》、写景词《浪淘沙·登香山望昆明湖》等，都朴实亲切，洗练传神，似淡实浓。虽多写闺中生活，视野不阔，但真率自然，有一股丈夫式的豪逸浑厚之气。或许，这也正是令龚自珍倾慕的原因。

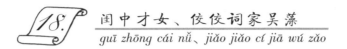

18. 闺中才女、佼佼词家吴藻
guī zhōng cái nǚ、jiǎo jiǎo cí jiā wú zǎo

　　清代词人名家辈出，佳作连篇，是词发展史上的一个重要阶段。到近代，也涌现出不少成绩斐然的女词家，吴藻就是她们当中的佼佼者。

　　吴藻（1799—1862 年），字苹香，号玉岑子，浙江仁和（今杭州）人。她的父亲是当地一位很有名望的商人，家里常常是"谈笑有商贾，往来无书生"。就是在这样一个充满钱财气味的家庭里，小苹香很早就显示出独特的文艺才能。喜好诵读诗词曲赋，调理音律短长。苹香的父亲虽是一个商贾，却也开明通达，知书识礼，看到小苹香有书香门第之趣，便想为女儿寻觅一位先生教读诗书。

　　说来也巧，这一天一位客人来到吴宅，造访苹香的父亲。此人也是杭州人氏，名曰陈文述，字退庵，号云伯，嘉庆年间举人，曾官昭文县知县。退庵乃是当时的知名诗人。他诗学西昆体，早在少年时诗文已名冠江南。退庵为诗，尤长于歌行体，所作近体亦颇佳。王昙称他是"集百八十年诗人之大成"的诗人。

　　陈文述与苹香的父亲既为桑梓近邻，关系颇为亲近，故而常来常往。前几天，苹香的父亲告诉陈文述自己得了一壶好茶，请他前来一起品味。却说二人叙谈兴味正浓，那茶也泡得正是时辰，忽听内堂传来悠扬的琴声，陈文述放下茶盅，静静聆听一回，不由赞叹："妙！妙！闻琴声颇有高山流水之意，不知可是令爱所奏？"吴老先生捻髯微笑道："正是，正是。"随即唤道："苹儿，出来见过陈叔伯！"琴声戛然而止，不一会儿，从内堂走出一位亭亭玉立的小姑娘，看上去十五六岁。吴老先生正要介绍，不想苹香已道了个深深的万福："久仰陈叔伯大名，不知先生可是来自'荷花世界柳丝乡'？"一个小姑娘竟将自己的词句随手拈来，令陈退庵惊喜不已，一时竟不知说什么好。吴老先生忙说："小女素仰陈兄诗才，

自幼喜好识文断墨，陈兄如不嫌弃，就做小女的先生如何？""不敢当，不敢当，得英才而教育之为人生一大快事，令爱禀赋高洁，性情淑贤，小弟愿倾所学供所请教。""多谢陈叔伯厚爱。"苹香又深深地拜了一个万福。

光阴荏苒，又一年过去了。陈文述已去安徽全椒做知县了，而吴苹香也嫁给了同邑商人黄某。在陈文述近一年的悉心指教下，苹香的诗词功力日见长进。在杭州已是小有名气。丈夫黄某虽是商贾中人，却颇能体谅关爱苹香，有时也和夫人一起品茶咏诗。苹香善绘丹青，夫妻常常展画评赏，倒也别有一番情韵。

这一时期，苹香与杭州的诗词名家黄宪清、赵庆熺过从甚密，黄宪清才思富赡，诗词曲均所擅长。中年后因为政治失意，诗词多抒发个人抑郁不满。晚年词作尤为充实。赵庆熺的词曲除对花、赏月、伤秋、题画等传统题材外，也不乏深刻的内容。由于他才华出众、技巧精熟，常能状难写之景，抒难言之情，在艺术上做到自然本色，情味隽永。黄、赵二位的才情与艺术风格深深地影响着苹香的诗词创作。在风景秀美、才子云集的杭州，还有很多女词人，如李佩金、鲍之惠、归懋仪等，苹香经常同她们在一起酬答唱和，精研诗词理趣，成为志同道合的好朋友。

正当苹香的诗词一步步走向成熟时，她的丈夫因患急症不幸早逝，这使得人尚年轻的苹香的生活发生了重大变化。失去经济支柱的苹香从此深居简出，独自一人寡居钱塘。就是在她内心充满悲痛、孤寂的时刻，她也从未放弃过诗词的创作。这一时期，她曾自作《乔影》杂剧，一时传唱大江南北，声名鹊起。词的创作也进入高峰期，艺术上日臻化境，时人称赞苹香可与纳兰容若相媲美，并称他们为清代两大词人。她自己也戏称为"扫眉才子"。

晚年的苹香生活无依，日见拮据，往日的一些好友也都纷纷谢世，令她益加感受到人生的祸福无常。每当她创作出一首绝妙好词或描画出一幅青绿山水时，每当她再次弹奏起"高山流水"时，内心都禁不住自问："人生来去自是空，我如此执著不肯放弃，岂不是违背了本来的天道吗？我孜孜不倦所追求的或许只有在一切都停止时才可能得到吧？"于是年届花甲的"扫眉才子"，名冠钱塘的"玉岑子"，终于弃绝笔墨文字，皈依禅门了。不管未来的苹香是涅口还是终结，这都是她重新奏响的一曲"高山流水"。

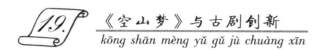

19. 《空山梦》与古剧创新
kōng shān mèng yǔ gǔ jù chuàng xīn

范元亨二十三岁时编写的传奇《空山梦》，向我们透露出一个古典戏曲创作上的新信息，这就是古剧随着时代发展的推陈出新。正是这种适应时代潮流的推其陈、出其新，使中国古典戏曲创作在这一时期，还能有自己的读者，在近代文学史占一席之地。

范元亨（1819—1855年），原名大濡，字直侯，号问园主人。江西德化（今九江）人。咸丰二年（1852年）中举，次年参加会试，看到科场的种种弊端，十分愤怒，就拂袖罢试，回到家乡。他生性耿直不阿，从不谄媚权贵，终于潦倒贫困终生。死时，年仅三十六岁。

范元亨少时聪慧多才，又刻苦好学，人以神童待之。著述丰富，经史子集都有钻研，有《四书集解》二十卷、《五经释义》五十六卷、《红楼梦评批》三十二卷、《问园诗文集》二十四卷、《问国词稿》八卷、《秋海棠传奇》十六卷，共一百五十六卷。可惜都毁于战火，目前只保存着《空山梦》传奇和七十一首遗诗。

二十三卷本的《红楼梦评批》告诉我们，曹雪芹的《红楼梦》曾经引起他极大兴趣，并使他在风华正茂时伏案边读边评批，竟写了那么多文字。尽管我们今天已经无法看到它的"庐山真面目"，但是仍然从这些干枯的文字中，体会到范元亨热衷于《红楼梦》，倾情于《红楼梦》。宝黛爱情悲剧在他心灵深处引起震撼，自然也在他的创作中打下烙印。人们也不会否认《空山梦》中容述与杨守晦的爱情悲剧与他仔细评批过的《红楼梦》的联系。

明代嘉靖年间，镇守边防的定南侯，骁勇善战，治兵也极严，面对北方屡屡进犯边境的匈奴，他毫不手软，坚决给以回击，匈奴闻风丧胆，蜗居不敢侵犯。长期遭受匈奴侵扰的边地人民，也有了一个安居乐业的机会。可是这一行动却使当朝权奸们不安，他们出于卖国投降的阴暗心理，想方设法把他调回京师，并陷害致死。定南侯膝下无儿，只有一女，名叫容述，在父亲遭受杀身之祸后，为了保全生命，只好隐居金陵钟山。一个偶然机会，在山中与不满朝政堕落而弃官隐居钟山的御史杨守晦相遇。二人一见倾心，心心相印，从此过上美满幸福的夫妻生活。谁知天有不测风云，忽然皇帝降诏，要容述去匈奴和亲。容述心里十分清楚，知道这完全是奸相的阴谋诡计，可是回过头来一想，觉得能在这一关键时刻，牺牲个人幸福而为国家民族做些贡献，也是值得的。她毅然决定出关和亲，把报效祖国、挽救国家民族的危亡作为自己人生追求的最高理想。所以丈夫送行时，她说：

> 我容娘呵，为君亲远靖卢龙洒颈血，扶持天地，要叫他匈奴落胆，单于颓气。要知俺上国才人，只看这闺中女子。请频翻青史，有几个佳人，死法能如此。我和君各有当为事，怎受得相牵制，又不是情虫蚁。……有容娘担当山河，怎少得大才人护持元气。君休忆，我为君持使节临边地，君为我快对悲风酌酒卮。

> 明珠薏苡，已自坏长城。却数他女孩儿又去和亲。但不知黄沙白雪怎生行，膻浆酥酪如何饮？此番得见天子呵，誓把先臣冤愤向玉阶陈。胜缇萦没作官婢，效木兰慷慨从军。漫说明君恨，当朝丞相不须嗔。请看我重续君侯未了勋。

容娘在杨守晦送别自己时的这一席话，充溢着多少悲壮慷慨的豪侠气，表现出一代巾帼的豪情壮志。杨守晦听后，十分感动，连连称赞容娘"目空千古"了。

容述到了番地后，就以身殉国，既保持了作为女儿身的贞节，也保持了自己不辱于家、不辱于国、不辱于民族的忠贞节烈；更成就了汉族女子的宁为玉碎、不为瓦全的高风亮节。这在作者当时所处的时代里，的确是壮怀激烈，空谷传响。不是吗？当帝国主义的侵略炮声震动东南沿海时，不是有不少人吓破了胆，在朝廷中也出现了投降派的一味屈膝、割地赔款、丧权辱国吗？不是还有些人躲进"莲幕"中醉生梦死吗？诗人龚自珍不是也在《咏史》中大呼："田横五百人安在，难道归来尽列侯？"范元亨在剧中所寄寓的清除边患、保家卫国的爱国主义思想，通过容述的艺术形象，也明白地表现出来了。

《空山梦》在艺术上的创新，突出地表现在它的不用宫调，不遵旧曲牌，完全是自己的创作、自度曲。这正是"花雅之争"后，花部地方戏兴盛时的必然。这种自度曲，打破了原先传奇在音乐曲式结构上联曲体的束缚，使唱腔音乐和戏剧故事情节很好地统一起来，也能够使剧本根据整个剧情发展的需要，选择最适合的表演手段，灵活地安排场次，并把各种艺术手段有机地结合起来。第六出《诀阁》中大段大段的唱，就极好地抒发了人物别离时的复杂心情，也把容述那为国家民族勇于献身的精神，表现得淋漓尽致。

20. 侠义小说《三侠五义》
xiá yì xiǎo shuō sān xiá wǔ yì

问竹主人根据石玉昆说唱抄录的删去唱词、只留评说的一百二十回抄本《龙图公案》，加以润色整理，改名《三侠五义》，在光绪五年（1879年）由北京聚珍堂出版，一时成为畅销书。

《三侠五义》主要说的是南侠展昭、北侠白玉堂、双侠丁兆兰、丁兆蕙与小侠艾虎、黑妖狐智化、小诸葛沈仲元七人在清官包公的支持下除暴安良的故事。共一百二十回。前二十七回，以"狸猫换太子"故事作为引子，说了包拯的成长、入仕，断案折狱，平反宫冤，迎归国母，以大义灭亲、惩治李保作结。从第二十八回到第六十八回，以展昭同白玉堂的"御猫"和"白鼠"的争雄为中心线索，说到"五义"归附清廉正直的包拯，以及包拯与众侠义保范仲淹、颜查散等年轻清官，同权奸庞太师及其爪牙无法调和的斗争。后五十二回是以颜查散巡按襄阳为主线，说了众侠义士同襄阳王及其党羽的斗争。全书把忠与奸、善与恶、正与邪作为自己故事的基本冲突，展现了上自皇室宫廷、下至穷乡僻壤间的种种社会矛盾。里面有贪官污吏的结党营私、诬陷忠良、铸造冤狱；也有土豪恶霸的荼毒百姓、鱼肉乡里；更有皇亲国戚的广结党羽、图谋叛变。他们的倒行逆施、胡作非为，激起了民愤，也为清官与侠义之士提供了施展自己武艺的阵地。清官与侠义之士相互支持，洞幽烛微、剪除奸恶、扶危济困、行侠仗义、为民除害，表现出说书人所代表的人民群众的殷切希望与崇高理想，渗透着人民大众的审美情趣。全书情节曲折离奇，语言风趣流畅，人物性格鲜明，形象丰满完整。正因为这样，它一直极受群众的喜爱。

河南开封包公祠

《三侠五义》在人物形象的塑造上，取得了很大的成就。对作为中心人物的包拯，说书者在民间传说艺术创造的基础上，使他更加理想化，并且通过一些细节的描写与刻画，使之更为丰满鲜明。他执法严正，刚正不阿，铁面无私，不畏权贵，机智灵活，料事如神。审理案件，从不冤枉一个好人，也不放过一个坏人。为了搞清陈州粜粮的事，他明察暗访，在搞清事情真相后，毫不犹豫地用御制龙头铡处决了当朝国舅、太师的儿子庞昱，既伸张了正义，又为国为民除了一大害。在其他一系列要案、大案与疑案的审处过程中，如伽蓝僧人被杀案、书生买猪头案、乌盆案、郭槐陷害李后案、屈申被害案等，都能明断，惩恶扬善，在他身上体现了人民群众的意愿与理想。白玉堂、展昭等五侠的形象，也熠熠闪光，光彩照人。尤其是白玉堂的疾恶如仇、见义勇为，逞强好胜、武艺高强；但又思想狭隘，好冒险。展昭的英爽大方，机智干练，蒋平的善于随机应变等等，都说得十分感人。在故事情节的安排处理上，几个线索的交互发展，使人感到一波未平、一波又起，曲折紧张，有条不紊，接缝斗榫，巧妙无痕，具有强烈的艺术感染力。

《三侠五义》在光绪十五年（1889 年）曾经过俞樾的修改，删掉原第一回的狸猫换太子，改名《七侠五义》；1956 年赵景深又作了重新校订与删改，由上海文化出版社出版，成为现代比较流行的本子。近年来许多出版社都有出版，但没有出现什么突出的校订与整理。原书署名石玉昆，也为世人公认不疑。

21. 漠南作家尹湛纳希
mò nán zuò jiā yǐn zhàn nà xī

道光十七年（1837 年）五月二十日，成吉思汗第二十七代孙旺钦巴勒的妻子曼尤莎克，给这个世代仕宦之家生下了第七个儿子，这就是尹湛纳希。按当时的习惯，父母亲给这个儿子取了两个名字，蒙古语乳名哈斯鲁，汉语名宝瑛，字润亭，号衡山。

尹湛纳希自幼聪慧好学。五岁时他就能够遵从父命，熟背自己的家谱，记住祖先成吉思汗统一蒙古高原的一些故事，十岁左右已经能吟诗作文。十七岁时通过母亲与舅舅的关系，进入喀喇沁右旗的札萨克多罗杜棱郡王色伯克多尔济王府，同王府里众多的女子与郡王的女儿生活在一起。色伯克多尔济原先的打算是想把自己的公主嫁给这位博学多才的青年，谁知天不作美，公主未嫁就夭亡了，给尹湛纳希造成沉重的精神创伤。他十八岁时根据自己在郡王府的生活经历，写了一部中篇小说《月鹃》。这一事件也堵塞了尹湛纳希的仕途经济之路。从此，他"择此笔墨生涯"，开始走上文学创作的道路。处女作中篇小说《月鹃》的完成，也增加了他的信心。

同治元年到二年（1862—1863年），尹湛纳希以无比的激情，以自己青年时代的爱情生活为背景，写成爱情小说《红云泪》，这部小说被认为是蒙古贵族社会的缩影。

《红云泪》写的是漠南一个郡王的公子如玉与五大番王之一的伯马王的千金紫舒小姐及她的丫鬟赤云之间的爱情纠纷。如玉十岁时来到伯马王府，与紫舒、赤云等女孩子一起生活，逐渐产生了感情。如玉很爱紫舒，紫舒也钟情于如玉，二人两小无猜，耳鬓厮磨，形影不离。伯马王也看中如玉的才华出众，可是由于门第悬殊，长期都没有明确肯定他们的婚姻要求。这样，就使陷入情网不能自拔的紫舒十分痛苦；加上她心地的纯真、性格的内向、思想的单纯、追求的执著，逐渐染病，以至重病缠身而夭亡。丫鬟赤云也出家为尼。如玉在遭受到如此沉重打击的情况下，悲愤地回到自己家里。

这部长达几十万字的小说，通过伯马王府里的日常生活的描写，展现出蒙古贵族追求享乐、无所事事、日益腐败没落的现实图景。其中有青年一代为向往自由、追求个性解放同封建家长进行的斗争，有贵族统治者与众多奴仆间的矛盾，有管家奴才与一般奴仆间的冲突，也有贵族内部嫡庶间的矛盾等。但作为小说主线的却是如玉、紫舒之间富有近代色彩的爱情与腐朽的婚姻制度间的难以调和的矛盾冲突。作为小说主人公之一的如玉，实际就是作者自己，伯马王府也就是他十多年前客居的那个郡王府，紫舒则是当年那位郡王公主。尹湛纳希把自己那段生活感受与体验以至全部情感，都倾注在这些人物身上。他们在一起写诗作画，评古论今，读爱情小说，赛诗会上畅抒各自的理想与追求，显露如花似玉年纪横溢出众的才华，从而也为他们精心地营造出一个"伊甸园式"的富有青春活力与情趣的小天地。如玉也在这个具有较高文化教养和能够自由传达思想情感的小天地里，赢得了紫舒、赤云等如花似玉的姑娘的倾心与爱慕。作者通过他们的生活描写，抒发了自己对早年爱情生活无限眷恋的情怀。但是，从作品的字里行间也可以发现尹湛纳希那心灵深处的隐痛与愤懑，这为后来蒙古族的《红楼梦》——《一层楼》的写作，积累了相当深厚的生活经验与艺术功底。

创作激情无比旺盛的尹湛纳希，在完成《红云泪》后，接着又展纸创作了长篇小说被誉为蒙古族的《红楼梦》的《一层楼》。这部小说他写了两年（1864—1865年）。《一层楼》计划写两部，取材于自己家庭父辈青年时代的爱情与婚姻故事。

故事讲的是在漠南贡侯的忠信王府中，活跃着一群纯洁烂漫的少男少女，他们天真活泼，青梅竹马，耳鬓厮磨，逐步建立了深厚的感情。随着年龄的增长，他们那两小无猜的手足之情，也默默地、不动声色地向男女情爱方面推进。爱情在他们那纯真的心田上萌动起来。贡侯府里的公子贲璞玉与三位表姐圣如、琴默、炉梅之间相互倾慕，最后，璞玉终于把这种爱倾注在炉梅身上。可是这府上的老一代人，他们虽然也有过这些少男少女同样的经历，如今竟都以长辈的身份相当自觉地从蒙古贵族家世的利益出发，把结婚当做一种政治行为，"是一种借新的联姻来扩大自己势力的机会"。贲璞玉个人在这方面的意愿，不为长辈们考虑，以至他们视而不见，充耳不闻，仍醉心于借联姻来扩大和巩固贡侯家世的利益。起初看中端庄淑贤、善于迎合性格的琴默小姐做自己孙儿媳妇的是贡府老太太、璞玉的祖母陶太夫人；喜欢自己内侄女炉梅的美丽聪慧、才华出众的是璞玉的母亲金夫人，觉得自己的儿媳妇最理想的应该是她；作为一家之主的贡侯，掂量来，掂量去，选中的却是有着质朴、爽朗性格的外甥女圣如。他们私下里的这种观察与选择，虽然没有明白地告诉对方，但是却也相互间心照不宣。这样，应该是婚姻的当事者的贲璞玉的婚姻，由于他们各怀鬼胎、钩心斗角，长期难以确定下来。

也就在这些长辈的举棋不定、各有一着的情况下，贡侯的上司、节度使、东北郡的苏贝子，忽然提出愿意把自己的公主苏己许配给贲璞玉为妻。贲侯心中乐滋滋的，觉得能同郡王结亲，不仅可以抬高自己的地位，扩大自己的势力，满足家世的利益，也可以消除他同母亲、妻子的矛盾，便迅速答应了这门亲事。陶太夫人、金夫人也觉得这才是门当户对，打消了各自当初的想法。三个人在"结婚是一种政治行为，是一种借新的联姻来扩大自己势力的机会"的共同思想上，统一了起来。当事者贲璞玉，面对这种没有爱情的婚姻，清醒地了解到这同自己的理想与追求距离很大，想反抗又无能为力，只好勉强同意与苏己结婚，其他三位红颜知己，也迫于封建宗法制度的压力，抱恨分离，各奔东西。圣如嫁给一个身患重病的男子，迎亲路上丈夫就死了，自己也成了一个未婚先寡的女子；炉梅许配给一个"洋商"，后来在丫鬟画眉的帮助下，冒着"辱没祖宗，玷污门第"的罪名深夜私奔；琴默呢？她毅然不顾父母给自己挑选的知县儿子宋涛，投水殉情。三人共同用自己的行动对封建礼教进行了"弱者的反抗"，表现出她们那个时代女性争取个性解放、渴望婚姻自由、实现人的尊严与价值的思想。贲璞玉与苏己婚后不久，苏小姐也因重病缠身而死，《一层楼》在这里也结束了。作为一部蒙古青年贵族的爱情婚姻悲剧，我们清楚地看到贲璞玉与圣如、琴默、炉梅共同追求着的人生最美好、最有价值的近代爱情毁灭了；历史所赋予他们的必然要求与这个要求的难以实现之间形成的悲剧性的冲突，也毁灭了他们。

作为可以单独成篇的《泣红亭》，既可以说是《一层楼》的姊妹篇，也可以说是它的下卷。作品以贲璞玉在梦中寻找三位表姐开始，把这一群贵族男女带入一个与漠南草原完全不同的地方，这就是"上有天堂，下有苏杭"的山清水秀的人间仙境——浙江杭州。也就在杭州，璞玉无意中遇到了圣如、琴默与炉梅三位表姐，他们旧情难舍，经过一番波折，璞玉终于与三位表姐成了眷属。这部《泣红亭》，虽然表现出他们四人的"因情成梦，因梦团聚"，带有理想的梦幻色彩，落入了中国古典小说常采用的大团圆结局，但却并没有完全消弭它悲剧的光辉。

《一层楼》与《泣红亭》在艺术上有着自己不朽的美学价值。这就是序中所说"其本事固无虚妄"的现实主义的胜利。

《一层楼》所写贲璞玉等的爱情悲剧故事，既有他在郡王色伯克多尔济王府的亲身经历与生活积累，也有他父亲与生母青年时代爱情与婚姻的不幸。这样，"凡百年间，事态竟若同出一轨，此本书所以不能不为钟情者哀怜而长太息也。"（《明序》）也正因为这样，《一层楼》"先引《红楼梦》之事以描摹，次述《一层楼》之文为传焉"，自然使这部小说成为蒙古族的《红楼梦》。

光绪十八年（1892年）正月十七日（2月25日），当人们还都沉浸在新春的欢乐中时，他却病逝在锦州，享年只有五十六岁。尹湛纳希一生没有做过官，也没有任何积蓄，按蒙古贵族的家规，他也没有资格进入忠信王府这个成吉思汗后裔的祖坟，只好掩埋在风吹草低见牛羊的荒郊旷野的枯草蓬蒿之中。草原上的飓风，却有情地把这位杰出的文学家和他创作的三部长篇小说与总计不下二百万字的著作，吹向整个神州大地，吹向亚洲以至全世界，也留作人们永恒的怀念。

当历史进入近代时期，中国古典小说呈现出一片衰落景象的情况下，蒙古族作家尹湛纳希却以他的《青史演义》、《一层楼》和《泣红亭》，给中国多民族文学史中增添了极为耀眼的光彩。

22. 樊增祥与《彩云曲》
fán zēng xiáng yǔ cǎi yún qū

提到樊增祥，常人也许不知其为何许人也。但如果说起赛金花的大名，恐怕人人都能绘声绘色讲述一番。然而这豆棚闲话式的赛金花轶事，大多都是现代人的演绎，或许被国人视为小说家言。其实，赛金花还真是近代史上一位说不清、道不完的风月中人，而给这位京沪名妓以诗立传的，竟然是一位有复古传统倾向的封建末期诗人樊增祥。

樊增祥（1846—1931年），字嘉父，别号樊山，湖北恩施人。光绪三年（1877年）中进士，做过翰林院庶吉士。出补陕西渭南县知县，后又迁凤颖等道台。因为为官清正，颇有政绩，加之雅好诗文，又出自名臣张之洞门下，光绪二十七年（1901年）升任陕西按察使。光绪三十四年（1908年）调任红宁布政使。辛亥革命后，在北京做起寓公。樊增祥为官多年，精通于公文判牍，其草制的章表奏疏，在当时被奉为典范。曾经跟随李慈铭学习骈文，也是晚清的骈文高手。早年学习袁枚、赵翼的诗，以中晚唐诗为典范，和另一位诗人易顺鼎同为中晚唐诗派的倡导者。时名很盛，号称"樊易"。晚年又趋向学习宋诗，成为同光体的主将。清亡后所做诗歌率易颓放，游戏于诗章间。樊增祥才华横溢，为人通达多趣，勤于著述，现存诗歌多达三万余首。有《樊山全集》存世。其诗歌风格，香艳富丽，多为七律，技巧纯熟，尤其是写艳情的诗歌，直追晚唐香艳体诗人韩口。其诗还善于以红梅为咏叹对象。当时还有一位诗僧敬安，善写白梅诗，一俗一僧，共爱梅花，相映成趣，故当时有"红梅布政，白梅和尚"的佳话。而樊氏最为人所称道的诗，便是前后《彩云曲》并序。这首诗因为给苏州名妓傅彩云立传而传遍京津沪杭间。

　　《彩云曲》写于光绪二十五年（1899年）夏，樊增祥寓居京城时。其时，傅彩云那颇有传奇色彩的经历正出于贩夫走卒之口，入于王公学士之耳。彩云本是苏州名妓，十三岁时便在上海成名。因艳丽动人，善解人意，巧慧好学，歌舞双绝，一时间沪上狎客趋之若鹜，其名声不减其前辈苏小小、李师师、杜十娘之流，风月场中还真不乏红尘知己。某学士爱至极致，用重价买回，藏之金屋，谐鱼水之欢。不久，学士作为大清国的使节出使英国，携彩云同往。彩云伶俐乖巧，很快粗通英语，得到英国维多利亚女王喜爱，曾与英王一同合影留念。学士回国后，与彩云同居京城，怎奈这彩云不甘寂寞，与家中男仆阿福私通生下一女。学士愤怒不已，赶走阿福，但留下了彩云。不料学士命中无缘独享尤物，竟因糖尿病而撒下美人，撒手人寰。这彩云没了管束愈加无法无天，干脆又与另一男仆做了夫妇。因不善营生，坐吃山空，男仆病故，彩云又重返上海，再操卖笑生涯，改名为"赛金花"。苏沪之民恶其臭名昭著，以官府之令将她驱逐出上海。"赛金花"辗转到了天津，虽已年过三十，但艳名不减当年。樊氏和友人谈起有关傅彩云的风流传说时，友人半谑半真地鼓动樊氏，何不用号称当代韩冬郎的诗笔为此女立传，以效元稹当年作《会真记》那样，不失为文坛一段佳话。樊氏果然动笔写下这首洋洋洒洒、长达七百三十一字、一百零四句的长篇诗歌《彩云曲》并序。诗序简要叙述了傅彩云的风尘生涯，写人叙事精当简括，颇为生动传神，俨然一篇人物小传。且以唐代小说《霍小玉传》中有关李益与霍小玉的生死恩怨为比，以戒来者。而诗歌正文则以华美的词章、丰富的典故、整体的婉转韵律营造出富丽华贵、缠绵蕴藉、浓烈香艳的抒情气氛，无不以华丽堆砌、用典对偶为能事，结尾则化用李益与霍小玉的传说，以恩怨相报、彩云易散、玻璃易脆寄托讽谏之意，表明学习白居易以诗载道的写作意图。此曲一成，不敢说洛阳纸贵，但确实在京津间广为流传，与赛金花的传闻，互相辉映，播于妇孺之口。

光绪二十九年（1903年），樊增祥入京朝觐，正碰上赛金花因虐待致死一婢女而被押入刑部大牢问罪。因刑部有关官员都是赛金花旧日相好，赛氏被从轻发落，流配原籍。京中好友同人又鼓动樊增祥补叙此事，记之以诗。

赛金花被乡人由沪逐去天津后，操起鸨母生意。庚子事变中，八国联军攻入北京，烧杀抢掠，无恶不作，尤其以德国侵略军最为野蛮凶残，而德军统帅瓦德西早就听说过赛金花在英国时的大名，偏偏爱上了这位水性杨花的风尘佳丽。赛氏正好投其所好，与瓦德西居住在金銮殿，出双入对，招摇过市，旁若无人。留守京城的大臣，看到德国鬼子烧掠奸淫，残暴甚于禽兽，苦于无力阻止，便暗托赛金花在瓦德西面前求情，没想到前人讽刺的"安危托妇人"，倒真的起了作用，经瓦德西的约束，德军暴行稍有收敛。瓦德西归国后，因有这一段荒唐经历而被德皇革职。赛金花失去依靠后，重操旧业，终因人命官司而流放南归。樊增祥面对这样一位在正统儒家看来"人尽可夫"、荒淫成性、不知羞耻的"祸水"，自然不会有怜香惜玉之情去伤悼，而是从"女人是祸水"的儒家老调出发，重申"荡妇""害及中外文武大臣"的观点，为出入青楼者鉴。在诗前用序文补叙

了赛金花在"庚子事变"中的轶事及凄凉的结局，申明了继写《后彩云曲》的目的，即"着意于庚子之变"。

《后彩云曲》与《彩云曲》相似，以华词丽藻、整饬对偶的句式、和谐婉转的韵律抒写艳情，写了八国联军焚掠京城，瓦德西向赛金花求爱，两人出入宫禁、喧哗街市的史实，结尾则以因果报应的观点概括了二人的结局，并归结出"祸水不足溺人，人自溺之"的诗旨。无论是从叙事的内容，抒情的线索，还是从词汇、句法、表现手法来看，都堪称是《彩云曲》的姊妹篇。

这两首诗虽然广泛流传，并使樊增祥诗名大盛，但客观而论，在艺术上并无多少突破，除了华丽艳情，还是华丽艳情。其化"傅彩云"之名为诗题，巧用比兴，精于用典，显示出其学问、才华的同时，伤于太过雕饰精巧。而"祸水"云云，实为道学家之论。其真正的价值，倒在于以正统文人之笔为这位经历坎坷、身世不幸、复杂多变的妓女立传，颇有认识价值。这是樊氏所未想到的。

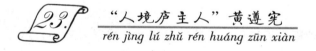

23. "人境庐主人"黄遵宪
rén jìng lú zhǔ rén huáng zūn xiàn

月光皎洁，晚风习习，一位白发老妪怀抱着一个只有三岁的孩子，坐在院里教孩子念儿歌：

> 月光光，秀才娘，骑白马，过莲塘。莲塘背，种韭菜，韭菜花，结亲家。亲家门口，一口塘，放个鲤鱼八尺长。

牙牙学语的孩子还不懂得儿歌的意思，只是兴致勃勃地用童声吟哦。谁也不会想到这个孩子日后竟成了一位了不起的人物。他，就是别号"人境庐主人"的黄遵宪。

黄遵宪（1848—1905 年），字公度，别号"观日道人"、"人境庐主人"等，广东梅县人。出生于一个官僚地主家庭。三岁时，家中添了一弟一妹，他便由曾祖母李氏抚养。李氏知书达理，爱好民间文学。黄遵宪跟着曾祖母学习了不少儿歌及古诗。四岁时，曾祖母看他天资过人，就早早送他入学。十岁时，黄遵宪诗文大有长进。一天，塾师以梅县神童蔡蒙吉的诗句"一路春鸠啼落花"句命题，黄遵宪的答诗出句不凡："春从何处去，鸠亦尽情啼。"使塾师大为惊异。次日，塾师又以杜甫的"一览众山小"

黄遵宪泥塑像。黄遵宪积极参与清末维新变法，放眼望世界。他是晚清诗界革命的发起者，并创作了许多富有新意的诗歌。

句命题，黄遵宪脱口而出："天下犹为小，何论眼底山。"一个年仅十岁的少年吟出的这两行诗，显示出何等的才气和志向！黄遵宪的才华很快赢得乡亲们的赞许，人们亲切地称他为"小才子"。他的曾祖母更是欣喜异常。

黄遵宪从少年时代起，便有远大的抱负，想干一番惊天动地的事业，立志要青史留名。因此，他和当时大部分青年士子一样热衷科举，以求得有朝一日飞黄腾达。1867年，黄遵宪二十岁，参加院试，入州学，成了秀才，但是之后考试却屡屡失败。并非他没有才学，而是当时省级以上考试十分混乱，根本不能选拔真才。虽然科场频频失意，但青年黄遵宪不坠青云之志，他广交朋友，博览群书，努力磨砺自己。他不愿过那种"埋头破屋"、"皓首穷经"的儒士生活，大胆否定传统汉宋之学，主张"经世致用"。他认为读书人应走出书斋，面对社会，勇于实践："古人岂我欺，今昔奈势异。儒生不出门，勿论当世事。识时贵知今，通情贵阅世。"正是从这一思想出发，使黄遵宪在二十一岁写的《杂感》一诗中喊出了"我手写吾口，古岂能拘牵"的口号。他的这句诗，向来被文学史家推崇为近代"诗界革命"的宣言，他本人也被尊为"诗界革命"的旗手。

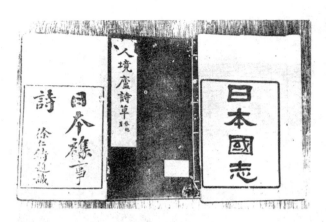

清宣统三年（1911年），日本铅印本黄遵宪《人境庐诗草》、《日本国志》、《日本杂事诗》的书影。

1876年，黄遵宪赴京师应顺天乡试，被录取为第一百四十一名举人，多年的努力终于有了结果。翌年，他跟随何如璋东渡日本，任清政府驻日使馆参赞。黄遵宪在日任参赞时，能够独当一面，大使馆中许多具体事宜，多半由他决断。政务之暇，他特别留心考察日本明治维新的改革过程。当他认识到改革确实使日本日益强盛时，便产生了中国应仿效日本以变法的观念，于是他开始涉猎各种有关资料和文献，打算著述《日本国志》，综合性地介绍日本，特别是日本的维新变法，以资国人参考借鉴。为了尽快熟悉日本和搜求有关文献资料，黄遵宪结交了许多日本朋友，其中包括诗人、学者、政治家、民间艺人、医生等。他时常走出使馆，涉足街头巷尾，并将所见所闻写成诗集《日本杂事诗》。他的日本朋友源桂阁看完诗集的初稿后，叹服不已，希望能将它珍藏在自己的家中。黄遵宪说："不如让一片净土把它埋在其中。"源桂阁说："此绝代风雅之事，就请在我园中隙地埋藏吧！"于是请黄遵宪写好碑名，曰"日本杂诗最初稿冢"，并即请工匠刻碑。树碑之日，源桂阁特地邀请黄遵宪和他的几位同僚好友共聚园中饮酒。在红梅吐艳的春日，同沐东方文化春风的日中朋友们相聚畅饮，其情景令人欣喜。酒至半酣，黄遵宪亲自盛诗稿于囊中，同源桂阁一起放到掘好的土穴中，又掩上黄土，将酒浇在上面，黄遵宪一边祝诵曰："一卷诗兮一坯土，诗有灵兮土亦香。乞神佛兮护持之，葬诗魂兮墨江浒。"源桂阁也吟诗相和。这段故事实为中日文化史上的佳话。后来，黄遵宪在《日本杂事诗》基础上写成《日本国志》，用文学和政论的形式大力提倡学习明治维新，对中国士大夫及维新派知识分子产生广泛影响。早期改良主义者，曾出任驻英、法、意、比四国大臣的薛福成看了《日本国志》后称："此奇作也，数百年来鲜有为之者。" 1895年，《日本国志》正式出版面世，薛福成亲自为此书作《序》。《日本国志》也引起光绪帝的重视，他读了此书大受启发，决心效法明治改革。

1882年，黄遵宪奉命调任美国旧金山任总领事。到任后，立即开展保护华侨的工作。他竭尽全力为保护华侨的权益与美国当局据理力争，有力地抵制了美国种族主义分子的排华活动。一次，运载华工的船到后，黄遵宪前往查验。在码头，一群排华分子用手枪指着他威胁说："如敢再引华工入境，当以此相赠。"黄遵宪不为所动，继续在职权范围内积极维护华工的正当权益。

1889年，黄遵宪被任命为驻英二等参赞。在伦敦，大雾连月不开，黄遵宪心情颇抑郁，但决不消沉。闲暇无事，他开始编辑《人境庐诗草》。两年后他调任新加坡总领事。1894年，中日战争爆发，黄遵宪奉命回国，在张之洞幕下主持江宁洋务局。他积极参加康有为在上海组织的强学会，后来，他发起组织创办《时务报》。1897年，出任湖南长宝盐法道，并兼湖南按察使，同巡抚陈宝箴一道积极推行新政，扫除积弊。戊戌变法失败后，黄遵宪遭革职放归。之后到病故前这七八年中，他潜心于学术、教育事业，并补写了许多记述过去所见所闻的诗篇，集成《人境庐诗草》。这部诗集不仅对黄遵宪个人而言是十分重要的，就整个近代诗歌而言也颇具意义。它是我国古典诗歌发展到最后阶段转向革新时期的里程碑，它体现了古典诗歌在近代领域内的改革、创新和突破。

1905年，黄遵宪走完了他那波澜万丈的人生旅程。作为政治家和外交家，黄遵宪是近代史上的俊杰；作为诗人，他是近代诗坛上的巨子。

秦腔《秦香莲》，经过世代艺人同作家的密切合作，到了晚清，竟成为享誉神州的一出家喻户晓、妇孺皆解的剧目，很多地方戏曲剧种都有移植、演出。

早在嘉庆年间，这部剧就以《赛琵琶》的名字，轰动京师和东南沿海一带。

这个戏之所以叫《赛琵琶》，是要超过元末"南戏之祖"高明的《琵琶记》。它给女主人公秦香莲赋予了强烈的反抗精神。它写秦香莲母子为避陈世美之刺客来到三官庙，得三官庙神救助，并授得带兵之法，在对西夏用兵时立了大功，回朝后亲自审勘陈世美。这就是《女审》一场的"妻乃数其罪，责让之，洋洋千余言"，充分表达了人民的意愿。

嘉道年间，《赛琵琶》经过进一步加工修改，改名《秦香莲》，删掉原先的《女审》，改秦香莲进府同陈世美进行面对面的斗争。这就是秦香莲同国太、公主的《三对面》，从而把秦香莲的反抗斗争从驸马府中推向皇宫，推向朝廷，大大地深化了作品的主题思想，升华了秦香莲的反抗斗争精神。

到了晚清，这个戏随着时代的发展，又作了新的推陈出新。重要的改变是：一、改原先的《女审》为铁面无私的包拯"铡美"，剧名也改为《铡美案》。包拯被请出，给这本戏赋予了"清官"戏的内容与色彩。二、改陈世美派刺客刺杀香莲母子为家将韩琦杀庙。韩琦在香莲的哭诉下了解到事情原委、真情，不仅放走了香莲母子，还自刎庙前，表现出他的见义勇为。这一笔道出了陈世美的众叛亲离。三、增加了香莲同皇姑、国太的说理斗争关目，这就是《三对面》，加强了香莲性格反抗斗争的一面。四、删去大团圆的结局。

《铡美案》的成就主要表现在以下两个方面。

第一，极大地丰富了秦香莲的艺术形象。剧本不仅在原有的基础上，加强了秦香莲性格善良、淳朴的方面，而且给她注入了坚强不屈的反抗斗争精神。她携儿带女上京寻夫，听到陈世美招赘驸马的消息后，她有说不出的伤心和愤恨。但她仍凭着那满腔热心的"结发"之情，去见了陈世美。结果陈世美不认她们母子，企图以纹银骗她们回家。她毅然决然地拒绝了这种欺骗，产生了要上朝告他的想法。谁知就在这个时刻，她被这个负心的当朝驸马拳打脚踢，赶出府门。这一脚也踢醒了她："高堂父母不奉养，得新忘旧弃糟糠。亲生儿女路人样，又将我拳打脚踢赶出门墙。"这一严酷的现实，使她对陈世美这个"衣冠楚楚禽兽样"的富贵变心贼，有了进一步的认识，从而下定决心"今生不死定报冤仇"。接着，她在"闯宫"后，又"拦轿"告了一状。她不畏权势，直至闯到皇太后那里，同她进行面对面的说理斗争。当她见到皇姑时，泰然而立，与皇姑论理：

> 皇姑：见皇姑不下跪为哪般？
>
> 香莲：论国法我应与你跪，
>
> 　　　论家法你应把我参。
>
> 皇姑：我本是金枝玉叶帝王女，
>
> 　　　你讲家法为哪般？
>
> 香莲：先娶我来我为大，
>
> 　　　后娶你来你为偏。
>
> 　　　你就该下了金銮车与我把礼见，
>
> 　　　论理论法所当然。

结果说得皇姑无言对答，暴跳如雷，只好施展她的淫威，后帐请出国太，对簿公堂。这时的香莲更是藐视一切，不惧淫威，当着皇姑的面，指陈国太教女不严，抢妻夺子杀"结发"，罪大恶极。后来，在包公的大堂上，她仍大义凛然，据理力争。包拯在三道圣旨催逼下，也深感事情难办，想息事宁人，给她三百两纹银了却此案。但银子又如何能买消她对负心人的反抗与斗争。她竟然在包青天的老爷大堂上，当着国太、皇姑、太

监、侍卫的面，指出这是"官官相卫"，并喊出"从此不再把冤喊"的最强烈的呼声。这一下，激怒了刚正不阿的包拯，宁可"卸去乌纱帽"，"撕开黑蟒袍"，拼着一命，铡了陈世美这个当朝驸马。秦香莲终于取得了斗争的胜利，剧本也最后完成了这一光辉女性形象的塑造。

第二，请出了包拯这个铁面无私的包青天，表达了人民群众的意愿和理想。

包拯是一个历史人物，最早出现在戏曲舞台上，是在元代北曲杂剧里。从此，他成为一个舞台艺术形象，后几经民间艺人与舞台演出的艺术再创造，成为人民心目中的理想人物。他能够"与百姓雪沉冤"，秉公执法，铁面无私，"凤子龙孙也不饶"。《铡美案》里的包拯，既有历史的继承，也有在新的历史条件下的丰富和发展，有血有肉，血肉丰满。他公正、明断，"哪怕他皇亲国戚，也难逃爷的虎头铡"。他在对陈世美的斗争中，也曾诚恳地劝他认了前妻及儿女，只是在陈世美坚持不认的情况下，才开堂审理，并当众脱去了陈世美的驸马帽。他清楚地知道，对驸马的审理与公断，必然要冒犯天子，但他不怕降罪，敢于伸张正义。后来皇姑的取闹，国太的淫威，以至又搬得圣旨，他仍以理力争，绝不退让；待到三道圣旨下达，他在实在难以下手时，也出现过思想上的一度动摇，想以三百两纹银让香莲了却这一案件；后来在香莲的反对下，才最后下了决心，开铡结果了忘恩负义的陈世美。作者正是通过包拯这一形象和他的"铡美"，极大地加强、深化了这本戏的思想性。它受到普遍欢迎以至成为典故，应该说原因也在这里。

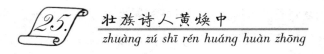

25. 壮族诗人黄焕中
zhuàng zú shī rén huáng huàn zhōng

在近代文学史上，爱国主义始终是诗歌旋律中的最强音。组成这一文学基调的诗人，不仅有启蒙维新志士和革命党人，还有众多的少数民族作家。壮族爱国诗人黄焕中，就是其中较突出的一位。

黄焕中（1832—1912年之后），字尧文，号其章，广西宁明县人。他家境贫寒，幼遭大劫，出生才四个月，父亲即被土官害死。靠母亲林氏抚养成人，继承亡父的遗志，学习勤奋。他性聪慧，喜读书，成为一名贡生。生活境遇的不幸和刺激，使他渴望打破壮族土官的愚民统治政策，于是兴办教育，以开民智。他和乡里的志士们共同创建思齐书院，亲自教授学生，取得了乡民的信任和尊敬。五十岁左右，受聘于抗法名将刘永福，从广西到越南，从闽南到台湾，前后二十多年，他东奔西驰，为保卫南国边防、抗击外国侵略者做出了一定的贡献。

黄焕中是一位爱国诗人，他著有《天涯亭吟草》，收诗歌四百余篇，但早已佚失。今存诗歌大多散见于地方文献《思乐县志》、《宁明耆旧诗辑》等典籍中，大约有三百首左右：律诗一百四十余首，绝句一百三十余首，以及少数歌行长篇。

当太平天国在广西兴起后，诗人作为封建儒家思想熏陶出来的知识分子，虽然同情备受剥削压迫的农民，但并不赞同揭竿而起去造皇帝的反，遂参加了地方团练，十余年留下几十首感怀之作。这些诗大多具有较丰富的社会内容。如他的《苦农行》，继承中唐新乐府的写实精神，形象地描绘了壮族人民生活的苦难，深刻地反映了当时贫富对立的阶级矛盾。对于官兵的抢劫淫掠，残害人民的暴行，亦予以揭露和抨击。诗云：

> 不幸为村农，一生多劳碌。
> ……
> 一家只八口，充饥仅蔬菽。
> 昨日粮已尽，儿女相号哭。
> 借贷苦无门，今日犹枵腹。
> 田主恶如狼，剥吸催租谷。
> 未容一陈情，拉去耕田犊。

诗人把饱受土官和地主恶霸压榨盘剥、逼租催征、战死鬻生之下的广大农民的悲惨命运浓缩在一位饱经沧桑的老农形象中。这首诗感情的强

烈、构思的完整、形象的鲜明，都是值得称道的，迥出于同时代其他壮族诗人同类作品之上。

黄焕中还是一位反帝爱国志士。1882 年，经唐景崧的劝导，黑旗军首领刘永福以越南"三宣副提督"的身份接受清廷的招抚，黄焕中也从广西地方团练转到刘永福的戎幕，参赞抗敌军务。此后，紧随刘帅，从越北到粤东，从南澳到台湾，直至赋闲钦州，晚年退职回乡为止，前后二十年，东奔西走，筹策献计，忠心不移。他将自己的抗敌行动熔铸成充满爱国激情的诗篇。如《奉命巡边有感》八首、《感时》、《旅幕感怀》、《秋兴八首用杜工部原韵》、《越南贡赋有感》、《远望九龙》、《感怀世事》四首，或歌颂刘永福的英勇抗战，或抒发自己的报国壮怀，尤其是对清政府卖国投敌的谴责和抨击，更是不遗余力。诗中洋溢着真挚浓郁的爱国热情。如《远望九龙》：

> 望眼抬时怒气冲，
> 高冈立马草葱葱。
> 重洋骇浪鲸波恶，
> 百里惊雷雁阵雄。
> 奋翮九天翻落日，
> 斩蛟东海卷涛洪。
> 环观宇内多英杰，
> 龙驭乌云虎啸风！

这首诗作于光绪二十一年（1895 年）。是年《马关条约》签订，清政府将台湾割让给日本，黄焕中作为刘永福黑旗军的参谋，被派往闽粤，向内地求援，抗日保台。归途中，诗人远望九龙，面对波涛汹涌的大海，热血沸腾，草成此诗。诗歌中豪荡的气势，澎湃的热情，令贪夫自廉，懦夫自振。

当黑旗军牺牲殆尽，刘永福仅携将勇幕客数人仓皇内渡以后，这场可歌可泣的守土战悲壮地结束了。此情此景，刺痛了黄焕中的心，他曾以大量的诗篇，作了毫无顾忌的抨击，写出哽咽难诉的愤痛。其中有《感怀世事》四首。如其二：

> 认仇作父岂徒然！异梦同床黯黯天。
> 家破守贫嫌寂寞，病深辞药任缠绵。
> 娇妆媲美瘢难掩，饮鸩还期命苟延。
> 欲挽残棋收好局，满盘零乱费周旋。

诗人把慈禧、李鸿章、孙毓文为首的投降派直斥为"认仇作父"，并揭露了清统治者在国破家亡、"遍野哀鸿"之日，饮酒宴乐、歌舞升平的罪行。深刻的批判，尖锐的揭露，表达了诗人心中不可遏止的悲愤。

诗人随刘永福内渡后，仍然留在军幕，在钦、廉边防任上，赋闲度日，共计七年。他在这里编辑了历年的诗作，定名为《天涯亭吟草》，以纪念以钦州作基地的军幕生活。此时，他写过一些寻芳踏胜的作品，也都饱含着抑郁的情怀。如《巩桥道中》诗云：

> 贪看溪山按辔行，平畴十里好风迎。
> 晴初浣女清江濯，雨足村屯绿野耕。
> 啼鸟惊心凄怨极，落红拂面可怜生。
> 悁悁情思谁堪说，聊遣奚囊伴独征。

诗人此时虽赋闲度日，而面对甲午战败、戊戌政变、庚子之变等丛生之国故，情感潜流激涌，悲愤难平。

暮年的家国忧怀，使诗人写出了一些格外沉郁苍凉的诗。有《感时》二首。其中一首：

> 莽莽乾坤竟陆沉，惨然泣下泪沾襟。
> 国权堕落悲何及，人事猖狂恨不禁。
> 大局疮痍休用问，频年祸乱迭相寻。
> 忧世我为苍生叹，世变如斯感喟深。

面对"大局疮痍"、"国权堕落"的颓势,诗人忧心如焚而又慨叹不用于世,壮志未酬。诗风沉郁而悲凉。

黄焕中在古稀之年离开钦州刘幕,归老故乡宁明,在龙洲城执教授徒,以了残生。故乡明净的山水抚平了诗人满怀的忧愤,因此他写下了大量民歌体的竹枝词。如《龙州竹枝词》之七:

踏青山下采茶歌,姊妹相邀涉小河。

书院近来多士子,旋家莫向此间过。

诗人撷取了壮乡青年采茶对歌的劳动生活细节,以戏谑的口吻,把男女青年对歌调笑的欢快情景和精彩场面表现了出来,富有喜剧色彩,充满浓郁的生活气息和地方特色,也体现了诗人热爱生活、至老弥坚的至情至性。

黄焕中一生经历坎坷,虽未做过高官,却关注时局,富有正义感和爱国主义情怀,以高寿而终。他无论赋闲在家,还是戎佐军幕,杀敌当前,都不改壮人歌唱生活、歌唱生命的天性,留下了近三百首诗篇。他那出自本民族质朴天然的文化特质、较少受汉族诗教文化束缚的朴质明净、天然清丽的诗歌特色,为古典诗歌的近代化做出了自己的贡献。

26. 王闿运嗟叹圆明园

wáng kǎi yùn jiē tàn yuán míng yuán

清末汉魏六朝诗派的首领王闿运,作为著名学者和清末最有成就的诗人之一,虽然论诗主张偏激,讲究"诗必法古"、唐宋以下之诗不可学,但作为一位举人出身的末世士大夫,儒教道统确乎给他树立了修、齐、治、平的坚定信念,关注国计民生、热爱国家、仁民爱物的情怀,言行如一、外圆内方的人格力量。当英法联军的兽行令堪称世间文明奇迹的圆明园化为灰烬时,当昏庸腐朽的清廷君臣逃难于热河,弃百姓、基业于不顾时,王闿运,这位一向关注时事的复古诗人,奋而挥起诗笔,将满腔的爱国激情和忧时忧民的悲愤倾泻出来。今天，当我们读了这首伤感沉郁的《圆明园词》时，仍然为作者那伤世悯乱、同情百姓的仁者之怀而深深感动。

被英法联军焚毁的圆明园

同治十年（1870 年）四月初十，王闿运与好友徐树钧、张雨珊，由驻守参将廖承恩做东道主，访游圆明园遗址。一路上只见残壁断垣，荒草丛生，宫树荒凉，水呜呜咽。万寿山周围，牧童赶着牛羊往来于树林间，砍柴的樵夫出没在宫树林苑之间。从早至晚，唯见满目荒凉，荆榛遍野，狐兔出没。一行人游至昆明湖，天色已晚，暮色中还能看到昆明湖桥头上的铜犀牛横卧在荆棘之中，犀背上皇上御题的铭文，清晰可见。次日，一行人又去拜访守园的太监董公公。在董太监的导游下，依次凭吊了勤政殿、光明殿、寿山殿、太和殿四殿遗址，又游访了前湖，凭吊了园中后妃、太子、皇子的寝宫。东游到了苏堤、长春仙馆等遗址，东北行至香雪廊，只见芦苇萧萧，冷落凄凉。西北去了双鹤斋，正碰上老宫人赶着猪羊群回圈。复东行到了碧桐书院，楼宇损毁难寻，一行人才止住脚步，便又听董太监诉说宫中旧事。四人颇生黍离之悲，其凄凉、伤感可与元稹"白头宫女在，闲坐说玄宗"之感慨相仿佛。遂辞别董太监，返回廖承恩宅，再叙宾主之欢。酒酣之际，张雨珊知道落第消息后，怅然归乡，王闿运与徐树钧也告别廖承恩，各自回寓所。然而终觉着心中憋着点儿什么，二人经常往来，酌酒叙怀。终于有一天，二人明白过来，是那日凭吊圆明园后的一腔悲愤、怆然，如鲠在喉，不吐不快。于是，王闿运操起如椽大笔，一气呵成洋洋洒洒一百二十六句的七言歌行《圆明园词》，而徐树钧则如当年陈鸿为白居易的《长恨歌》写下《长恨歌传》那样，因感叹王闿运《圆明园词》一诗寄慨深邃，情感浓郁，为使诗歌长久流传下去而没有缺憾，便将此次凭吊圆明园之行详细记述了下来，同时穿插补叙了咸丰皇帝之前清朝历帝幸于圆明园的往事，还记载了英法联军攻打京津、太平天国崛起于江淮间的史实。作为《圆明园词》一诗的补充，写成序文，附在诗前，与《圆明园词》一诗互为表里，和谐统一。

作为主体的《圆明园词》，以七言歌行体概括而详尽地描绘了圆明园创建之初、极盛时期、遭毁之后的昔盛今衰之沧桑变迁，寄托了作者感叹国运日衰、朝政腐败、生灵涂炭的悲天悯人的情怀。诗歌以描绘想象中园毁之前的美丽景观开始，暗伏游园的线索，依次描绘了以圆明园为行宫的清朝历帝大兴土木、耗费国库、广选后宫佳丽、游猎宴饮、奢靡无度的生活情景，暗中讽刺清帝的豪华奢侈、好大喜功、耗空财力、用人不当，才导致了捻军起义、洋人入侵、王公逃难热河的残破国势。作者借景抒情，在写景中，融入史事，把太平天国动摇清廷皇基、天龙八卦教首领宋景诗坐大、英法联军进犯大沽口、焚毁圆明园、咸丰帝仓皇逃往热河、签订耻辱的《北京条约》等史实，隐括在诗句中。而写景、叙事是宾，抒情、感慨是主，作者把自己浓烈的爱国之情，伤时之叹，悯乱之怀，通过富有主观感情色彩的景物描写和饱含爱憎褒贬的史实回顾淋漓尽致地烘托和渲染了出来。

作者在以景抒情时，并没有忘记诗人的社会责任感和使命感，时时谨记着儒教诗学传统中用诗歌讽谕时政的功能，每在关键诗句的后面，用小注加以说明、补充。比如讽刺咸丰皇帝沉溺于美酒女色、不理朝政时，诗中写道：

宣室无人侍前席，郊坛有恨哭遗黎。年年辇路看春草，处处

乾隆皇帝游圆明园时，曾在圆明园休息。乾隆所见之美景，已被外国侵略者毁坏。

伤心对花鸟。玉女投壶强笑歌，金杯掷酒连昏晓。 上既厌倦庸臣，罕所晋接，退朝之后，始寄情于诗酒，时召妃御，日夜行游也。

诗歌正文化用汉文帝不用贾谊的典故，暗讽咸丰不听朝政，耽于女色，言辞还算委婉含蓄，而诗后小注则直露大胆多了。诸如此类，还有很多。同时，作者在诗中还表现出了卓越的政治眼光和历史见识。如诗歌在历数清帝扩建圆明园、耗空财力时写道：

吏治陵迟民困惫，长鲸拔浪海波枯。始惊计吏忧财赋，欲卖行宫助转输。道、咸间理财诸大臣，专好金银，欲其堆积。沉吟五十年前事，厝火薪边然已至。国家之乱，始于乾隆末政。

作者深刻认识到，道光、咸丰年间表现出的衰败之象，其祸根早已在乾隆末年种下，表现出其敏锐的政治眼光和深邃的历史见解，可谓一针见血。

诗歌在最后以屈原之高洁寄望于朝中有识之士，追昔抚今，痛惜同治皇帝大婚耗费千万，更使亏空的国计民生雪上加霜，点出了作诗的宗旨：

废宇倾基君好看，艰危始识中兴难。已惩御史言修复，休遣

中官织锦纨。锦纨枉竭江南赋，鸾文龙爪新还故。　制后宝衣，上合珠玉值十万金，已用了六万，成其半。……唯应鱼稻资民利，莫教莺柳斗官花。

诗后小注所言皇后制衣之费，批判力量比白居易《买花》中"一丛深色花，十户中人赋"还要强烈。作者伤时悯世，关心民生疾苦的高尚情怀于此可见。

这首诗如徐序中所评"伤心感人"、"通于情性"。作者继承了《长恨歌》和《连昌宫词》等唐诗抒情叙事的优秀传统，并有所发展，在抒情写事中寄托了自己深刻的爱国悯民的情怀，表达了自己深刻的历史见识，表现出沉郁悲凉的风格，确实是一首优秀的七言歌行。

27. 近代四大词人之首王鹏运
jìn dài sì dà cí rén zhī shǒu wáng péng yùn

古今中外许多著名的文学家、诗人大都有一个共同的体会：逆境在一定程度上成就了作家的文学事业。这也就是我们常人所说的，忧愤出诗人。作为号称近代四大词人之首的王鹏运，其巨大的词作成绩，就和他那遭遇坎坷的生平大有关联。

王鹏运（1849—1904 年），字幼霞，一字佑遐，号半塘，晚年又自号鹜翁。祖籍浙江绍兴，其先人游宦广西，遂为临桂（今广西桂林）人。同治九年（1870 年）举人。历官内阁侍读、监察御史、礼科给事中。光绪二十八年（1902 年），罢官南下，寓居江苏，主讲扬州仪董学堂，不久即病故于苏州两广会馆。

王鹏运的一生，曲折坎坷，总有不幸之事如影随形，真真是命运乖戾。读书求仕，仅止于举人出身，未能登进士第，终生为憾；生子未及成年便已早夭，失子之痛，铭心刻骨；人到中年，发妻去世，丧偶之悲，天地同哭。常人所谓人生三大悲哀中的两项都让他碰上，实在是命运捉弄好人！如果仅仅是个人生活中的家门不幸倒也罢了，偏偏是下雨又逢屋漏，王鹏运在数十年的仕宦生涯中也遭遇不顺。身历数职，总与当道者不和；出任御史，职掌谏台，皆因直言谏诤、屡屡弹劾权贵而几遭不测，最终被罢官放还。所幸的是，这一系列内外交困的不顺，没有击倒词人，反而使他词作中增添了忧愤的激情。加之他经历了太平天国、甲午战争、戊戌维新、庚子事变等一系列大的社会变故，深沉的情感和丰富的经历，使他的词作拥有了充实的思想内容，自有一股抑塞磊落之气。个人家世的不幸和政治失意的悲凉汇聚成满腔忧愤，熔铸成词，便是词集《袖墨集》等九种，晚年时，自己删定为《半塘定稿》。

作为清代四大词人之首，王鹏运的词学成就表现在诸多方面。他二十岁以后专力于词学，大力提倡词的创作。其词学承常州词派的余绪而发扬光大，理论上，他崇尚体格，主张"重、拙、大"，崇尚豪放派风格，而又推重苏轼，曾经说"词家苏辛并称，其实辛犹人境也，苏其殆仙乎"！从理论上着力提高豪放词的地位。

王鹏运还用自己的词作主张和创作经验去影响他人。其同乡、四大词人中的况周颐在其《蕙风词话》中的许多观点即源于王鹏运。著名词人文廷式、朱孝臧等也曾受教于他。故而叶恭绰评价他"转移风会，领袖时流"，誉之为"桂派先河"。

王鹏运在词学典籍校刊方面颇有建树，成就卓著。他用近三十年的精力，校勘了南唐至宋元五十家词集及《花间集》等词作总集和词学论著，汇刻为《四印斋所刻词》和《宋元三十一家词》。可以说，晚清大规模汇刻前人词集，由他而始。王鹏运所刻之本，多取之善本，搜罗丰富，勘校详审，对晚清词学之兴起，起到了重要的推动作用。这种图书版本方面的贡献，显示了他在晚清词坛上的重要地位。

王鹏运的词创作，主要是叙写清末时事，抒发个人遭遇、身世之悲，寄托怀才不遇的苦闷和关心时事民生的胸怀，颇有苏、辛豪放之气，沉郁顿挫，慷慨悲壮。其《半塘定稿》中的词作，基本上以时间顺序结集。

《袖墨集》、《虫秋集》在《半塘定稿》中，属王鹏运早期作品集，是

他初学填词时与同僚端木采、许玉琢、况周颐等友人互相切磋、磨练词艺的结晶，从中可看出受到端木采词风影响的痕迹。两集题材稍嫌狭窄，多为思念亲友、寄托身世感慨之作，风格绵密委婉。写得较好的如《念奴娇·登旸台山绝顶望明陵》，感叹国运日衰，沧桑无情，饱含兴寄。

《味梨》、《鹜翁》、《蜩蚷》、《校梦龛》等集，写于甲午战争和戊戌变法时期。甲午战争中，王鹏运属主战派，曾多次上疏弹劾李鸿章、孙毓汶、徐用仪等投降派。1895年，王鹏运与康有为相识，并参加强学会，参与变法维新。曾因上疏反对慈禧及光绪帝长住颐和园而险些丧命，又曾代康有为上疏弹劾徐用义阻挠新政，徐因此被罢官。甲午战争之前和中方战败后，他都将一腔爱国热情寄托在词作中。变法成败，国事盛衰，也激荡着词人的心灵，因而，这一时期的词作，其社会内容更为广阔、深厚。代表作有〔水龙吟〕、〔莺啼序〕、〔念奴娇〕等。其中，《满江红·送安晓峰侍御谪戍军台》一词，为敢于仗义执言批评慈禧、李鸿章的御史安维峻（字晓峰）壮行色，高度赞扬了安氏的爱国气概和指斥权贵奸佞的胆识，为安氏的被贬戍边而鸣不平，可与南宋爱国诗人张孝祥、张元干的壮词相媲美。这时期的词，除了早期的绵密委婉的特点外，又增添了沉郁悲凉的成分，读之令人悲慨不已。

1900年，八国联军入侵北京，慈禧由宣化、大同逃往西安。王鹏运滞留京城，与朱祖谋、刘福姚于宣武门外住处相约填词，写成《庚子秋词》二卷。词人在词作中指斥那拉氏的乱政误国，批评光绪帝软弱无能，揭露八国联军焚掠北京的暴行，谴责侵略者的强盗行径，表现了山河破碎、国运日颓的铜驼荆棘之忧，寄托了作者深广的忧愤和悲怆、凄凉的情感。这些词大都写得富有兴寄，含蓄蕴藉，言近旨远，沉郁悲凉，颇有大家气度，其关心国事、热爱山河的赤子情怀真挚感人。家国之恨，黍离之悲，是他后期词作的主调。

在晚清词坛上，王鹏运继承了苏辛豪放词以词兴寄、感叹时事的传统，将自己的个人不幸遭遇、国势衰败、民族危亡的现状，以及由此引发的家国身世之悲通过愤激之笔倾泻出来，具有深广的社会内容和鲜明的时

86

代特色，没有吟风弄月，没有脂粉气，堪称大家，不仅对于中兴常州词派有巨大贡献，也为清末词留下一份丰厚的精神财富。

28. 义军首领董福祥与西北秦腔
yì jūn shǒu lǐng dǒng fú xiáng yǔ xī běi qín qiāng

深秋，沟壑纵横的西北黄土高原，莽莽苍苍，一望无垠。忽然，从陕甘宁交界处的一块高坡上，传来了一阵热耳酸心的干板乱弹：

> 喝喊一声绑帐外，
>
> 不由得豪杰笑开怀。

这声音不仅划破了长空，而且回肠荡气，遏云振林。在这兵刃相交、血光剑影的战场上，为什么会响起秦腔？这又是什么人为此发疯？原来事出有因。

同治八年（1869 年），走马上任陕甘总督的左宗棠，亲自率领自己招募的淮军，从江浙前线赶赴西北黄土高原，攻打势不可遏的西北回民起义军。由于他的兵强马壮，装备精良，因此，屡屡得胜。同年秋末冬初，他的大军就逼近陕甘交界处的安民（今庆阳）、固原，并同义军在董子塬一带进行了一系列的激烈战斗，很快就收服了镇靖等许多镇堡的义军。在一次短兵相接的战斗后，左宗棠和他的部下刘锦棠的军队，竟把拥有十万大军的董福祥义军，团团围困在镇靖堡。义军见自己损失惨重，最后挂起白旗，向官军投降。

为了杀一儆百，左宗棠下令将义军首领董福祥处决。当他看到董福祥被绑赴刑场时，仍一副桀骜不屈、跋扈难制的样子，非常愤怒，觉得留下了这种人，定会造出许多麻烦。刘锦棠等苦心相劝，他仍难释盛怒。说："斩首示众，根除后患。"几个淮军，遂把董福祥押解到一处高坡上。湘军喝令他跪下，他却头高扬，胸挺肩耸，睁大眼睛，横扫湛蓝的天空；几个人硬按他下跪，还按他的头，抓那冲冠的头发，但却难以如愿以偿。临斩的时候，押解的兵丁给他解了发辫，松了绑。董福祥这时把头发一甩，昂首看天，见莽莽的黄土高原，一片苍茫，挺拔的白杨树，个个精神抖擞，直刺高空，几年的戎马生涯，无数次的杀砍、战斗全都涌上心头，不由得放开喉咙，激情难却地放声高唱起自己的家乡戏——秦腔来。这就是开头说的那两句唱。似乎唱了一遍，还不过瘾，就迈开大步，昂首又唱了一遍：

喝喊一声绑帐外，

不由得豪杰笑开怀。

随即面对苍天，哈、哈、哈大笑三声。这三声，喝喊得整个高原地动天摇，群岭激荡，众壑回响，似乎整个世界都在喝喊。接着又唱道：

雄信本是奇男子，

昂首阔步朝前迈。

他一边唱，一边大摇大摆地迈开双脚，稳步向前。那脚步声几乎能把那结实深厚的黄土高原，踏出令人难以置信的脚印来。秦腔板路的声情激越，也给他浑身增加了无限胆量。那视死如归、无所畏惧的英雄气概，也在这几句唱腔中，掷地有声，浩气凛然。坐在他对面的左总督，听了他这几句干板乱弹，看到他那西北汉子的英雄气概，起先那满腹的气愤，立时烟消云散。尤其是那"雄信本是奇男子"一句，加上那冲冠怒目、凛然不可侵犯的情势，使左总督十分感动，也使他迅速改变初衷。说时迟，那时快，行刑的淮军抢起大刀，使出劲，正欲朝他颈部砍去，忽然听到总督一声令下："住手！"又看到他免斩手势的一挥，不知所措。这时左总督也从座椅上站了起来，向董福祥走来，在董福祥跟前五六步的地方，站定，说："我为单将军压惊！"

其实，左总督对上述情况看在眼里，记在心头。他是从心底里佩服这一西北汉子的大义凛然，视死如归。他入戏了。他把自己当做戏中斩单雄信的"李世民"，深受感动，就学着秦王李世民的"识人善用"，立即令兵丁给董福祥松了绑，并端出一大碗烧酒，递给他喝。董福祥不哼声地接过酒，又是一个昂头一饮而尽，随手把碗扔在地上。左总督立即传令，奏赏他为刘锦棠的副将，随大军西进，攻打金积堡马化龙义军。

董福祥唱的是什么戏？唱的是秦腔传统戏《斩雄信》。

秦腔，又名秦声，俗称陕西梆子或桄桄子，是西北五省区共同的地方戏曲。它是在辽阔的西北黄土高原旷野牧歌基础上形成的。它以"驷铁车辚"的秦声为基本唱腔，具有高亢激越、粗豪悲昂的艺术风格。它最先采用了板式变换体的音乐曲式结构，从而把音乐唱腔同剧本的故事内容巧妙而有机地结合起来。所谓"板式变换体"，简称"板腔体"，就是以一组七字或十字上、下句为基础，在变奏中，突出节拍和节奏变化的作用，用各种不同的板式（如一眼板、三眼板、有板无眼板、无板无眼板等）的自由联结与变换，作为构成整个戏曲音乐表述的基本手段，以表现各种不同的戏剧内容与情绪。它与宋元时期的北曲杂剧、南曲南戏和明清两代传奇的"曲牌联缀体"（简称"联曲体"），共同成为中国戏曲的两大音乐体系与曲式结构。前者却比之后者有许多优点。特别是在一段唱腔中，可以由几十对上、下句组成，也可以由一两个上下句组成，这样，剧情的发展与唱腔，都有了一个可以自由伸缩的余地，叙述也可以一板一眼、原原本本地道出，唱词又通俗、质朴、本色，很容易听得明白。当时人说："易入市人耳目。"

秦腔历史悠久，大约形成于我国古代社会经济、政治与文化艺术都得到充分发展的唐代，宋代称为"串梆子"，金元时得到进一步发展，到明代日益定型成熟，清代在"花雅之争"中，曾斗倒雅部昆曲，成为"剧坛盟主"。当时出现了魏长生那样的秦腔艺术大师，更使它"清游名播大江南"、"海外咸知"（吴长元《燕兰小谱》）。道光、同治年间，在京师（北京）曾与昆曲、京腔同台演出，并带动了京剧（时称皮簧戏，后又称平剧）的形成与发展，繁衍出一系列梆子声腔剧种。明清两代积累了两千多本剧目。由于它的角色齐全、表演手段丰富，又长于悲剧与正剧的演出，深受西北广大人民群众的喜爱，是西北地区人民群众喜闻乐见的具有中国

攻击东交民巷图。光绪二十六年（1900年）5月24日，董福祥的甘军及武卫中军与义和拳众万余人攻击东交民巷，图为与使领馆军队交战情形。

风格与中国气派的地方戏。

《斩雄信》又名《斩单童》，是秦腔著名的传统剧《斩五龙》中的一折，经常单独演出。写的是隋末瓦岗寨起义众英雄的故事。剧本着力塑造了单雄信的慷慨赴义、宁死不屈的英雄形象。

董福祥（1840—1908年），宁夏固原人，字星五。从小深受秦腔的熏陶，是一个地道的秦腔迷。青少年时，不论是开荒种地、赶脚上市，还是闲聊走路，总喜欢哼几板乱弹，肚里记熟了不少戏。同治元年（1862年）陕甘回民大起义时，他在家乡也举起义旗，起兵安民（今庆阳），有兵马十余万众。活动中心是花马池（今宁夏盐池）一带。1869年降左总督后，所部董字三营，随即跟左军西征，辗转甘肃、青海、新疆等地。曾经升为南疆总兵，驻防喀什。也就在这个时期，一批陕甘回民再西进，流落哈萨克与吉尔吉斯一带，定居营建了陕西村。至今，他们中的不少人，仍会唱几板秦腔。董福祥1887年调防北京。1900年，八国联军侵犯北京，他带领禁军，杀死日本公使，攻打各国驻京使馆，显示出高度的爱国主义精神。后又率禁军随从慈禧太后西逃到西安。不久，病逝。

近代翻译家林纾与"林译小说"

jìn dài fān yì jiā lín shū yǔ lín yì xiǎo shuō

中国近代文学史上翻译最多的是小说，翻译小说成绩最大的是林纾（1852—1924 年）。康有为诗云："译才并世数严林。"把林纾与中国最著名的翻译家严复并提，可见他在翻译界的地位，他的译作被人称为"林译小说"，均以古文写成。

林纾自幼勤奋好学，有很好的文言文修养。光绪二十三年（1897 年），他的夫人刘琼姿病逝，这使他陷入忧愁寡欢之中。一个偶然的机会，友人王寿昌从法国归来，为了帮助林纾排忧遣怀，他劝林纾与他共译小仲马的名著《巴黎茶花女遗事》。林纾不懂任何一门外语，靠口译者解说进行翻译。在翻译《茶花女》的时候，林纾将激越的情感倾注于笔端，"至伤心处，辄（与王寿昌）相对大哭"！作为第一部被介绍到中国的外国名著，《茶花女》在社会上激起了强烈的反响，一时不胫而走。这次的一举成功使林纾对翻译产生了巨大的兴趣，从此一发不可收拾。

此后林纾每年都有译作出版，与王寿昌、魏易、陈家麟、毛文钟、王庆骥、王庆通、严璩、曾宗巩、李世中等人合作，翻译了外国文学作品一百八十余种，涉及英国、法国、美国、俄国、希腊、日本、比利时、瑞士、挪威、西班牙等十多个国家的作品，共一千二百余万字。作为一位不懂外文的人能译出如此多的外国小说，这是中国翻译史上一个独特的文学现象，值得我们去深入地研究并作出正确的评价。

林译小说中被认为译得较好的有：《块肉余生述》、《孝女耐儿传》、《滑稽外史》、《贼史》、司各特的《撒克逊劫后英雄略》、华盛顿·欧文的《拊掌录》、兰姆的《吟边燕语》、小仲马的《巴黎茶花女遗事》、斯托夫人的《黑奴吁天录》、笛福的《鲁滨逊飘流记》等，不仅是当时，即使在今天，这些译作仍有它们的价值。

首先应该看到，这些作品为中国读者打开了一个新天地，开阔了中国人民的生活视野和艺术视野，使他们了解到世界各地的自然风光、风俗民情以及资产阶级物质文明和精神文明。更重要的是，它们使中国人民改变了对外国文学的看法。近代中国不仅政治经济上闭关锁国，文化上亦排挤西方文学，认为"西方只是船坚炮利，哪有李杜诗篇"的知识分子颇为普遍。在这种封闭的文化环境中，林纾认识到西洋文学的价值并不在我国的班固、司马迁的作品之下，首开了翻译外国文学的风气。在文学体例上，林纾也吸收了西洋文学在形式、结构、语言和表现手法上的卓绝之处，打破了传统的章回体形式和大团圆的结局。

林译小说之书影

虽然林纾是在翻译，但他却总是力图通过序跋、评论、按语向读者灌输爱国主义思想。《黑奴吁天录》就是最成功的一例，他以黑人奴隶的受虐控诉我旅美华工的备遭摧残，在当时曾掀起一阵反美高潮。他译《伊索寓言》时也写下了许多饱含爱国激情的话。在帝国主义列强侵略中国、民族危机日益严重的情况下，林纾的这些举措具有深刻的现实意义和激动人心的力量。

林译小说的另一大贡献是扩大了小说的题材，介绍了小说的流派和创作方法。在林译小说中有爱情小说，如《茶花女》；也有家庭小说，如日本德富健次郎的《不如归》；有社会小说，如迭更司（今译狄更斯）的《块肉余生述》和《孝女耐儿传》；有历史小说，如达孚（今译笛福）的《鲁滨逊飘流记》；还有神怪小说、侦探小说、伦理小说、军事小说、政治小说、讽刺小说等等，不一而足，较之古代以才子佳人、侠义公案和讲史为主要题材的小说类型有很大进步。虽然林纾不懂外文，但因为他长期从事翻译工作，对于西洋文学的流派也颇能辨识。在各大流派中，他特别推崇的是狄更斯的批判现实主义，称赞狄更斯能以深刻而犀利的笔触揭露出社会的丑恶，并把欧洲19世纪以狄更斯为代表的批判现实主义作家同中国的"谴责小说"作家联系起来，在当时，能认识到这一点是非常难能可贵的。基于改良主义的思想，林纾还希望中国能出现狄更斯一样杰出的批判现实主义作家，并将其创作方法向中国国内介绍，可见林纾开放的文化心态和卓越的鉴赏力。

林译小说基本上保持了原作的艺术风格、创作基调，而且文笔生动，富有表现力，有时还给原作添油加醋，如他所译狄更斯的作品就增加了原作的幽默感，虽不足为翻译界称道，但的确"锦上添花"了。这是林译小说的一大特色。但由于译者鉴赏能力所限，林纾翻译了大批毫不起眼的平庸之作，甚至漏译、错译。最可笑的是他将易卜生的戏剧译成了小说，将儿童读物译成了笔记体小说。不过这些不足以抹杀林纾介绍世界文学的功劳。在一定程度上，林纾所用的"古文笔法"限制了林译小说在一般读者中的影响，而且到了后期，他的译作不再认真严肃，逐渐失去原来夺目的光彩，思想退化更为严重，在《魔侠传》中出现了攻击革命党人的言词。这主要是由于林纾自幼所受的儒家礼法和程朱理学教育的影响。在新文化运动中，林纾更是强烈地反对使用白话文。

虽然如此，林译小说仍不失为中国近代文学史上一颗璀璨的明珠。它们所体现的反对民族压迫、争取民族独立、拯救祖国危亡的爱国主义思想，追求个性解放、人格独立和爱情自由的进步思潮，反对种族歧视、欺凌弱者的人道主义精神，以及其创作方法、写作技巧，对中国近现代文学有着显著的良好的影响。现代许多著名作家均受过"林译小说"的重要启示，并在青年时代都曾有过喜爱林译小说的阶段。鲁迅兄弟俩对于"林译小说"就十分喜欢："我们对于林译小说有那么的热心，只要他印出一部，来到东京，便一定跑到神田的中国书林，去把它买来。"看过之后鲁迅还用硬纸装订。钱钟书回忆："商务印书馆发行的那两小箱《林译小说丛书》是我十一二岁的大发现，带领我进入了一个新天地。"郭沫若回忆说，"林译小说"不仅是他"嗜好的一种读物",并且对他尔后的文学创作还有很大的影响,司各特的《撒克逊劫后英雄略》当中的浪漫主义精神深深地影响了他后来的文学创作方法。茅盾、冰心、胡适、朱自清都非常喜欢林译小说。

如此说来,林译小说尽管存在不足,但总体上是应该肯定和学习的。

30. 严复的《天演论》译著与诗文
yán fù de tiān yǎn lùn yì zhù yǔ shī wén

严复(1854—1921年),又名宗光,字又陵、几道,福建侯官人。他是第一个较全面、系统地把西方资产阶级经济、政治学说和学术思想介绍到中国来的资产阶级启蒙思想家。他出身书香门第,其父是当地名医,死于1866年。严复自幼聪敏好学,十岁时投师黄少岩门下,接受严格的封建教育。在老师的严格训练下,严复打下了扎实的旧学基础,能写一手漂亮的古文。父亲去世后,家道中衰,无力走"科举正路",报考了洋务派沈葆桢创办的海军学校——福州船厂附设的马江船政学堂,以第一名的成绩被录取。在此期间学习数、理、化、地质、天文及英文、驭船术等,共学五年。1871年他十八岁时,以优异的学习成绩毕业,随即去海上实习。1877年,他又被派往英国留学。学习期间,他除了学习海军之外,还对西方资产阶级的哲学和社会科学产生了浓厚的兴趣,阅读了大量英、法著名资产阶级学者的著作,如达尔文的《物种起源》、赫胥黎的《天演论》、斯宾塞的《群学肄言》、亚当·斯密的《原富》、卢梭的《民约论》、孟德斯鸠的《法意》以及约翰·穆勒的《群己权界论》等,这为他后来翻译介绍西方社科名著奠定了思想基础。与此同时,他还全面考察了西方资本主义社会的各个方面,努力探索其富强的原因,寻求振兴中国的道路。1879年,严复学业未完,因国内极需人才,他被抽调回国,在天津北洋水师学堂执教达二十年。

1894年,日本帝国主义挑起蓄谋已久的侵略战争,甲午之战爆发。由于清政府昏庸无能，一部分将领贪生怕死，结果陆军损失惨重，海军全军覆没。1895年，清政府被迫与日方签订《马关条约》，大大损害了中华民族的利益与尊严。日本的阴谋得逞后，西方列强不甘落后，于是掀起"瓜分中国"的狂潮。面对危亡局面，统治者麻木不仁，封建遗老则抱残守缺，盲目自大。头脑清醒的严复对此局面焦虑万分。他决心利用手中的笔去做思想启蒙工作。于是，他接连发表许多文章，主张学习西方，实行改革。同时，他开始系统地翻译介绍西方资产阶级的社会学、经济学和逻辑学著作。在众多的译著中，《天演论》是他的代表译著。

《天演论》翻译于1895—1898年间，所译内容是英国生物学家赫胥黎的宣传达尔文主义的论文集《进化论与伦理学及其他论文》的一部分。严复用文言文意译，并且加了二十九条按语，或解释发挥原著的论点，或介绍西方学术流派的情况，或结合当时中国的实际表明自己的政治见解。上卷十八篇主要讲生物与人类社会的进化发展，下卷十七篇主要论述哲学和宗教问题。

严复介绍赫胥黎来自达尔文的生物进化基本理论是："以天演为体，而其用有二：曰物竞，曰天择。世万物莫不然，而于有生之类为尤著。物竞者，物争自存也，以一物以与物物争，或存或亡，而其效则归于天择。天择者，物争焉而独存。"就是说宇宙万物都是发展变化的，生物更是如此，变化的主要原因在于生存竞争与自然选择，这是生物进化的规律。

严复从当时中国内受封建专制统治、外遭西方资本主义侵略，国弱民贫的社会现实出发，本着向西方寻求救国良策、拯救民族危亡的爱国思想，对赫胥黎和斯宾塞的进化论各有取舍。他赞同斯宾塞的普遍进化观点，认为人类社会是自然界的一个组成部分，物竞天择的生物进化规律同样适用于人类。严复反对赫氏的伦理学，但对赫氏关于人能够"与天争胜"的观点十分推崇；他赞同斯宾塞普遍进化的观点，但对斯氏的"任天为治"观又持否定态度。

在中华民族生死存亡的严重关头，严复翻译的《天演论》为国人敲响了警钟，为改良派维新变法提供了进步的思想依据。

《天演论》初稿完成后，就得到了当时著名文人吴汝纶的欣赏。正式出版后，吴汝纶亲手撰写序言，并亲笔用蝇头小楷抄录副本加以珍藏。吴汝纶的宣扬、译著本身的精深博大使它广泛流传、风行海内，先后出版发行过三十多种不同版本。康有为、梁启超、黄遵宪都对《天演论》极力赞赏。就是五四时代诞生的一代文化巨人也深受此书影响。鲁迅青年时代十分喜欢《天演论》，在南京读书期间，放在枕边，反复阅读，爱不释手。

严复的《天演论》是中国近代正式介绍西方资产阶级理论的具有很高学术价值的第一部译著。《天演论》大开中国知识分子的眼界，激发了一代又一代知识分子的爱国热情。这部译著在中国文化史上留下了闪光的一页。

严复不光精通西方文化，是一位成就卓著的大翻译家，他也熟悉中国传统典籍，善写诗文。

严复一生创作了大量的诗歌，流传下来的有三百多首。在长期的诗歌学习和创作实践中，他也形成了自己的诗观，他倾向于唯美主义，主张为艺术而艺术，认为诗歌是无用之物，他甚至说："嗟夫！诗者两间至无用之物也，饥者得之不可以为饱，寒者得之不足以为温，国之弱者不可以为强，世之乱者不可以为治。又所谓美术之一也。美术意造而恒超夫事境之上，故言田野之宽闲，则讳其贫陋；……其为物之无用而鲜实乃如此。"同时，他又认为"诗之于人，若草木之花英，若鸟兽之鸣啸，发于自然"。也就是说，诗歌是人的思想感情自然流露的结果。总体上看，他的诗以应酬之作为主，但也有一些诗是言志抒情的。如《戊戌八月感事》这首诗，写于光绪二十四年（1898 年）9 月。当时，以西太后为首的封建顽固势力，发动政变，镇压了变法运动，囚禁了光绪帝，杀害了"戊戌六君子"，百日维新失败。严复本对戊戌变法抱有很大希望，面对现实，他忧心忡忡，感慨万端，挥笔写下该诗，以抒写悲愤的情感：

求治翻为罪，明时误爱才。

伏尸名士贱，称疾诏书哀。

燕市天如晦，宣南雨又来。

临河鸣犊叹，莫遣寸心灰。

　　诗中流露出诗人对封建顽固派的强烈不满、对名士罹难的同情，但也反映出他对顽固派尚未有清醒认识，最后一句表明自己并不因此而灰心丧气。《和荆公》是一组诗中的一首，写于光绪三十四年（1908年）。严复之所以和王安石的诗，是因为他一方面钦慕这位伟大的改革家的气度，另一方面他与王安石的思想有共同之处。诗中写道："无惧真为宝，非兹不得生。禅门讲座下，所得尽平平。国破犹能战，家亡尚力耕。生天成佛者，都是有牺牲。"诗人面对清末帝国主义虎视眈眈、中华民族处于生死存亡之秋的局面，坚定地认为，只要不怕牺牲，提倡法家思想，实行耕战政策，救亡图存的大业就能够实现。诗中表达了诗人深切的忧国忧民的思想感情。从以上两首诗，我们以管窥豹，可以了解严复诗歌的大体特色。

　　严复一生写了不少散文，这些散文以议论文为主，在艺术上讲究"修辞之诚"，"辞达而已"。严复的散文，内容十分广泛，涉及政治经济文化以及社会风习等，文章意气风发，锋芒毕露，气势充沛，感人至深，对当时社会的发展起到了积极推动作用。由于严复散文风格独特，思想深刻，当时风靡海内外，影响极大。

31. 文坛独行侠：文廷式

wén tán dú háng xiá：wén tíng shì

　　晚清时期，清帝国被东西方列强的炮舰打开了国门，随着与东西方各国交往的不断增多，文化交流表现出与前朝不同的情形。一些因公出使外国或流亡异域的文人士大夫，用传统的文学样式——诗词，或抒写异域见闻风情，或寄托乡国之思，这在以前各封建王朝如唐宋元明的文坛上是不多见的。其中比较著名的作家，前者如黄遵宪，数度出使日美英等国，写下大量出使纪行之作；后者如文廷式，因得罪慈禧而被迫流亡日本，写下

大量有关异域新事物、新思想的诗词，兀然特出，独树一帜，是不以流派相属的。他既非诗中之汉魏六朝派、同光体，亦非词中之浙西、常州诸派，仿佛武林高手中之怪杰，特立独行，堪称文坛独行侠。

　　文廷式（1856—1904年），字道希（亦作道溪、道羲），号云阁（一作芸阁），又号罗霄山人、芗德，晚号纯常子，江西萍乡人。少时聪慧过人，曾寄寓广州，光绪八年（1882年）举人。以举人出身赴京会试。才名誉满京华，与王懿荣、张謇、曾之撰号称"四大公车"。光绪十六年（1890年），以一甲第二名进士及第，授翰林院编修，旋充国史馆协修、会典馆纂修。光绪十九年（1893年），充江南乡试副考官。光绪二十年（1894年）擢升翰林院侍读学士，深得光绪皇帝器重，又兼任光绪日讲起居注官，还被光绪指定为珍妃的老师。因感光绪知遇之恩，屡屡上书言事，支持光绪，反对西太后干预朝政。光绪二十年（1894年），在甲午中日战争中，他力主抗击，上疏请罢慈禧生日"庆典"，奏劾李鸿章"丧心误国"，谏阻议和。光绪二十一年（1895年）七月，他与陈炽等人出面赞助康有为，倡立北京强学会，次年即遭后党弹劾，被革职驱逐出京。戊戌变法时，他赞成康梁新法，认为"变则存，不变则亡"，主张"君民共主"，赞成维新。变法失败后，后党要拿他老账新账一起算。为免遭杀身之祸，他远走日本避难，与日本诗人、学者游处，深为内藤虎等所推重。庚子（1900年）事变后，文廷式忧心如焚，自日本返回上海，与容闳、严复、章太炎等人，参加唐才常在上海张园召开的"国会"。唐才常起义失败，文廷式被通缉"严拿"，此后流亡漂泊数地，贫病潦倒，于光绪三十年（1904年）病卒于家乡，年仅四十八岁。

　　文廷式学问渊博，贯通经史子集各派学术，被称为杂家。著有《纯常子枝语》、《琴风余谭》、《闻尘偶记》、《罗霄山醉语》、《朴晋书艺文志》等十多种，记述当世的时事、人物，"能言人所不能言、不敢言"者。另有《文道希先生遗诗》、《文起轩词钞》等。

　　在晚清诗坛上，文廷式的诗别开生面。他的诗歌宗尚晚唐，但又不同于晚唐派，而多以写时政、反映国外新事物、新思想为能事。其慷慨激愤之感情，非当时人所能及。他的《暇阅西方史籍，于二百年内得三人焉，其事或成或败，要其精神志略皆第一流也。各赞一诗，以写余怀》组诗，第一首《俄罗斯帝大彼德》称赞彼德大帝："逊荒艺术就，徙宅文明开。积锢铲畴昔，英声召方来。"引进西欧文明，使俄罗斯走上文明强盛之路。第二首《法兰西帝拿破仑第一》称："布衣登皇极，智勇实盖世。森然定国律，察物成达例……疾雷振山海，身败名不替。"颂扬拿破仑确立法兰西民主、法制政体的伟大功绩，称他是一位身败名扬的伟大英雄。第三首《美利坚总统华盛顿》写华盛顿："立国赖神功，辞职鲜余恋。规模良足多，继纂倘能善。"称赞华盛顿开国之功以及不恋宝座的阔大胸怀。这些诗，独选出西方文明史上三位创立新制度的伟人予以颂扬，表现了作者支持变法、渴望变革的开放胸怀。其他的如《题埃及断碑为伯希祭酒作》、《谈仙诗》等，皆写域外事物、事理。这在同时代人中比较独特。

文廷式其他诗作，则多涉政局、时事。如《感事二首》，借秦灭古蜀国及先秦名家之好谈名实之异，批评当朝"求成谓之和，徒令武臣玩。割地讳言租，民气愈消散。饰词安其危，何以起衰懦。……百年多失计，二事可并案"。对清政府丧权辱国的内政外交进行了尖锐的批判。《闻道》、《感事》两首诗，则嘲讽李鸿章"博望槎回应有意，卢龙卖尽始封侯"的卖国嘴脸。李代表清政府与日本签订《马关条约》、与俄国签订《旅大租地条约》，丧权失地，令人不齿。《辛丑新年》则痛斥清室被迫接受八国联军《议和大纲十二条》的国耻，为光绪帝惋惜。《中秋夜作》哀悼戊戌六君子，《落花》组诗伤悼珍妃。此外，还有《庚子七月至九月作》、《拟古宫词》等，皆与时事相关。在这些诗歌中，充分表现了作者主张变法强国，同情维新志士，反对后党专权及列强瓜分中国的政治主张，展现了一个爱国志士精忠报国的责任感和使命感。那种在国难当头，不顾个人安危荣辱，抨击慈禧后党，批判执政当局的大胆精神，言时人所不能言、言时人所不敢言，在当时诗人中是不多见的，堪称伟岸卓绝，高标出世。钱仲联在《近百年诗坛点将录》中，将文廷式目作"马军五虎将"中之"天猛星霹雳火秦明"，称他为"主张改良之政治家，学者，词人，而亦诗人也。……集中如《谈仙诗》、《俄罗斯帝大彼德》……，皆写域外之事与理者，而措语渊懿，似非人境所及。《夜坐向晓》五绝：'遥夜苦难明，他洲日方午。一闻翰音啼，吾岂愁风雨。'借地球昼夜向背之理，兴九域论胥之忧与风雷鸡鸣之怀，二十字抵人千百矣。"这个评价堪称公允。

清人学词，多尊南宋，浙西词派推崇姜夔、张炎，常州词派取法吴文英、王沂孙，而于宋词中苏轼、辛弃疾豪放一路，却鲜有后继者。文廷式则于浙西派、常州派之外，另起一路，独自振起，上承苏、辛而力扫晚清柔媚细密之风，而又不为苏、辛所囿，自成高格。文廷式十五岁学词，自言"志之所向，不敢苟同"。他论词自有主张。其一，重北宋而轻南宋，认为"词家至南宋而极盛，亦至南宋而渐衰。其衰之故，可得而言也：其声多曼缓，其意多柔靡，其用字则风云月露红紫芬芳"。浙西派视辛弃疾、刘过词为仇雠，实为"巨谬"。其二，论词尊词体，反对"诗余"之说。他认为："词者，远继《风》、《骚》，近沿《乐府》，岂小道欤！"大词家应重在才思、情志、怀抱，而非声律及一字短长之计较。其三，主张写词要"写其胸臆"，要有真情实感，反对雷同和无病呻吟。他的词作实践，较好地体现了他的论词主张。

文廷式是把词当做诗一样来写的。因此，他的大部分词作抒发家国身世之叹，寄托报国之志。如〔水龙吟〕上片抒发"葡萄美酒，芙蓉宝剑，都未称，平生意"的豪情壮志，下片结局"层霄回首，又西风起"暗寓对西太后弄权、西方列强虎视的国家局势的忧虑。〔八声甘州〕（送志伯愚侍郎……），则勉励被后党贬斥黑龙江的珍妃之兄志锐（字伯愚），虽为送别词，却写得豪壮不凡。"问神州，今日是何年？"之语，表达了作者对国家前途的深深忧虑。

文廷式遭贬逐后，其词风于豪壮之外，又添悲凉伤感之音。如〔贺新郎〕《赠黄公度观察》、〔木兰花慢〕（送黄仲弢前辈……）等词，伤时感事，忧国之怀，以慷慨悲凉之调出之。其〔忆旧游〕《秋雁》，抒写被后党迫害、流亡异域的孤寂。"望极云罗缥缈，孤影几回惊？"把流亡逃窜、惊魂不定的心情淋漓出之，凄凉伤感。其他如〔广谪仙怨〕、〔鹧鸪天〕、

〔祝英台近〕，或写时事，或寄怀抱，或借男女之情寄托身世遭遇，〔摸鱼儿〕、〔永遇乐〕《秋草》、〔忆旧游〕、〔贺新郎〕等，无一不关涉国事，直抒胸臆，豪壮中有悲凉慷慨之感。就是〔南乡子〕之戏作，也以白话为词，自成面目。文廷式这种豪放中不失婉约，学苏、辛又自成风格的创作，在晚清词坛上，异军突起，独树一帜，有如其为人，令后世怀想不已。

32. 著名词人朱祖谋
zhù míng cí rén zhū zǔ móu

　　戊戌变法，虽仅存百日而被慈禧太后扼杀在襁褓中，但维新派先驱们提出的改良体制、学习西方的变法图强主张和探索真理的精神，终于薪尽火传，后继有人，清帝国不久即灭亡于同盟会员的辛亥枪声中。作为戊戌新法中硕果仅存的京师大学堂，则开启了近代大学教育的先河。若论起中国高等教育史，不能不提起京师大学堂：莘莘学子心中景仰的中国第一校北京大学；如要撰写校史，更不能不提到京师大学堂。在清末旧式文人中，参与或同情戊戌变法的有识之士不在少数，而参与早期大学堂的筹办、管理和教学的著名作家则不多。晚清四大词人之一的朱祖谋，就是其中的一位。这位著名的词人，不仅词作直追南宋吴文英，而且跻身于京师大学堂两大提调之一，名字赫然载于北京大学校史。这位早期大学的"高级教授"，一生多与教育有关。

　　朱祖谋（1857—1931 年），原名孝臧，字藿生，一字古微，号沤尹，又号强村，浙江归安（今浙江湖州）人。少时即以神童闻名乡里，年岁稍长，便以诗驰名当地。光绪八年（1882 年）乡试中举，光绪九年（1883 年）中进士二甲第一名，授翰林院庶吉士，改翰林编修，历国史馆协修、会典馆总纂校。光绪十四年（1888 年）任江苏副考官。光绪二十二年（1896 年）回京师，任侍讲学士。这一年，任御史之职的大词人王鹏运与况周颐、缪全荪等，在北京发起成立咫村词社，邀请朱祖谋入社，他遂弃诗而学习填词。随王鹏运系统学习了词学的源流正变、各种风格流派几近三年，词作水平大进。光绪二十四年（1898年）八月，任京师大学堂提调官。光绪二十六年，庚子事变，京师大学堂在义和团的刀光火影中，被迫暂时中断。八国联军入京，朱祖谋与王鹏运等，困居在王鹏运住宅，日日愁吟，相对唏嘘，把对国事的忧愤诉诸笔端，撰成著名的《庚子秋词》、《春蛰吟》等词集。光绪归京后，朱祖谋先后出任礼部侍郎、吏部侍郎。光绪三十四年（1904年）出为广东学政，主持广东地方教育。后与两广总督岑春萱政见不合，随即辞官翩然而去。他往来苏州、上海之间，在苏州与郑文焯交游切磋，在上海与况周颐研讨词艺。1931年11月22日卒于上海，终年七十五岁。葬于吴兴道场山。

朱祖谋在近代词坛上具有很高的地位。他本擅诗场，经王鹏运引导、影响，转而致力于词。初学王氏，继而研习两宋词，而学习吴文英，用功尤勤。王鹏运称他得吴文英词精神六百年来第一人。晚年又兼学苏轼、辛弃疾词，一生勤勉，熔铸古今，海内称为宗师。尤其精于格律平上，妙合词律，王鹏运称为"律博士"。其亲手删订的词集为《强村语业》二卷，其门人龙榆生之补刻一卷，载入《强村遗书》中。朱祖谋对词史的另一大贡献是校勘词集。初与王鹏运合校吴文英《梦窗词》，王氏去世后，他继续校订吴词。同时不惜耗费心力，广泛搜求唐、五代、宋、金、元词凡一百七十三种，合刻为《强村丛书》。又辑《湖州词徵》、《国朝湖州词录》及专收同时代人词集的《沧海遗音集》，在词集的搜集、整理、校勘上功不可没。正如近人张尔田所高度评价的那样："乐府之有先生，而后校雠乃有专家。"他的《强村丛书》，与清代万树的《词律》、戈载的《词林正韵》、张惠言的《词选》，被合称为清代词学四盛。

朱祖谋早善诗名，出身进士，仕途顺利。他关心时政，同情并参与维新变法，与戊戌六君子之一的刘光第、诗界革命旗手黄遵宪为至交。辛亥革命后，他以遗老自居，于感物抒怀中寄托着对清室的眷念。所以，在他的《强村语业》中，关心国家命运、寄托爱国情思，就是一个重要的主题。如〔鹧鸪天〕《庚子岁除》，写于庚子事变那一年（1900年）的除夕之夜，词人以"烛花红换人间世，山色青回梦里家"的伤感沉痛、含蓄深致之语，痛悼世运陵夷、京师惨遭列强蹂躏后的荒凉，在沉着苍劲中表达出愤激之情。〔石州慢〕《用东山韵》写于八国联军入北京后的一年，词人运用传统的香草美人的比兴手法，抒发了在危机时刻自己的主和主张不被采用的郁闷，批评当局战败西逃，置江山社稷于不顾的无能，表现了直言诤谏的骨鲠之气。这类词作，洋溢着关心国事的爱国情怀。

朱祖谋曾置身于维新派的变革之中，与维新派同气相求。故而在他的词中，有许多同情、怀念维新志士的作品，如〔鹧鸪天〕《九日丰宜门外过裴村别业》，悼念变法被杀的六君子之中的刘光第。光第字裴村，其别墅在北京南门外。作者重阳日途经其亡友旧宅，睹物思人，备感伤心，乃作此词，抒发对友人的怀念，对旧党恐怖政治的不满，寓情于景，语淡情浓，物是人非之慨含而不露，蕴藉出之。〔夜飞鹊〕《香港秋眺》"怀公度"写于作者出任广东学政之后。词人游览被割让给英国后的香港，不禁怀念起因变法而遭去官的友人黄遵宪（字公度），面对"蛮烟荡无霁"、离开祖国怀抱的香港，作者如歌如诉：

> 多少红桑如拱，筹笔问何年，真割珠岸？不信秋江睡稳，掣鲸身手，终古徘徊。大旗落日，照千山、劫墨成灰。又西风鹤唳，惊筇夜引，百折涛来。

词人写满目疮痍的破碎山河，不相信公度这样的济世之才会被弃置不用，对国家图强复兴寄以期望。词写秋眺，兼以怀人，对维新志士的同情、希望，对国势的忧虑，以含蓄委婉的笔致叙出，用典精当，颇似老杜。再如〔声声慢〕（辛丑十一月十九日，……），借咏落叶哀悼珍妃。珍妃与光绪帝情投意合，支持光绪帝执政、支持戊戌变法，反对慈禧垂帘，八国联军入京时，被慈禧命人推入宁寿宫外大井中。词的下阕写道：

> 终古巢鸾无分，正飞霜金井，抛断缠绵。起舞回风，才知恩怨无担。天阴洞庭波阔，夜沉沉、流恨湘弦。摇落事，向空山、

休问杜鹃。

词意隐括了珍妃被推入井的悲剧命运，借屈原、宋玉楚辞的辞意，寄托了对珍妃的哀悼、对光绪帝的怜惜，从而又寄托了对整个时代的悲哀。咏物词最难工，而此词借秋日落叶，写身世之感，君国之忧，兴寄遥深。

辛亥革命后，朱祖谋以遗老自居，心灰意冷，不问政事，归隐江海之间，致力于词学研究。他思想消极颓废，但仍心系清室，因而也写了大量怀念前清的词作。甚至大量的写景、咏物词，也笼罩着这样一种怀念前朝、回忆往事的情绪。如〔浪淘沙慢〕，把他与清王朝之间的难以割舍的情感联系，表现得淋漓尽致："剪不断，连环春绪叠，是当日，鸾带亲结。""宁信长别，恨肠寸折。明镜前，掇取中心如月。"其他如〔摸鱼子〕（马鞍山访龙洲道人墓，……）、〔齐天乐〕（乙丑九日，……）、〔金缕曲〕等，都沉浸在对往事的忆念中。甚至在清亡之前、他辞官归隐以后期间所写的写景、咏物词中，也都表现出浓郁的怀旧情绪。这种往事如梦、物是人非、"持恨终古"的借物抒怀之作，就是晚年朱祖谋心境、处境的真实写照。

作为清末词坛大家，朱祖谋主学宋词，专攻吴文英，被认为是"独得梦窗神髓的嫡派"，守律极严，而王国维认为"情味较梦窗反胜"。其词委婉含蓄，但颇多艰涩，炼词而伤气。晚年词风有所变化，取梦窗和东坡之长，将苏轼豪放之气融于沉郁绵邈之中，风格渐趋疏朗。叶恭绰称其"集清季词学之大成"。尽管他的词有题材稍窄、词旨隐晦、过讲藻饰格律、呆滞单调等弱点，但无损于他在词史上的重要地位。

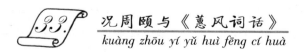

33. 况周颐与《蕙风词话》
kuàng zhōu yí yǔ huì fēng cí huà

在晚清这一新旧社会交替的前夜，混乱、变化、创新这些乱世的特征，在文学领域中表现得最为充分。作为传统文学体式之一的词，既不同于古文的式微，也不同于古诗在守旧与创新之间的艰难突围，而是勃而复兴，大放异彩，出现了一个与旧时代气运日衰这一不可逆转的颓势相异的"词学中兴"局面。其代表就是号称"清末四大词人"的王鹏运、朱孝臧、郑文焯、况周颐。此四人承常州词派词学之余绪，分别以词的创作实践或词学理论方面的巨大实绩，对抗浙派词人标举南宋，推尊姜（夔）、张（炎），追求清空淳雅，专求声律的颓风，同时又突破了常州派的局限而自成一家，成为晚清词坛盟主，堪称结千年词史之局的词学集大成者。其中，况周颐以一个诗人的创作体验为依据，对词学理论进行概括、总结，身兼诗人和理论家之二任，别有会心，成为近代继承、发展常州派词学的最后一个理论家。

况周颐（1859—1926年），原名周仪，因避宣统皇帝溥仪之讳而改名周颐，字夔笙，号玉梅词人，晚年号蕙风词隐。原籍湖南宝庆，其祖上迁居临桂（今广西桂林市），遂为临桂人。生于咸丰九年（1859年）九月初一日。少时聪慧多识，九岁时即补为博士弟子员。有一天，周颐去看望出嫁的姐姐，偶然在姐姐家得到一部《蓼园词选》，便带回家吟诵把玩，颇多体会，于是将这本词选当做自己学词的老师，模仿着试作小词，竟然也空灵轻快，理趣、意境均有滋有味，遂立下学词的雄心。十八岁时，参加光绪五年（1879年）乡试，一举得中，成为年轻的举人。光绪十四年（1888年）入京应礼部试，不中，按例被授内阁中书之职，有幸与已先为内阁中书的同乡大词人王鹏运为同僚，和王氏切磋词学，互相砥砺长达五年之久，由是得窥词学门径。在此期间还治金石之学，罗致碑板万余本。光绪二十一年（1895年）以会典馆纂修，叙劳用知府，分发浙江。继而被两江总督张之洞、端方先后罗致入幕。后至大通榷运局掌榷运。辛亥革命后，寓居上海，怀念清室，以遗老自居，而生活日艰，时有无米断炊之虞，常以鬻字卖文度日。1926年7月18日卒于上海寓所，终年六十八岁。卒后葬于湖州道场山麓。况周颐仕途虽不顺达，但推尊清室的正统保守观念却很顽固。清朝灭亡后，他写下了大量怀念清室的词作，表现出浓重的遗民情结。不过，况周颐崇古不阿，崇古不滞，虽然他被冯煦戏称为"况古人"，但他那种顽固、守旧的政治立场和社会观念，也只是有限地妨碍了他在词学创作与研究领域的发展与创新。

况周颐毕生致力于词学创作和研究。他的词作，总体上属于常州派一路，有词九种，包括《新莺词》、《玉梅词》、《锦钱词》、《蕙风词》、《菱景词》、《二云词》、《餐樱词》、《菊梦词》、《存悔词》各一卷，合集为《第一生梅花馆词》，晚年亲自删定为《蕙风词》二卷。他在《餐樱词自序》中曾谈到自己词作的三个阶段，倒颇合实情。入京之前为第一阶段，所作"多性灵语，而光艳之讥在所不免"。此时之作，实为学习前人、锻炼词艺之习作。入京之后为第二阶段，因受王鹏运词学理论影响，倡"重、拙、大"之旨，"体格为之一变"。清亡后移居上海，直至去世为第三阶段。因与朱祖谋过从甚密，受其格律精严的影响，词作更臻精工。概而言之，况周颐词作早期大多抒发个人的情怀思致；甲午战争以后，词作增添了感时伤世，忧国怜己的内容，感慨遂深；清亡后，大多抒写对清室的眷念，为自己和那个逝去的旧时代哀唱挽歌。以风格而论，况氏词作严于格律而又流转自然，较少雕琢之迹。小令仿佛晏几道，长调则学姜夔、史达祖。近人龙榆生谓其词"似多偏于凄艳一路，而少苍凉激壮之音"（《清季四大词人》），乃为知音之论。

在晚清四大词人中，况周颐特擅词学批评，其词学理论方面的成就，比他的词作更有影响。他的词学批评观点，集中体现在他晚年撰写的《蕙风词话》五卷中。全书按时代顺序，历论诸家词。第一卷主要阐述词的基本理论和技法，首倡"重、拙、大"的基本审词标准；第二卷论晚唐五代宋词；第三卷论金元词；第四卷为考证、谈丛类；第五卷论明词、清初词。而贯穿全书的理论核心在于意境说。

从词学理论发展来看，况氏论词，基本观点是承常州派之余绪，并加以推衍、发展和深化。他指出：

> 词之为道，智者之事。酌剂乎阴阳，陶写乎性情，自有元
> 音，上通雅乐，别黑白而定一尊，亘古今而不敝矣。唐宋以还，

大雅鸿达，笃好而专精之，谓之词学。独造之诣，非有所附丽、若为骈枝也。曲士以诗余名词，岂通论哉！

——《蕙风词话》卷一

如果说常州派把词提到文学正宗地位，但还有条件："词为诗之余，非徒诗之余，而乐府之余也"；况氏则首次肯定了词是"亘古今而不敝"的独立存在与发展的一种诗歌形式。这是其贡献所在。由此出发，况氏对常州派"词贵有寄托"的传统观点加以修正，批评其以寄托为门面语，指出："身世之感，通于性灵，即性灵，即寄托，非二物相比附也。"这对词的创作规律的认识，又深入了一步。

总的来说，况氏在总结词的艺术规律时，有两方面的观点颇有创意，在今日仍不乏启示意义。其一，标举"词境"、"词心"、"词骨"之说：

填词要天资，要学力，平日之阅历，目前之境界亦与有关系。无词境即无词心。矫揉而强为之，非合作也。境之穷达，天也，无可如何者也。

吾听风雨，吾览江山，常觉风雨江山之外，有万不得已者在。此万不得已者，即词心也。而能以吾言写吾心，即吾词也。此万不得已者，由吾以酝酿而出……

真字是词骨。情真、景真，所作必佳，且易脱稿。

——《蕙风词话》卷一

况氏在这里，比较准确地描绘了词的创作过程，并抽象出了达到较高艺术境界的过程。所谓"词境"，即指人的客观环境（包括自然和社会两部分，即"风雨江山"和"阅历、穷达"）。而所谓"词心"，就是在客观环境的感触下而生出的"万不得已"的感情，以及非要把这种情感表达（写）出来不可的强烈的创作冲动。它是由"吾心酝酿而出"，故而"真"，此"词之真"即"词之骨"，此"情真"、"景真"由"吾言"写出，即"吾词"，最后达到况氏所称的"意境"。这是个由表及里、由直观而抽象再到形象的过程，即由词境而词心而词骨而意境。应该说，这是符合诗歌创作的过程的。

其二，首倡"重、拙、大"的作词三要素，而"意境"才是词学的"正法眼藏"：

作词有三要：曰重、拙、大。

——《蕙风词话》卷一

词境以深静为至。

——《蕙风词话》卷二

词有穆之一境，静而兼厚、重、大也。淡而穆不易，浓而穆更难。

——《蕙风词话》卷二

唐张祜《赠内人》诗……填词以厚为要旨，此（指张诗）则小中见厚也。

——《蕙风词话》卷三

况氏的"意境"，是形容词中创造出的情景交融的艺术境界，而重、拙、大，深厚静穆，就是要求以浑厚温雅的形象，表现出深沉细致的感情。且重、拙、大是对初学者而言的，而作词的最高境界，就是创造出深厚静穆的"意境"。在这里，况氏弘扬了古典美学对静美的爱好。而其穆境又分为淡穆、浓穆，前者乃姜夔一派，后者乃吴文英一派，实际表现出况氏融合姜吴、浙常两派的总结性倾向。由此可以看出，况周颐确实是常州派理论的集大成者。

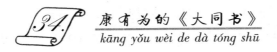

34. 康有为的《大同书》
kāng yǒu wèi de dà tóng shū

《大同书》是康有为重要的著作之一，此书从初稿写定到全部出版，前后经历了整整五十年，可以说是包容了康有为一生的思想发展史。

《大同书》的初稿——《人类公理》构思于1884年，1887年撰成，充分体现了康有为早期的大同思想。此后，经过不断充实和发展，到戊戌变法前，"三世"系统基本上形成了。康有为以此解释社会的发展变化，将人类社会进化过程分为"据乱世"、"升平世"、"太平世"三个阶段，认为中国的封建专制制度相当于升平世，人人平等的民主制度就是太平大同之世。"乱世"的中国要经过"公议立宪"才能符合世界潮流，进入"升平"，至于"太平"（大同）还是很遥远的事。《人类公理》的酝酿和撰述象征着一个封建知识分子走向资产阶级改良派的历程，而《人类公理》也就成为中国人向西方寻找真理的较早的一部著作。

戊戌政变后，康有为逃亡到了海外，一路游历，于1901至1902年避居印度时写成了《大同书》的定稿。此时他的"大同三世"说仍根植于"循序渐进"的基础上，尽管把大同世界涂饰得更加美奂堂皇，但已不适应时代的飞速发展了。

1913年因母丧回国，并在上海创办了《不忍》杂志，在该刊发表了《大同书》的甲乙两部。而大同书全部问世，已是康有为死后1935年的事了。《大同书》初稿时康有为还是一个向西方追求真理的先进人物，但是，《大同书》出版时，康有为便已"永定为复辟的祖师"了。

图为康有为像。由一千三百名举子参与的"公车上书"，宣告了近代中国民众的觉醒。这一事件的组织者康有为因此而名垂青史。

康有为在《大同书》里，是这样详尽地描绘他的大同世界的乌托邦的：

大同世界的生产力高度发达，"一人作工之日力，仅三四时或一二时而已足，自此外皆游乐读书之时矣"。物质生活几乎达到了随心所欲的境界，人们都过着极富裕的生活，住的都是公所与大旅舍。"旅舍之大，有百千万之室。"最起码的房子，也是"珠玑金碧，光采陆离"。至于最高级，还有可以周游世界的行室。这些房屋中的设备之完美，那更不用说了："夏时皆置机器，激水生风……冬时皆通热电……暖气袭人"，"其四壁及天盖地板……以怡神魂而畅心灵焉"。

康有为书五言对联，一代觉醒者的自负与自许在笔走龙蛇中显现得淋漓尽致。

至于社会生活，大同世界的一切财产都已归公有。"举天下之田地皆为公有"，工商业普及，剥削关系已经消失了。康有为又对一个人在大同社会里的整个一生生活作了"计划"：妇女怀了孕，就进入本院。小孩出世后，可进育婴院，及其稍长大就进小学院，继而中学院，大学院。大学毕业后，就参加工作。其才德不合格，无职业者，就进了恤贫院。有疾病者，可进医疾院。年过六十，就进养老院，死后，就进考终院（殡仪馆）。一切公益事业及生老病死"皆公政府治之"。"人人劳动"，

人们的文化道德修养、社会风气都达到"至平、至公、至仁治之主"的境界。这就如同《礼运》篇所讲："人不独亲其亲，不独子其子，使老有所终，壮有所用，幼有所长，鳏寡孤独废疾者皆有所养。"一个多么美妙的社会！

至于政治生活，康有为是这样描述的：大同世界不仅没有私产，没有

家庭，并且也没有国家。国家的政治机关、军队、监狱等早已废除，因此也就没有战争，没有刑罚，政府只是一个管理经济和文化事业的机构，不再是一个强制压迫的暴力机器了。

以上就是康有为大同世界的基本框架。我们今天应该怎样看待《大同书》和它的思想性呢？

首先，我们应该明白，《大同书》漫长的成稿时间，反映了康有为思想体系的演化过程，是康有为民主启蒙思想和政治改良思想的统一。当《人类公理》酝酿之时，康有为已在饱读中国传统文化的基础上接触和学习了西方的先进知识文化，面对国家危亡和社会的种种不平，又受西方资本主义君主立宪政体的影响，康有为开始在脑海中形成一种自认为合理、公平的社会。所谓"合理"，实际上就是平等，也就是追求一种资本主义人人平等的社会。他此时形成的这一朴素的世界观，正反映了他忧国忧民的爱国主义精神。而到了1902年《大同书》成稿之时，正值革命形势发展，君主立宪制已不得人心，时代的飞速发展使他的思想体系渐渐滞后过时了。

其次，康有为大同思想的来源，一方面是吸收了西方资本主义国家的社会政治学说和自然科学知识，另一方面是吸收了中国儒家今文学派公羊学的学说。整体可以概括为"仁道主义"，这是欧洲产品——"人道主义"的另一种形态，既有自由平等博爱的西方色彩，又包含着中国传统的人本主义思想。但是产生这些学说的西方社会条件和中国古代条件，却没有与那些学说一同被康有为吸收过来。这些学说失去了它的社会基础，再不像其本来面目，而被融化在康有为的哲学体系中了。

《大同书》详细描写了人世间的种种苦难，揭露了现实生活中的种种黑暗和不合理，宣传了大同思想，幻想建立一个不分国家、种族、等级、产业，大家都平等的自由的社会。它表达了苦难的中国人民对幸福生活的渴望和对自由民主的追求，具有现实的社会基础。大同思想是在帝国主义加紧入侵、中华民族危机日益严重的情况下逐渐形成的。康有为的政治改革在书中有所体现，代表了一部分开明地主和资产阶级的利益，适应了时代的要求。康有为提出"三世"学说，说明"人道之进化，必须通过改制变法"，始能达到"大同"的一日，而这种渐入大同之域的方法，正是实现君主立宪制。可见"大同"学说的实质，是为资产阶级改良派提供一种新的思想武器。它的现实意义在于，把资产阶级改良派所要争取的政治改革和远大的政治理想连接在一起，为其变法维新的政治目的服务。而这个诱人的蓝图的提出，增加了人民对封建社会的痛恨情结，刺激诱导了他们对未来资本主义社会的企望与追求，客观上所起的作用主要在于启发群众的民主意识。

毛泽东曾指出："康有为写了《大同书》，但没有也不可能找到一条到达大同的路。"《大同书》只代表了一部分开明地主和一部分资产阶级的利益，对社会的发展没有建立完整的科学论证体系。但它毕竟是康有为毕生精心设计的理想社会的蓝图，是近代思想史上反封建的一块丰碑。

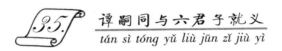

35. 谭嗣同与六君子就义
tán sì tóng yǔ liù jūn zǐ jiù yì

提起他的英名，多少人都会为之怦然心动，热血沸腾。他在人们的心目中，是那场世人瞩目的戊戌变法运动中最具英雄豪气的人物，是卓立的思想者、革新者和著名的文学家。

谭嗣同（1865—1898年），字复生，号壮飞，湖南浏阳人。从浏阳河畔走来的这位近代的英杰，不，准确地说是从艰难时世中成长起来的这位近代的英杰，也有一个不同寻常的少年时代。并由此生成了他特有的志趣和审美的爱好，对他后来的人生追求和艺术追求，产生了很大的影响。

谭嗣同出生于一个典型的官僚家庭。其父谭继洵是位很会做官的人，既做过京官，也做过地方官，政绩虽不突出，但官运还算亨通，历任户部员外郎、甘肃省巩秦阶道和湖北巡抚等，堪称封建王朝的大员。这样的父亲自然很懂得科举求仕的重要，虽然不见得怎样疼爱自己的这个小儿子，抑或受爱妾及续弦的挑唆对嗣同还颇冷漠，但对儿子的学习还是抓得很紧的。嗣同自小聪明异常，"五岁受书，即审四声，能属对"。他与二哥嗣襄一起师从毕纯斋读当时流行的启蒙书籍，如《三字经》、《五字鉴》、《四书》等。这种兄弟怡怡的共读生活，给嗣同留下了非常美好的记忆。

嗣同生母徐五缘，"性惠而肃"，常"正襟危坐，略不倾倚，终日不一言笑"。嗣同在《先妣徐夫人遗事状》中写下的这种印象，一方面固然表明其母是"性惠而肃"的端淑贤良的传统妇女，另一方面也生动地表现出了其母的精神抑郁的情状。"终日不一言笑"的母亲生活得多么沉重啊！她作为谭家之妻，勤俭持家，相夫教子，操劳不息，"衣裙俭陋，补缀重复"，"纺车轧轧，夜彻于外"（《先妣徐夫人遗事状》），这显然近乎是谭家的女仆了。嗣同之父做官后便讨了个小老婆陆氏，宠爱有加，遂有妻妾不和、纠纷频生的愁云惨雾，笼罩着谭家。不过，嗣同母亲对孩子却是竭力爱护的，尤其是对小儿子嗣同，更是关爱有加，母子之情极为深厚。不幸的是，在嗣同十二岁的时候，其母便因传染了白喉症而病逝，大哥嗣贻、二姐嗣淑也因此病去世。嗣同也传染了此病，却在昏死三日之后又奇迹般地复活了。其父遂名之为"复生"。母死之后，失去母爱的嗣同更遭继母的虐待，屡有生命之厄，但他总算坚强地活了下来。痛苦的生命体验反而使嗣同形成了一种生命的达观，增进了他对"纲伦"的认识和献身于正义事业的精神。苦难成了嗣同的精神财富。

嗣同少多不幸，却仍坚持读书学习，在母亲去世后更加勤奋。但他不爱研读八股时文，父亲愈是逼着他学习时文制艺，他愈是反感，愈是去读那些封建士大夫们诋为"异端"的各种杂书。他还去结交"义侠"大刀王五，学武弄剑，在性情上也受到了王五的影响，豪爽之中更增添了敢作敢为、视死如归的性格因素。他十四岁时，随父来到甘肃兰州，在道署中继续读书，喜爱上了桐城派的文章，不久又热爱上了诗歌，甚至在梦中也在吟诗赋诗，如痴如醉，诗艺大进。十五岁时已显示出了创作诗歌的才华，写出了《送别仲兄泗生赴春陇省父》（五首）等诗作，能吟出"频将双泪溪边洒，流到长江载远征"；"羡煞洞庭连汉水，布帆斜挂落花风"；"楚树边云四千里，梦魂飞不到秦州"之类的佳句了。嗣同的父亲担心儿子迷恋诗歌，疏于八股，遂命他返湖南浏阳，请浏阳的著名学者涂启先教嗣同读书。嗣同跟涂启先读了两年多的书，拓宽了学术视野，除儒家经典之外，还在史学、文字、训诂诸方面均有涉猎，并受涂先生影响，对乾嘉考证方法也给予了重视。然而终因长期未能专心于时文制艺，结果在十八岁参加湖南的科举考试时便名落孙山。

不迷于科举的嗣同，依然是少年胸怀大志，将张载的"为天地立心，为生民立命"之类的人生格言牢牢地记在心里。他在十八岁时曾写下《述怀诗》一首，表达了自己的鸿鹄之志。诗云：

> 黄鹄翥云汉，白鹤鸣九皋。
>
> 嗟彼燕雀群，安能测其高！
>
> 息翼荆莽中，剥落伤羽毛。
>
> 一枝亦可借，几疑同鹪鹩。
>
> 浏浏飘天风，云路将翔翱。
>
> 高飞语众鸟，饮啄非吾曹。

少年时节的苦难、不幸，磨炼了嗣同的意志；少年时节的读书、学习，增进了他的学识，培养了他对诗歌的爱好。他后来的成就，与少年的经历是分不开的。

光绪二十四年农历八月十三日，即公元 1898 年 9 月 28 日，是百日维新运动以来最悲壮也最难令人忘记的一天。

这一天，是戊戌六君子慷慨就义的日子。

被当做刑场的菜市口广场阴森森的，布满了岗哨，囚车中押着谭嗣同、林旭、杨锐、刘光第、杨深秀和康广仁。这六人皆是积极参与百日维新运动的维新志士，他们在腐恶的守旧势力面前未能找到取胜的途径，他们将为此献出一腔热血，用生命谱写出不朽的诗歌。

在行刑前，有一皂役递给谭嗣同一支毛笔，要他在判决书上画押。谭嗣同不去画押，却用毛笔写下了他最后的绝命词：

有心杀贼，无力回天。

死得其所，快哉快哉！

这也是谭嗣同在生命即将终结之时倾其全部心血写下的一首诗。它高度概括地表述了他的追求，他的无奈，他的生死观，他的独特感受，令人读来，惊心动魄而又百感交集。他在少年时代就习文习武，既追求思想的更新，也追求力量的强大。他是维新派中最"有心杀贼"的人物，初见光绪皇帝，就提出要建立一支属于新派的军队；在危难时刻，他仍置生死于度外，夜访袁世凯，力图动员一切力量，救护皇上，杀死老朽的西太后。但是他的计划落空了，他真正体味到了中国封建社会的黑暗无道，真正体味到了手无兵权"无力回天"的无奈悲凉。然而，他又清醒地认识到："各国变法，无不从流血而成，今我中国未闻有因变法而流血者，此国之所以不昌也。有之请自嗣同始！"所以他抱定了视死如归的决心，即使能够轻易地逃走，他也要直面死亡，因为他认定为变法而死是值得的，"死得其所，快哉快哉！"由此淋漓尽致地展示了他那献身于变法事业的大无畏的英雄风采，充分表现了他以身许国、慷慨赴难的爱国热忱和牺牲精神。

以崇高的生命刻就的诗行，尽管写得有些粗疏、歪斜，那也是闪光的不朽的诗行！

谭嗣同在狱中亦写有一首题在壁上的诗，诗为七绝，云：

望门投止思张俭，忍死须臾待杜根。

我自横刀向天笑，去留肝胆两昆仑。

诗中的后二句尤其为世人所广为传诵，是能够充分体现谭嗣同崇高精神境界的佳句。"我自横刀向天笑，去留肝胆两昆仑。"可谓是面对死神流露出来的最为潇洒的神态了。谭嗣同用整个的英雄生命，将此种笑对死亡的凛然正气和潇洒神态诗化了，锻造出了如此奇伟酣畅的诗句！诗中的"两昆仑"究竟何所指，向来争议很多，有的人认为是指康有为和大刀王

瀛台囚禁了立志变法的光绪皇帝，也囚禁了大清王朝的国脉。剥落的红漆与瓦间的荒草，预示着一个曾经强盛过的王朝已来日无多。

五，有的人认为是指康有为和谭嗣同自己，有的人认为是指康有为和唐才常，有的人认为是指大刀王五和通臂猿胡七，有的人认为是指谭的两位仆人胡理臣和罗升。而笔者却认为"两昆仑"是喻指"两种崇高"，即"去也崇高"，"留也崇高"，都是继续斗争的需要。在此似不必将"两昆仑"做实为具体的人。"昆仑"的雄奇伟大体现为一种崇高的美，这是维新志士们追求的。危难之际，"张俭"和"杜根"的设法保全性命是必要的，"横刀向天笑"的视死如归也是必要的，两者皆为肝胆照人的行为选择，都具有崇高的意味。这样来理解这首《狱中题壁》，其意蕴是浑然统一的，不至于将诗意肢解成莫衷一是的纷纭杂说。即或如台湾学者指出的那样，此诗乃为梁启超所伪作，那也是真正体察了彼时彼境的谭氏心理的精当之作。何况，梁启超是和康有为等人一样的流亡者，他对流亡者的"去"和"横刀向天笑"者的"留"，并不会褒彼贬此或贬彼褒此的。

事实上，谭嗣同等"戊戌六君子"的确死得其所，用鲜血用生命写成了不朽的诗篇，警示世人怎样去不断地革故鼎新，方能保持社会前进的活力。他们的生命似乎被扼杀了，但他们的精神生命仍存活于天地之间。

自劾罢官的满族诗人宝廷

zì hé bà guān de mǎn zú shī rén bǎo tíng

满人入主中原后，虽在政治、经济上压制、歧视汉人，但又不得不借用汉族封建文化统治汉人；虽极力防止本民族文化被汉族同化，但还是有许多满族贵族身不由己地被汉化。许多满族上层人士对汉族经史子集的熟悉程度不亚于汉人。爱新觉罗·宝廷，就是这样一位出身皇族的优秀汉文诗作家。

宝廷（1840—1890 年），字竹坡，号偶斋，别号奇奇子，清宗室，满族镶蓝旗人，郑献亲王济尔哈朗八世孙。同治七年（1868 年）进士，选翰林院庶吉士，授编修。光绪初，与陈宝琛、张佩纶、张之洞俱以直谏敢言著名，号为清流。光绪七年（1881 年），授内阁学士，礼部右侍郎，次年出任福建学政。任满还朝，后生计艰难，幸赖有朋友、门生相助，但仍不改好游嗜酒习性，虽棉袍洞穿絮出，仍以诗酒自娱。著有《偶斋诗草》内集、外集。

宝廷出身皇族，自幼锦衣玉食，仕途顺利。性情豪放达观，嗜饮酒，耽山水，性喜吟咏，每每外出，必搜奇探胜。平生足迹遍及泰岳、武夷、太肖、金焦，至于京师名胜无所不至，于西山妙峰、翠微山、田盘五峰八石七十二寺，更是留连忘返，以诗记胜。同时，宝廷身为贵族，却迥异于一般八旗子弟：居官时能直言诤谏，关心祖宗基业，与张佩纶等有"清末四谏"之称；当马尾军败时，身为福建学政的他并无责任，但他仍然觉得内心有愧，正愁无缘自咎；一次偶然差至江山，诗酒声色中遇一船女窈窕艳丽，便于酒力之下纳为小妾。宝廷性本豪放，不拘小节，与红粉佳人风流倜傥本也不是什么大疵，但正逢战败国耻，回京后，愈觉纳船女为妾有累自己清名，遂自我惩处，自上书罢官。虽然他这种既爱美色、又要卫道的行为天真可笑，亦于国势无补，但比起朝廷满汉衮衮诸公无耻卖国而又无心肝的言行，这种勇于自责的良知还是十分可贵的。他在晚年生活贫困、常有无米下炊的境况下，仍固穷乐道，处之泰然，照样喜游山水，好诗善饮，不汲汲于富贵，也未戚戚于贫贱，穷通顺化，笑傲人生，是一位令那些以名利为归宿的伪"清流"、伪"名士"自惭形秽的真名士，正应了"是真名士自风流"之语。

宝廷诗作有纪游山水、酬赠抒怀、关怀国计民生等几类。其中山水诗数量最多，写得也最为出色。他的山水诗中，描绘京畿名胜之作尤多佳篇。如《三月三日游昆明湖》、《季春之望游西山和公玉韵》、《西山杂诗》、《至西山途中口占》、《田盘吟》等，都堪称上乘，颇得王维五言之韵。《天游一览台题壁》写游武夷山：

> 孤台高绝与天邻，乘兴登临眼界新。
> 一石蟠空擎古观，万峰昂首看游人。
> 岩峦奇诡蹲狮象，洞壑幽深隐鬼神。
> 万到兹峰览全局，武夷面目识难真。

这首诗描绘武夷山胜景，天游一览台，是武夷山第一胜地天游峰顶上的一览亭。它高峰挺拔，诸峰拱卫，三面有九曲溪水环绕，登览此亭，有"一览众山"之致。这首七律的颔联、颈联以拟人化手法写高峰奇石，赋山石以浓厚的人格魅力，写活、写神了峰石异景奇态，颇似东坡诗，有宋诗情致和理趣。

宝廷的山水纪游诗，特擅长篇巨制。如《西山纪游行》、《田盘歌》、《七乐》等诗，均洋洋千言以上。而《西山纪游行》更长达近三千字，在古诗中实属少见。

诗歌构思、词句及结构，显然受到李白的影响，不难看出《蜀道难》、《梦游天姥（吟留别）》留下的痕迹。但同时作者又展开赋笔，借用赋的手法，句式参差而又整齐，诗歌想象丰富，词藻瑰丽，意境奇幻，汪洋恣肆，气势雄浑，既可视为抒情长篇，又可当做纪游赋阅读。其他长篇，也有这种特点。

宝廷早入仕途，对官场险恶及清政权的腐败有切身的认识；晚年又生计艰难，对下层生活也有一定的了解，因此他有一部分抒怀之作及记述生活困境的诗，表达出忧国怜己的情怀和对下层百姓苦难生活的同情。

宝廷诗学王维、岑参、白居易、陆游和杨万里，唐宋兼采，陈衍称其"天才豪宕，以曲达为主"（《石遗室诗话》），是近代满族最优秀的诗人。

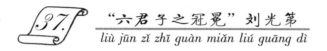

"六君子之冠冕"刘光第

liù jūn zǐ zhī guàn miǎn liú guāng dì

戊戌变法以谭嗣同、林旭、杨锐、刘光第、杨深秀、康广仁血洒北京菜市口而悲剧性地结束。但"戊戌六君子"已不仅仅是中国近代史上的一个历史名词，它已成为引导无数仁人志士追求民主、自由、进步理念的永不熄灭的薪火。"六君子"不仅是晚清时期伟大的思想启蒙先驱、政治改革的第一个吃螃蟹者，而且也都是才华横溢的诗人。其中，诗歌数量最多、创作成就最高的，就是被后世称为"六君子之冠冕"的刘光第。

刘光第（1859—1898年），字裴村，四川富顺人。少时聪慧过人，慷慨有节气。光绪八年（1882年）举人，九年（1883年）二十四岁时中进士。他少年得志，名满京华，很快即被授刑部主事之职。但因为官耿介、顶撞上司而于次年去职。光绪二十四年（1898年）春天，加入由康有为发起组织的主张救亡图存的维新派组织保国会。七月，由唯一在地方上支持维新主张的湖南巡抚陈宝琛引荐，受到光绪帝召见，被授以四品卿衔，参与新政，与杨锐、谭嗣同、林旭时称"军机四章京"。八月，慈禧发动政变，软禁光绪，刘光第与谭嗣同等六人被惨杀于北京菜市口，时称"戊戌六君子"。

在"六君子"中，刘光第性格沉稳敦厚，思想倾向也较为平和，为人讲究气节，仗义执言，口碑很高。当湖南顽固派曾廉上书攻击康有为等维新派是"名教罪人"、"奸党"，维新思想是"异端"、"邪说"，王先谦等顽固士绅攻击梁启超、谭嗣同等人使时务学堂学生"不复知忠孝节义为何事"而当杀头时，刘光第和谭嗣同逐条批驳，他并与谭嗣同以"先坐罪"

马背上的光绪帝。光绪帝也是一个可怜的人。梁启超在戊戌政变记中引述宦官寇连才的笔记说："中国四百兆人境遇最苦者，莫如我皇上。盖凡人当孩童时无不有父母以亲爱之，独皇上五岁即登极，登极以后无人敢亲爱之，虽醇邸之福晋，亦不许亲近，盖限于名分也。名分可以亲爱皇上者唯西太后一人，西后绝不以为念，故皇上伶仃异常……"

力保康、梁无辜，表现出不怕牺牲的勇气和胆识。刘光第不仅人品高尚，而且博学多才，能诗善文，精通书法。做诗取法阮籍、李白、杜甫、韩愈，书法学颜真卿，得其浑厚温润。著有《介白堂诗集》。中华书局新辑的《刘光第集》，收文五十五篇，信札六十三函，诗六百七十八首。

生于天府之国的刘光第，好游名山大川，足迹踏遍半个中国。家乡山水的灵气滋润着少年光第的心灵，造化着他的诗才。因此，他的诗作中大半为山水风光之作，仅描写峨眉秀色的诗就有五十多首。这一部分也最为出色，名篇迭出。如被后人普遍赞誉的《峨眉山顶见月》：

新月峨眉埽碧天，峨眉山影斗婵娟。

山藏蜀国逃封禅，月逐沧洲照谪仙。

游客自生千古思，老僧留待一轮圆。

未知毕世当来几，今夜杉西坐看年。

历代咏峨眉山月的诗很多，尤以李白《峨眉山月歌》最为有名。李白写乘舟顺流时水、天之间的半圆之月，是流动的景；刘诗写登峨眉山顶所见的细如美女蛾眉的新月，是寂寥夜空中的纤月，是极静之景，并由此引发出奇思妙想。尤其峨眉一词，语音虽重复，辞义却相异，双关之妙，难以比拟。这一类的好诗还有很多，如七律《望峨眉山》、《清音阁》、《大小云堑》、《大坪》、《雷洞坪》、《华严顶》、《峨眉最高顶》。这些或远观，或近游，或登临，角度不同，感受亦异，但均随物赋形，即题巧构，确有身临其境之效。作为七律，又将眼前实景与神话传说和奇妙想象结合起来，令人目不暇给，心驰神往。至于五言《清音阁》、《双飞桥》、《独临宝见深危石上小坐》、《大坪》、《雷洞坪》等诗，古拙、工整、清丽、峭拔，把景观与相关的传说、佛理融为一体，景中有趣，景中有理。

和许多启蒙、维新派诗人一样，刘光第也通过不少诗歌来表达自己的政治主张以及对时局的关切、国势的忧虑。如《梦中》诗：

梦中失叫惊妻子，横海楼船战广州。

五色花旗犹照眼，一灯红穗正垂头。

宗臣有说持边衅，寒女何心泣国仇？

自笑书生最迂阔，壮心飞到海南陬。

此诗写于光绪十一年（1885年）中法战争之后，诗人梦中抗击侵略法军，失声惊叫，吵醒妻子。诗歌感情深沉，语含讥讽，表现了忧国忧民效命疆场的情怀。乐府体讽喻诗《城南行》揭露权贵的专横恣肆。《美酒行》通过鲜明对比，将统治者的荒淫挥霍与劳苦百姓饿殍遍地的社会黑暗与不公暴露了出来。其他写时事的，还有《杂诗二十首》揭露慈禧弄权，《屯海戍》批评政府软弱的外交政策。这些诗歌，正如钱仲联所称赞的："刘裴村刺时之作，大声疾呼；读之令人心惊骨折。"（《梦苕庵诗话》）

121

刘光第的诗文，颇受后人好评。汪辟疆称其"诗多奇气，缒幽凿险，开径独行，各体皆高。……读《介白堂集》，恍若游名山大川矣"（《汪辟疆文集》）。刘曾自云："诗文必无一赝语，斯不愧著作。"故其诗歌崇尚真情实感，艺术上取法杜少陵，慷慨有奇气，苍劲真笃，在六君子之中诚为上品。

38. 狂放的刘鹗与《老残游记》
kuáng fàng de liú è yǔ lǎo cán yóu jì

宣统元年（1909年）七月八日，一个流放在戈壁大漠新疆迪化（今乌鲁木齐市）的人，忽然得了脑溢血，扑地而死，结束了自己只有五十三岁的生命。这是一个热烈追求救国救民真理，并把它付诸实践的实业家。他的悲惨死去告诉人们，是那个悲剧时代造成了他那样的悲剧人物。他，就是晚清四大谴责小说之一的《老残游记》的作者——刘鹗。

刘鹗像

刘鹗（1857—1909年），原名孟鹏，后改为鹗，字铁云，号鸿都百炼生。祖籍江苏丹徒（今镇江市），后徙居淮安。他出生在一个官僚地主家庭。父亲刘成忠（字子恕），是咸丰时进士，曾以御史身份，在河南汝宁、开封、归德三府做过知府，还当过河南道兵备。在黄河流域十几年的知府生涯，使他对治理黄河、根治水患，产生了极浓厚的兴趣，也做出了显著的贡献，受到朝廷的嘉奖。后来，晋升为河南南汝光道，光绪元年（1875年）还被赏加为布政使衔。他和当时很多做官的人一样，政余喜欢吟诗、填词，有诗集《因斋诗存》。这样，在太平天国革命烽火中出生的刘鹗，从小就受到家学的熏陶，喜欢抚墨、弄泥，模仿大人的修堤、筑坝、治水、整河，长大成人后，也就自然地继承了家学，钻研起算学、医学和治黄来了。

刘鹗在青年时代，也和当时许多知识分子相同，想走科举的道路。光绪二年（1876年），也就是他二十岁那年，他兴致勃勃地从河南回故乡，参加了乡试。谁知竟名落孙山。他干脆放弃科举，走自己的路。他日夜埋头读书，留心经世致用的学问。他凭着自己对传统医药学的钻研，背起药箱，做起看病先生，四处行医，解除人民群众的痛苦；接着，还去经商，结果，钱没有赚下，竟连本钱也都搭了进去。科场的失利，经商的挫折，使他转而把治理黄河的水利工程当做自己新的刻苦钻研的对象。家乡人民的苦于黄患，父亲的身体力行，极大地鼓舞他在这方面的努力。这样，一晃就是十几年。

光绪十四年（1888年），黄河在河南郑州决口，给当地人民群众带来难以预料的损失。河南巡抚吴大澂焦虑万分，听说刘鹗在治黄上有很大的成就和能力，就招募他以同知的身份去协助自己进行这方面的工作。刘鹗欣然答应，从淮安风尘仆仆地到了治黄工地。功夫不负有心人。刘鹗这一次出马，克勤克俭，迎风历霜，全身心地扑在工程上。由于他恭勤技高，当年就完成了河南段的治黄水利工程，郑州黄河大堤顺利合龙，得到巡抚与群众的很高评价，他也真正戴上了知府的乌纱帽。声名传到邻近的山东，山东巡抚张曜又聘他去山东治理黄河水患，仍以同知衔任命他为黄河下游提调官。在工程中，他作了大量的调查研究与实地勘察，结果根据黄河山东段泥沙淤积堵塞河床的具体情况，力排众议，采取了东汉时期王景的治河经验——"束水攻沙"，取得了预期效果。后来，他还把这段工作中的亲身经历及工地上的争辩，写进自己的长篇小说《老残游记》。在这四年中（1888—1891年），治理黄河水患的成功，使他赢得了极高的声誉。光绪十九年（1893年）由接任的山东巡抚福淘推荐，他到了总理衙门工

作，专门负责黄河的治理工作。他成了这方面的专家，他写的《历代黄河变迁图考》(十卷)、《治河七说》、《治河续说》三部治河专著，有着很高的理论价值与实用价值。

江苏淮安西北隅古运河畔勺湖岸边的刘鹗故居

光绪二十六年（1900年）秋天，八国联军进占北京，到处杀人抢掠，一时造成京师严重的粮荒。刘鹗抱着救民于水火之中的想法，大乱后，冒着生命的危险，筹措了一批银元，通过"救济善会"到北京去做赈济工作。他先从俄国人手中购买了大批太仓大米，然后卖给饥民，一时解决了许多人的吃饭问题，对稳定京师秩序，也起到应有的作用。在这次交易中，他不仅没有赚到分文，还贴赔了万两白银。在赈济过程中，他还做了许多慈善工作。谁知这一义举，却遭到一些人的诋毁。

光绪二十九年（1903年）到三十二年（1906年），也就是在四十七至五十岁的那段时间里，刘鹗以鸿都百炼生的化名，把自己后半生的经历，写成一部小说，这就是著名的《老残游记》。他又把自己在学术上的一些研究，写成了《勾股天玄草》、《弧角三术》、《要药分剂补正》、《古铜器铭文释》等。连同其他著作，共计三十六种，涉及算学、医学、史地、考古、古文字、金石学很多领域，表现出他的博学多识，精思殚虑，也使他成为中国近代史上很难得的一位博通古今的学者。光绪末年，刘鹗花了四年的工夫，把自己一生从医的所见所闻，借一个别号"老残"的江湖医生的纪游，写成一本长篇小说，这就是被鲁迅誉为清末四大谴责小说之一的《老残游记》。

老残，其实就是刘鹗自己艺术化了的一个艺术形象。这种艺术构思，不仅能够避免有人把它当做一本单纯的自传体小说，也可以借这个艺术形象，酣畅淋漓地、有重点地把自己一生从医的所闻所见，艺术地再现出来，对世事作一番"感情"的批判。

小说是边写边发表的。先是在李伯元主编的《绣像小说》半月刊上发表，接着又在《天津日日新闻》上连载，共二十回。

老残处在一个山雨欲来风满楼的时代，他是一个忧国忧民的爱国者。医生的职业，使他练就了敏锐的观察人的五脏六腑和洞悉社会的眼光，既能通过望、闻、问、切，探寻到人的肌理的病源，又对社会由表及里，由外及内地观察，深邃洞悉，丝毫不爽。他是把自己所处的时代与社会，始终当做一个人来看待的。

老残摇着串铃，到了济南府，游历了城中的历下亭、铁公祠，后来，还在大明湖听了当地著名说书艺人王小玉姊妹的精彩说书，还游了济南七十二泉中的第一泉趵突泉和其他四大名泉，后来，还给一位姓高的抚院文案的小妾看过病。无意中，在一家饭店，听掌柜的讲"清官"玉贤的故事。为了沿路打听玉贤的"政绩"，他缓缓而行，细心察访。回到客栈，他在油灯下，把老董谈的玉贤的故事，记了下来。

后得知真相后，老残不觉怒发冲冠，恨不得立刻将玉贤杀掉。他把玉贤的所作所为，写信告诉给"求贤爱才若渴"的宫保，宫保却为了自护其短，仍然保住这个为急于做大官，要取得好名声，便不惜残害良民，任上不到一年，就用站笼站死两千多人的刽子手。

在齐东县，老残又碰到一个"清官"，他就是"清廉的格登登的"刚弼。他刚愎自用，主观武断；自称不爱钱，实际上却是个钻到钱眼里去的家伙。在审理魏氏一案时，他先接了人家"一千两银票子"，还说："这么大个案情，一千银子哪能行呢？"结果，就索取了人家六千五百两银子。接着，就根据那银子，臆断魏氏是十三条人命大案的被告人，于是，一再严刑拷逼，屈打成招，造成了一桩令人发指的冤案。这就是游记第十六回所写的"六千金买得凌迟罪"。正是这些千古奇冤和无数条人命的鲜血，染红了清末一些"清官"的红顶子！

上梁不正下梁斜。玉贤和刚弼，都是宫保这个封疆重吏的得意门生，也是"求贤若渴"地"求得"的贤才、干将。他自己也曾在治黄中，由于失策，而造成两岸十几万老百姓家破人亡，流离失所。游记虽然没有去集中记述，但那寥寥的几段笔墨，却也使我们清楚地看到他肮脏的内心，丑恶的面孔。这样，玉贤、刚弼与宫保三个，共同构成了游记中一组难得的"清官"的艺术形象。我们虽然不能说，它是中国小说艺术世界里最早的这类艺术创造，却完全可以肯定地指出：它们是中国近代小说史上三个十分难得的艺术形象。无怪乎，刘鹗在第十六回的自评中说："赃官可恨，人人知之；清官尤可恨，人多不知。盖赃官自知有病，不敢公然为非；清官则自以为我不要钱，何所不可，刚愎自用，小则杀人，大则误国。吾人亲目所睹，不知凡几矣。"又说："历来小说皆揭赃官之恶，有揭清官之恶者，自《老残游记》始。"

游记，就是要记作者游历途中的所见所闻。老残的游记，虽然用了较多的笔墨，记述了对上述几个"清官"的耳闻目睹，但却绝不仅限于此。因为他还记述了治河过程中围绕治黄方案的争辩，黄河水灾给人民群众带来了灾难，河边女子翠花、翠环的沦为娼妓，桃花山遇虎，柏树峪的访贤，纳楹闲访百书城，与玙姑的品茗谈心，论琴议"理"，以至自己梦中破船上与乘客的论辩，等等。

人们哪会知道，在八国联军屠城、都人苦饥的时候，做了那么多有益于人民群众好事的刘鹗，竟被刚毅、袁世凯等一批顽固派诬蔑为"通洋"、"卖国"的"汉奸"。光绪三十四年（1908年）被逮捕下狱，同年又被流放到新疆。次年，这位"放旷不守绳墨"的学者、文学家，竟死在流放之地。老残是个淡泊平生、摇串铃的江湖游医。他的游记，就是他通过望、闻、问、切对人和社会所作的诊断，他的忧患意识和时代使命感，也自然体现在上述的"四诊"中间。

会唱人间神曲的艺人白妞
huì chàng rén jiān shén qū de yì rén bái niū

《老残游记》在艺术上有许多为人称道的地方。尤其是第二回的王小玉说唱"梨花大鼓"，真是妙极了。只要是读过这部小说的人，没有人能忘掉这段的。你看，王小玉又在我们的眼前出现了：

> 正在热闹哄哄的时节，只见那后台里，又出来了一个姑娘，年纪约十八九岁，装束与前一个毫无分别，瓜子脸儿，白净面皮，相貌不过中人以上之姿，只觉得秀而不媚，清而不寒，半低着头出来，立在半桌后面，把梨花简丁当丁几声，煞是奇怪：只是两片顽铁，到他手里，便有了五音十二律似的。又将鼓槌子轻轻的点了两下，方抬起头来，向台下一盼。那双眼睛，如秋水，如寒星，如宝珠，如白水银里头养着两丸黑水银，左右一顾一看，连那坐在远远墙角子里的人，都觉得王小玉看见我了；那坐得近的，更不必说。就这一眼，满园子里便鸦雀无声，比皇帝出来还要静悄得多呢，连一根针掉在地下都能听得见响！

> 王小玉便启朱唇，发皓齿，唱了几句书儿。声音初不甚大，只觉入耳有说不出来的妙境：五脏六腑里，像熨斗熨过，无一处不服贴；三万六千个毛孔，像吃了人参果，无一个毛孔不畅快。唱了十数句之后，渐渐的越唱越高，忽然，拔了一个尖儿，像一线钢丝抛入天际，不禁暗暗叫绝。……恍如由傲来峰西面，攀登泰山的景象：初看傲来峰削壁千仞，以为上与天通；及至翻到傲来峰顶，才见扇子崖更在傲来峰上；及至翻到扇子崖，又见南天门更在扇子崖上：愈翻愈险，愈险愈奇。

　　那王小玉唱到极高的三四迭后，陡然一落，又极力骋其千回百折的精神，如一条飞蛇在黄山三十六峰半中腰里盘旋穿插，顷刻之间，周匝数遍。从此以后，愈唱愈低，愈低愈细，那声音渐渐的就听不见了。满园子里的人，都屏气凝神，不敢少动。约有两三分钟之久，仿佛有一点声音从地底下发出。这一出之后，忽又扬起，像放那东洋烟火，一个弹子上天，随化作千百道五色火光，纵横散乱。这一声飞起，即有无限声音俱来并发。那弹弦子的，亦全用轮指，忽大忽小，同他那声音相和相合，有如花坞春晓，好鸟乱鸣。耳朵忙不过来，不晓得听那一声的为是。正在缭乱之际，忽听霍然一声，人弦俱寂。这时，台下叫好之声，轰然雷动。

　　这段描写，真是妙笔生花，臻至妙境、极境。

　　刘鹗先是通过老残的见闻，从侧面又是由远及近地写出白妞说书的举国若狂，吸引得读者急切地也想亲自一睹这个艺人的凤姿，领略一下她的风采，感受她的艺术魔力。接着又写了琴师绝妙的弹奏，引出了黑妞的令人叹为观止的演唱，接着的两段，看来好像是写黑妞的艺高一筹，无与伦比，实际上是通过她的"字字清脆，声声宛转，如新莺出谷，乳燕归巢"，烘云托月式地让白妞这个还未出场的人物，在人们心中引发出一种至精至美、璀璨夺目的想象。殷切的愿望，终于得到满足，白妞登场了。写她的外貌，着重描绘她的一双黑白分明、光彩灼人的眼睛，一顾一盼，充满魅力，让场上所有的观众都觉得她在看自己。写她的演唱，更是不同凡响。作者把听觉艺术的音乐审美特征，巧妙地融入视听共享的心灵感受和感官享受加以描绘，体贴入微。一连串的比喻，贴切的生活感受，能够欣赏音乐艺术的耳朵，都给人一种实在的美学享受。有如作者所说，"五脏六腑里，像熨斗熨过，无一处不服贴；三万六千个毛孔，像吃了人参果，无一个毛孔不畅快"。作为时间艺术的音乐，这个时候，有了空间。时空的结合，也妙不可言。接着层次分明的描写，更使人陶醉，心领神会，进入

"神品"。那登泰山的傲来峰、扇子崖和南天门的形象比喻，又把前者的空间，推广到六合的仙境，步步升迁，越升越高、越险，越险，也就越奇。歌唱的由低渐高，尤其是那"拔了一个尖儿"，使人领略到险峰的无限风光，声乐美的感受也随之具象化。后面写白妞演唱的由高转低，又由极高到忽然的一落，也使整个艺术空间充满美妙的歌声。听众的回肠荡气，又和空间音乐的盘旋回荡，水乳交织，融为一体。最后的愈唱愈低，愈低愈细，以至就听不见了，又把听众带入"此时无声胜有声"的艺术境界。空间里妙音的回响和全用轮指的弹奏，相和相合，使满园子都屏气凝神、不敢少动的人们，又感受到有一点声音从地底下发出。这里时间艺术与空间艺术不动声色的融合，心灵的感受与艺术感染的有机结合，音乐意象与比喻中的具象不断重复与重叠，听觉艺术与视觉艺术的反复交融，使人们都自然地进入音乐境界，享受着高度综合艺术的美，品尝着"只有天上有"的白妞说书艺术。

说起刘鹗对音乐的独到描写，不由让人们想起他在这方面的努力与追求。他从小就十分喜好这门艺术，还从名家学习过音乐。他母亲朱太夫人精通音律，二姐鲍氏也善弹琴，继室郑氏也能度曲。他曾经拜劳泮颉、张瑞珊为师，琴艺很精。他弹的《平沙落雁》、《广陵散》都很有特色。在指法上，又能钩、挑、抹、剔共用，吟揉更是出色。音乐艺术上的这些修养与成就，自然为他描写白妞的唱梨花大鼓，提供了他人无法超越的条件。另一方面，刘鹗对自己描写的对象白妞和她的说书，也曾作过一番深入的研究。白妞是光绪初年济南的一位著名艺人，少年时曾跟随贾凫西学鼓儿词，经常在大明湖明湖居演出，倾动一时，人称她是"红妆柳敬亭"。后来，拜当地艺人郭大妮为师，并创造了梨花大鼓的支彩棚、设场演出，当时叫做"新曲"、"新声竞奏"，也使梨花大鼓发展到一个新的阶段。白妞真名叫小玉，是一个真人。作为《老残游记》中的艺术形象，作者的神来之笔，显然与他对音乐的独有所钟有着十分密切的关联。此外，第十回对于黄龙子、玙姑、扈姑、胜姑的那些美妙的弹奏的描写，恐怕都与他的精通音乐，有着不言而喻的联系。

40. 李宝嘉与《官场现形记》
lǐ bǎo jiā yǔ guān chǎng xiàn xíng jì

《官场现形记》是晚清四大谴责小说中成就最高的一部，也是这方面的代表作。它集中地暴露了封建社会崩溃时期统治机构内部的极端腐朽，揭示出历经几千年的中国封建社会必将灭亡的命运，显示出批判现实主义风格的巨大艺术魅力。作为第一部谴责小说，它影响了当时整个小说创作，推动了晚清小说的繁荣昌盛。一时接踵者，鱼贯而从，熙熙攘攘，好不热闹，从而形成了一个"批判现实"的洪流。作品数量之多，也是空前的。

李宝嘉（1867—1906 年），字伯元，别号南亭亭长。江苏武进（今常州）人。三岁丧父，由曾在山东任知府的伯父李翼清抚养长大。李翼清是一个比较清廉正直的地方官，把李宝嘉当做自己的亲生儿子一样对待，"督教甚严"。伯元也很争气，爱学习，又肯下苦功。光绪十八年（1892年），二十六岁的李宝嘉由山东回家乡应童子试，结果以全县第一名考中秀才，受到人们普遍的赞赏和羡慕。接着，他又参加乡试，却累试不第。他觉得自己好像不是走科举道路做官的材料，也不想把自己毕生的精力都花在那个上面；再加上伯父去世后，整个家境得靠自己支撑，就决定去上海闯荡天下。

李宝嘉的《官场现形记》共六十回，最初发表在作者自己主编的《世界繁华报》上。全书写了三十多个官场的故事，集中地暴露了清末官场的种种罪恶，诸如徇私舞弊、谄媚钻营、腐败堕落、严酷暴虐、昏聩糊涂，都通过作者的笔，显露在世人眼前，从而彻底撕下了他们金碧璀璨的遮羞布，亮出了他们的原形。这部小说所写，涉及当时十八个省的十一个省市大小官吏百余人，上自当朝太后、皇帝，下至佐杂小吏，其间包括军机大臣、太监总管、总督巡抚、知府知县、统领管带，应有尽有，几乎包括了整个封建国家机器里的各阶层官员。

李宝嘉用他那充满感情的寸管、辛辣的笔锋，把我们带进了晚清的官场。在这里，我们亲眼看到那个以权为核心、以官为本位的官场中的种种丑恶行径，真叫人眼花缭乱，目不暇给。在这里，我们看到了那么多的大小官员为了升官发财，不择手段地卖官鬻爵。用他们的话说，就是"千里为官只为财"。这样，整个官场实际上成了以"官阶"为商品的商场，只要有钱，什么品级的官阶都可以买到。黄胖姑说："一分钱一分货，你

《官场现形记》插图

拼个大价钱，就有大官做。"（第二十五回）金钱的多少，决定官阶的高低。巡抚的价是二十万两白银，道台为五十万两。为什么有些人肯花钱买官，就是因为这中间的"利钱顶好"，几乎是一本万利，享受无穷。有如黄二麻子说的："统天下的买卖，只有做官利钱顶好。"（第六十回）无赖市侩田小辫子也说："任他缺分如何坏，做官的利息总比做生意的好。"（第三十一回）这种顶好的利钱又如何能搞到手？那手法就"繁花似锦"了。可是从那些当上官的人来看，主要方法还是收受贿赂和贪污。军机大臣华中堂为了受贿的方便，竟在京城开了一个古董店，凡想走他"后门"的人，都要先在这个古董店里买上几件古董，而且他要多少，就得给多少。贾大少爷为了弄到一个补缺，一次就给这位大臣一万八千一百两银子；浙江的钦派大臣童子良，用恫吓方式收贿两万两。他们手法五花八

门，以至达到不择手段的地步。就连那最下层的佐杂钱典史，也深知此中的奥妙和高利钱，对同行自白道："你不要看轻这典史，比别的官都难做。做到顺了手，那时候给你状元，你还不要呢！"（第二回）正因为他们做了官，就可以尽情搜刮民脂民膏，大把大把地捞钱；如果做了大官，除上述伎俩的施展外，还能够再卖官爵。如此循环往复，恶性发展，整个国家成了一个卖官鬻爵、权钱交易、贪赃受贿的大商场。连老佛爷慈禧太后都毫不讳言地说："通天底下一十八省，哪里来的清官。但是御史不说，我也装作糊涂罢了；就是御史参过，派了大臣查了过，办掉几个人，还不是这么一件事。前者已去，后者又来，真正能够惩一儆百吗？"太监总管说太后的这些口谕"是明鉴万里的"。（第十八回）好一套官场哲学！

看过以官阶为商品的交易市场后，我们再看看官场的所作所为。地邻京师的山西巡抚奉旨去太原赈济，面对赤地千里、饿殍载道、草根树皮都扒吃光了、人吃人的情况也到处可见的惨状，他竟为了中饱私囊，乘机吞吃赈济款项；（第三十四回）胡统领被派往严州剿匪，他先是怕送命，故意一路耽搁，拖延进兵日程，后来得知"贼"已退尽，反倒耀武扬威，催兵进发，"纵容兵丁搜掠抢劫起来；甚至洗灭村庄，奸淫妇女"，然后又"奏凯班师"，抓些良民充做强盗，回去邀功请赏，借以谎报军饷三十八万两银子。老百姓愤怒控诉说："官兵就是强盗，害得我们好苦呀！"（第十四回）

接着，我们再看看他们披着的人皮下面的灵魂吧。这里有武官炮船管带，为了能够保住自己骗来的这个官位，竟把自己的亲生女儿献给上司，供其玩弄，又怕女儿不从，就同小老婆密谋设圈套逼女儿去做。当女儿被逼答应了这场人肉交易后，他竟趴在地下给女儿磕头谢恩，感激涕零地说："我这条老命全亏是你救的！将来我老两口子有了好处，决计不忘记你的！"一场多么精彩的舍女保官的丑恶表演！道貌岸然的浙江署理抚台傅理堂，一向以清政府钦点的宋明理学为护身符，还标榜自己是一个"理学家"，他不仅大肆贪污，在生活上也极端腐败肮脏。口上说"慎独"是自己祖传的家训，却公开嫖娼蓄妓，和妓女生下孩子后，又逃之夭夭。当那妓女抱着孩子找上门时，他竟以自己是"讲理学的人"，翻脸抵赖，不认她们母子。他的亲信杨升向他说明这个女人要告他时，他既害怕，又舍不得花钱给她们一笔抚养费。后来，竟是杨升从别人处搞到六千两银子，才了结了这一案子。（第二十二回）多么糜烂的生活和肮脏的灵魂！巡抚的官阶、理学家的信誉，也无法掩盖住。还有那候补知县瞿耐庵，为了给自己的升迁打开方便之门，当上一个知县，就请和尚拉纤，居然让自己鸡皮鹤发的妻子，拜一个巡抚九姨太太的黄毛丫头

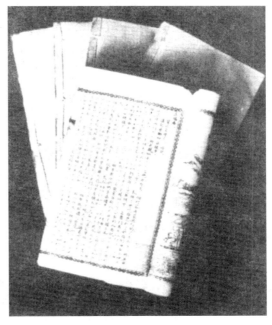

图为清代光绪二十九年石印本《官场现形记》书影。鲁迅把《官场现形记》、《二十年目睹之怪现状》、《老残游记》、《孽海花》称为"四大谴责小说"，它们几乎同时掀起了一股批判现实的文学潮流。

宝小姐做干娘。为什么？因为这个年方妙龄、花枝招展的宝小姐同巡抚有染，又十分得宠，他就由这个宝小姐从枕头上打通了关节，当了知县。（第三十八回）官迷心窍，神魂颠倒，真是寡廉鲜耻到极点。

　　如果我们把李宝嘉的《官场现形记》，当做一部晚清官场的"西洋镜"来对待，除了看到前面那些镜头外，还可以看到那些官僚在洋人面前的一系列表演。这里，有两江总督派去专门迎接洋人的萧长贵管带，他一见洋人，就趴跪在地上，像叩拜至高无上的皇帝一样，双手捧着自己的履历，拉长声调报告自己的官衔、姓名，一字不漏，毕恭毕敬。（第五十回）海州州判刺老爷见到洋人，全身索索打颤，双腿发软，灵魂出窍，心里想的是"将来外国人果然得了我们的地方"，"没有官，谁帮他治理百姓呢？"

所以，他就拿定主意，确保自己的官位，想的是"他们要瓜分，就叫他们瓜分"。甘心情愿做一个哈巴狗奴才，出卖自己的祖宗。（第五十五回）还有那文制台对法国领事的卑躬屈膝、六神无主、百般讨好（第六十回）等等。

在李宝嘉的博学多才的创作中，谴责小说不仅是他开辟的新天地，也表现出他相当高的艺术修养；他是晚清第一位谴责小说家，也是这一潮流的代表人物。《官场现形记》是他这方面的代表作品。

李宝嘉卒于不惑之年，在他弥留之际，手中还握着笔。人离去了，事业却没有完成。死后，因无儿女，一切都由族人料理，葬在江苏常州清凉寺附近。继室庄竹英也只带回他的三箱书籍。

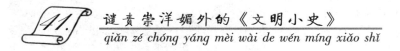

41. 谴责崇洋媚外的《文明小史》

qiǎn zé chóng yáng mèi wài de wén míng xiǎo shǐ

光绪二十七年（1902年），丧权辱国的《辛丑条约》签订后，处于风雨飘摇中的清政府，为了缓和日益激烈尖锐的阶级矛盾与民族矛盾，竟也张扬起变法维新和实行新政的旗来。一时间，原来曾被慈禧太后残酷镇压下去的维新变法活动，竟成为当时的一种社会风尚，也给了一些投机分子升官发财的有利机会。"新学"、"新政"闹得"沸反盈天"，就像"那太阳要出、大雨要下的风潮一样"。就在这一时期，曾经写过《官场现形记》的李宝嘉，又不失时机地在光绪二十八年（1903年）到光绪三十年（1905年）出版的《绣像小说》半月刊的第一号至第五十六号上，刊出了自己的又一部揭露官场丑恶的长篇小说《文明小史》。为那些文明世界中变法维新的"功臣"们树碑立传，"将他们表扬一番，庶不负他这一片苦心孤诣"。

《文明小史》集中描写了一些假维新分子的所作所为。这些人物有康大尊、魏榜贤、刘礼齐、黄国民、佘西卿、黄升等。他们满口新名词，打着"维新"的招牌，到处招摇撞骗。他们都是些社会大变动时期漂浮在社会上的"油花花"、新旧思想矛盾冲突中的跳梁小丑，在骨子里压根儿就反对一切新思想、新人物、新事物、新文化，所以就兴师动众查封新报刊、新书籍，凡是不合他们胃口的书，一律视之为洪水猛兽，全部烧毁；他们装腔作势、自欺欺人。一句话，李宝嘉在这本小说中，是以揭露和批判的态度，对他们加以描写的。从类型上说，基本上包括了封建官僚、维新党和帝国主义侵略者，他们活动的地域也十分广阔，但全书却没有固定的主人公。

《文明小史》写得精彩的，是关于湖南的十几回，占全书六十回的将近五分之一。有一段是写湖南永顺县因打了一个洋人的洋瓷杯子所引发的一次群众斗争。

永顺僻处边陲，山多水少，又与外界长期隔绝，民风朴陋。一天，省里派了洋人来这里勘察矿山，住在饭店里。不知怎的一个洋瓷杯子被打碎了。地保认为这是一桩不得了的案子，马上报告知府柳继贤，柳大惊失色，不仅拘押了地保和店小二，还将正在进行的武考也停止了，并亲赴饭店向洋人赔礼道歉。考生们觉得停了考试，将影响自己的前程，又怕洋人开矿坏了永顺一县的风水，掘掉他们的祖坟，就集合起来，在一个举人的带领下去打洋人，打首府，逼商人关门闭市。李宝嘉关于考生打首府的描写是这样的：

> 柳知府正在为难的时候，只见门上几个人慌慌张张地来报，说有好几百个人，都冲进府衙门来，现在已把二门关起，请金大老爷就在这里避避风头。金委员连连跺脚，也不顾柳知府在座，便说："倘若他们杀死外国人，叫我回省怎么交代？"柳知府也是长吁短叹，一筹莫展，众家丁更是面面相觑，默不作声。里面太太小姐，家人仆妇，更闹得哭声震地，沸反盈天。外头一众师爷们，有的想跳墙逃命，有的想从狗洞里溜出去。柳知府劝又不好劝，拦又不好拦，只得由他们去。听了听二门外头，那人声越发嘈杂，甚至拿砖头撞的二门冬冬的响，其势岌岌可危。暂且按

下。再说高升店里的洋人，看见金委员自己去找柳知府前来保护，以为就可无事的了。谁知金委员去不多时，那学里的一帮人，恰恰赶来。幸亏店里一个掌柜的，人极机警，自从下午风声不好，他便常在店前防备。还有那营里县里预先派来的兵役，也叫他们格外当心，不可大意。当下约有上灯时分，远远的听见人声一片，蜂拥而来，掌柜的便叫人进店，把大门关上，又从后园取过几块石头顶住。又喜此店房屋极多，前面临街，后面齐靠城脚，开开后门，适临城河，无路可走。唯右边墙外，有个荒园，是隔壁人家养马的所在，有个小门，可以出去。那洋人自从得了风声，早已踏勘明白，预备逃生。说时迟，那时快，只听外面人声，愈加嘈杂，店门两扇，几乎被他们撞了下来。掌柜的从门缝里张了一张，只见火把灯笼，照如白昼，知道此事不妙，连忙通知洋人，叫他逃走。洋人是已经预备好了的，便即摈去辎重，各人带一个小小的包裹，爬上梯子，跳在空园。（第三回）

从这段描写中，我们不仅了解到李宝嘉小说艺术描写的细腻、精到，"极尽绘色绘声之妙"，也看到当时人民群众抗击帝国主义侵略者情绪的高涨，洋人在群众力量面前的颤抖和柳知府等地方官员崇洋媚外的丑态。

《文明小史》中关于一些官僚媚洋惧外的描写，不仅篇幅很大，而且十分醒目。书中所写湖北巡抚万某、安徽巡抚黄升就是这方面的典型。这也是对《官场现形记》的补充。对维新党人的描写，幽默的讽刺多于正面描写，指出他们也是没有出路的。

李宝嘉的另一部小说《活地狱》，四十三回，是专门写州县衙门的腐败和黑暗的。书中比较深刻而全面地揭露和抨击了清王朝下层官僚对广大人民的敲诈勒索、欺压凌辱。阿英《晚清小说史》认为它是"一部非常重要的社会史料书，中国监狱史"。读后，令人的确清楚地感觉到中国近代的监狱黑暗、酷刑惨毒，行将灭亡的封建统治阶级的百倍疯狂。其价值也在于它是第一部这样的小说。

李宝嘉还有一部十二回的《中国现形记》，专门反映清王朝实行新政时期官场的黑暗与腐败。其中描写治黄工程中官吏的营私舞弊、贪污索贿、上下勾结、肆无忌惮，相当精彩。朱侍郎的艺术形象，有一定的深度和典型性，时代特点也很浓厚。

可惜这两部小说，都因为作者在创作上的殚精竭虑、积劳成疾、遂致不起而未完稿。

42. 丑态毕现的文制台见洋人
chǒu tài bì xiàn de wén zhì tái jiàn yáng rén

道光二十年（1840年）以来，由于清廷政治的腐败，对外战争又屡屡失利，再加上外交上的失败，清政府同帝国主义列强侵略者签订了一系列丧权辱国的卖国条约，割让出大片大片的领土，中国也由一个自主的国家逐步变成半封建半殖民地国家。平日骑在广大人民头上作福作威的封建官僚老爷们，这个时候也变得奴颜婢膝起来。他们高叫"宁赠友邦，勿与家奴"，拜倒在洋人的脚下，成为洋奴才。他们中的许多人，上自内阁大学士、钦差大臣，下到州、府、县的一些官员，一见洋人就吓得发抖。李宝嘉的《官场现形记》在揭露抨击"千里做官只为财"的同时，也指陈出一些官员在洋人面前的媚骨、丑态。第五十三回《洋务能员但求形式，外交老手别具肺肠》，所写江南制台文明，正反映出这一历史真实。这个文制台，胸无点墨，但却官架子十足；平日鼻孔朝天，自认为"随你是谁，总不能盖过我"；吃饭时，无论什么客人来拜，他都不准巡捕来报告。

"文制台见洋人"，贯串在三件事情上：一是某藩台因一件公事要向他请示报告，竟被哄骂了出去；二是淮安府知府上省禀见制台，报告地方上发生的两起关系洋人的案件，向他请示查办的办法；三是一个外国领事前来向制台抗议在领事公馆旁边处死一名亲兵的事件。李宝嘉对这三件事作了巧妙的艺术处理，把淮安知府向制台禀告案件的事，分别安排在藩台晋见制台大人之后和洋人前来抗议的前后，使制台在待人处事上的不同态

正襟危坐的晚清官员

度，形成鲜明的对比。情节跌宕起伏，活现出文制台的种种丑态，极富喜剧色彩，读起来引人入胜。

两江总督（正二品）文明接见藩台（布政使，从二品）的经过。概括了这位文制台的脾气："无论见了什么人，只要官比他小一级，是他管得到的，不论你是实缺藩台，他见了面，一言不合，就拿顶子给人碰，也不管人家脸上过得去过不去。藩台尚且如此，道、府是不消说了，州、县以下更不用说；至于在他手下当差的人甚多，巡捕、戈什，喝了去，骂了来，轻则脚踢，重则马棒，越发不必问的了。"为了进一步形象具体地展现这位制台大人的这种等级森严、以大欺小的老官僚的性格，作者紧接着就描写了藩台前来谒见时他的一番表现。你看，他把藩台呈给他的手折看也不看，"顺手往桌上一搁"，说："那里还有工夫看这些东西"，"你有什么事情，直截痛快地说两句罢。"当藩台按捺住性子，择要陈说公事时，他却又不耐烦地打断人家的话头，掉头同别人说话去了。这就揭示出制台的滥摆官势、怠惰腐朽、玩忽职守的官僚本质。

小说紧接着又详细地描写了文制台接见淮安府知府的经过。制台对这位来见的四品官，更不在话下，不放在眼里，他故意挑剔淮安知府手折上的字写得太小，把它摔在地下。但这位翰林出身做过京官御史的外放官吏，是见过世面的。他从地上拾起手折时，还顶碰了制台几句，说"皇上取的亦就是这个小字"，还说了手折的内容是地方上发生了两宗与洋人有关的案件。一件是地方上的坏人卖给洋人一块地给洋人开办玻璃公司；一件是一个洋人到乡下讨债逼死了人命。这样制台大人"大惊失色"，戴上眼镜看起折子，看后，竟将这两件事都归罪于地方官吏和中国老百姓。小说通过这段描写，生动、真切地反映出清廷官僚对下属骄横傲慢、对洋人万分害怕的两重性格。

淮安知府刚走，地方上的两桩涉及洋人的案子还没解决，文制台正在焦急不安、忧心忡忡的时候，外国领事却前来向制台提交抗议。制台先进行一番训斥，又表现出他对自己下属的蛮横：

> 文制台早已瞧见了，忙问一声："什么事？"巡捕见问，立刻趋前一步，说了声："回大帅的话，有客来拜。"话言未了，只见啪的一声响，那巡捕脸上早被大帅打了一个耳刮子。接着听制台骂道："混账忘八蛋！我当初怎么吩咐的：凡是我吃着饭，无论什么客来，不准上来回。你没有耳朵，没有听见？"说着举起腿来又是一脚。那巡捕挨了这顿打骂，索性泼出胆子来，说道："因为这个客是要紧的，与别的客不同。"制台道："他要紧，我不要紧！你说他与别的客不同，随你是谁，总不能盖过我。"巡捕道："回大帅：来的不是别人，是洋人。"那制台一听洋人二字，不知为何，顿时气焰矮了大半截，怔在那里半天。后首想了一想，蓦地起来，啪的一声响，举起手来，又打了巡捕一个耳刮子。接着骂道："混账忘八蛋！我当是谁，原来是洋人！洋人来了，为什么不早回，叫他在外头等了这半天？"

小说的这段描写，把制台大人一副卑贱的奴才相刻画得活灵活现。他穿戴好衣帽站在滴水檐前去迎接领事，并随机应变地应付了过去。但他却早已骇得一身大汗，脸上、身上擦了好几把手巾。作品正是这样地通过制台会见外国领事、处理地方上发生的关系洋人的案件，刻画出清末官僚在洋人面前丧尽民族气节、极力讨好献媚的丑态，揭露了反动统治阶级对侵略者妥协投降的罪行。

1840 年国门被迫打开后，穷乡僻壤都能看到高鼻深目的洋人。

第五十八回所写总理衙门一个"资格最老，经手办的事也顶多"的张大人，也是一个完全丧失民族自尊心、以做洋奴才为荣的官吏。他在向同僚们介绍与外国人打交道的经验时就说："从来没有驳过他的事情。那是万万拗不得的，只有顺着他办。"后来，李宝嘉在写《文明小史》时，对这种官僚媚洋惧外心理又作了补充。如湖北巡抚万某，特别吩咐门上："遇有洋人来见，立时通报请会，不得迟延！"一天，有位中国学生，"却是剪过头发，一身外国衣裤，头上一顶草边帽子，恰巧他这人鼻子又是高隆隆的，眼眶儿又是凹的，体段又魁梧，分明一个洋人"。门上急速回过万巡抚，误以为是洋人，万巡抚就急忙去接见。

文制台在洋人面前的丑态，活画出清末官僚们普遍的媚洋惧外的社会心理，成为半封建半殖民地社会中一个地道的洋奴才。他们在老百姓面前施展淫威，张牙舞爪，可是见了洋人就吓得六神无主，百般讨好，实在可鄙。正如《官场现形记》结局部分说的："狗是见了人就咬，然而又怕老虎吃他，见了老虎就摆头咬尾巴的样子，又实在可怜。"文制台与书中的兵轮管带萧长贵、海州州刺等，都是同一类媚外惧洋的狗性人物。

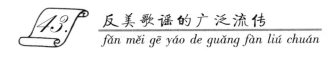

43. 反美歌谣的广泛流传
fǎn měi gē yáo de guǎng fàn liú chuán

大约在百年前，东南沿海便有了反美歌谣的流传。当年，在美国的十余万华侨华工为了争取合法居留权和生存权，进行了声势浩大的斗争。因为他们是那样的不幸：

> 岸边有木屋，
>
> 就是唐人监，
>
> 华人一到此，
>
> 就得关这监，
>
> 凌虐千百般，
>
> 在（随）你死共生，
>
> 就伤心，
>
> 剥（想）啼哭，
>
> 也毛乞（不让）你做声，
>
> 哎呵我弟兄，
>
> 哎哎呵。

这是作家冰心在童年背的一首在福建一带流传的歌谣，描写的是在美华工的悲惨生活。大约也是这样的蓝天白云，也是出国机构前拥挤的人群，也是怀着同样的美国梦，一百年前，三十万的衣衫褴褛的农民，为生活所迫远离家乡，去洋人宣传的所谓"黄金之国"。现实打碎了他们的梦，等到的是奴隶一般的压榨和剥削。"地位等于奴隶，工资比本地人少一半，纳税比任何人都多。"这就是他们的美国梦。当时他们所做的工作，都是最艰苦困难、白人又不愿意干的工作。1849 年的旧金山淘金热，1865 年修筑贯通全美的铁路，开凿运河，修筑堤岸，全都留下了他们的血汗。即使这样他们也仍难以容身：

> 真正系苦，我地华工，谋生无路，逼住要四海飘蓬。离乡背井，走去求人用，不过想觅蝇头，岂想敢话做个富翁。点估外国工人，嫌我地日众。渠活土人权利，失去无穷。故此想禁华工，随处煽动。想得赶绝我华人，不准在渠慨埠中。试想在本国即系

甘艰难，来到外埠又甘苦痛。真正系地球虽大，无处可把身容。今日我听到续约问题，心甚恸。唉！愁万种，热血如涌。但得汉人光复呀！重驶也远地为佣。

这是 1905 年广州《有所谓报》发表的一首"反美华工禁约"歌谣。这首歌谣，指出了华工因为国内"谋生无路"，被逼去海外做工，又受到当地工人排斥，走投无路的悲惨境遇。当然，在当时条件下，作者不可能理解美资本家为缓和国内阶级矛盾而煽动美国工人排华的反动实质，但作者已明确指出，只有进行革命，推翻清朝，才是解决国内的政治压迫、消除华工流浪他乡的原因。语言朴素，没有华丽的词藻，是一首好歌谣。

1905 年，正是"反美华工禁约"斗争爆发的那一年。尽管在美的三十万华工在恶劣环境下忍受疾苦，拼命工作，可是，当经济危机到来的时候，他们又成了社会经济矛盾的替罪羊。1879 年，在加利福尼亚的宪法中，竟首次公开规定了排斥华工的条文，资本家煽动种族歧视的街头闹剧，竟演变成为白纸黑字的法律。到 1894 年美国政府与清政府签订"中美华工条约"，条约为期十年，到 1904 年 12 月期满。条约根据 1886 年北京条约，同意限制华工，并可随时定出禁例限制华工，不受条约限制。这一丧权辱国的条约签订后，美国竟得寸进尺，把限制扩大到商人、留学生，甚至外交官。在美华侨，动辄得咎，无法生存。种种侮辱虐待，大大伤害了侨胞的自尊心，他们纷纷回国，由在美的三十几万人下降到十几万人。1905 年，条约到期，在美华侨为了反抗种族歧视，请求清政府拒订续约，清政府与美交涉后，遭美拒绝，美国施压迫使清政府就范。这就引起了全国人民的愤怒。上海总商会号召全国抵制美货，一场以抵制美货为主的各种形式的抗议活动在全国展开。

在文化艺术界，各种以抗议内容为主的诗歌、小说、散文、民谣大量涌现。它们的出现发动了群众，鼓舞了斗志。特别是这一时期的民谣，由仅仅限于表述男女的爱情生活改变为诉说苦难、揭露敌人、激励士气的有力宣传武器。而这一斗争形式，又以闽粤民谣为代表，数量也最多。像最长的有两卷本的《抵制美国》，上卷演唱中国工人在美被虐情况，下卷宣传抵制美货。在当时的影响还是大的。又有《海幢寺急口令》、《吊烟仔龙舟歌》等，也都是传诵一时之作。

提起说唱文学、民谣方面不能不提到《有所谓报》、《广东日报》和《时事画报》，这三家报纸是民谣及说唱文学的主要阵地，影响很大。如9月7日的《有所谓报》上署名"嫉恶"者发表的《拉人》，即是一例：

巴不得渠地抵制，乜又要拉人？莫不是中国唔曾弱到十分。此事自有国以来最"起粉"（方言，指有体面）。况且列名"怀葛"（抵制译音），古有明文。做乜事立乱拉人搵的咁咁来混；胆小之人，就唥被你吓亲。虽则拉入官衙，不过有句话问；总系愚贱无知唥捉错用神。万事无忧，只怕撩起公愤，个时激变，就唥乱纷纷。劝你慢慢想真，唔好咁"斗（虫筋）"（方言，指逞强），真混沌，做乜叫起手就拉人，颠得咁匀。

逮捕拒约会员马、潘、夏三人事件，在当时引起人民的公愤，《有所谓报》及时通过《拉人》讽刺、鞭挞了清政府官吏，表现了人民的愤怒，一时传唱于大街小巷，对事件的解决起了很大的作用。

《广东日报》附刊《一声钟》中发表《除是无血》，原文如次：

除是无血，边得语唔嬲。君呀！你睇吓花旗，几毒慨计谋，条条禁约，总总唔相就，要把我的华人，逐个个去收。计吓二十年来，个的咸苦捱够。望到呢阵从新订约，点好重爱惜喉咙。快的商量抵制，开吓同胞口，有四万万人声，不必靠到满州。第一要把渠货物唔销，等渠知道"吓伯爹系老豆"。不久渠地工人喊苦，就要把我地哀求。个阵我只耳仔无咁得闲，游去到别埠。好似阿跛踢燕，一味唔兜。渠一日唔肯转心，我一日唔肯罢手。唉，真正抵头手（指本领），此计系谁人扭。舍得大众都系咁齐心，怕乜共渠对头。

此文署名"一商业中人"，可以代表当时的中小商人对于运动的看法。它发表于禁运刚刚开始不久，文中指出，"渠一日唔肯转心，我一日唔肯罢手"，代表了群众对抵制美货的决心。题目《除是无血》，即是除非你是没有血气的冷血动物，才会对这一运动不闻不问。文中亦提出不靠清政府，说明群众对政府已失去信任。

除了以上两篇外，《唔好媚外》、《广东抵制》、《对得渠住》，《闻得你话放》、《一味构陷》也都是一时传唱的好作品。这些作品语言简练，生动活泼，讽刺贴切，具有很强的时代感。虽然风格粗犷了一些，但它更接近于口语化，成为对敌斗争的有力武器。

"诗界革命的巨子"丘逢甲
shī jiè gé mìng de jù zǐ qiū féng jiǎ

被梁启超称为"诗界革命的巨子"的丘逢甲（1864—1912年），字仙根，号蛰仙，其诗文常用笔名仓海君或南武山人。丘逢甲出生于台湾省苗栗县铜锣湾。他是近代史上著名的台籍爱国志士和诗人。

台湾同胞具有爱国爱乡的传统，丘逢甲是具有这种精神的代表人物之一。丘逢甲的名字是和台湾紧紧联系在一起的。直到现在他出生地的老人口中还流传着关于他的一些故事。例如丘逢甲有一次骑在他父亲背上，同乡的人说他是"以父作马"，他冲口而出"望子成龙"。又有一次，福建巡抚丁日昌见了丘逢甲便说："甲年逢甲子。"丘逢甲脱口而出："丁岁遇丁公。"原来丘逢甲之所以叫逢甲是因为他生于甲子年（1864年），丁日昌面试丘逢甲则是在光绪三年（1877年），正逢丁丑年。当年台湾还是福建省的一个府，到光绪十一年（1885年）台湾才单独建省。又有一次，唐景崧出兵回来，台湾当地文人竞相作诗，丘逢甲竟能一天写出一百首《台湾竹枝词》。唐景崧很欣赏丘逢甲的才华，曾经赠给他这样的对联："海上二百年，生此奇士；腹中十万卷，佐我未能。"表示对丘逢甲的赞赏，并希望丘逢甲能成为自己的助手。

　　少年时代就有强烈民族意识和爱国之心的丘逢甲，处在列强虎视眈眈的台湾岛，对祖国的兴衰存亡有着特殊的责任感。中日甲午战争爆发，久为日本觊觎的台湾，孤悬海上，情势紧迫。丘逢甲奔走呼号，组织义军，准备守土抗敌。第二年《马关条约》出笼，清政府果然把台湾等地送给了日本。对此，丘逢甲首先联合台湾士绅通电抗争。抗争无效，他又倡议建立"台湾民主国"，既表示对清政府卖国政策的抗议，又表示对日本侵略者的反抗。继而推举唐景崧为总统，自任义军大将军，开展了可歌可泣的抗日守土的爱国自卫战争。抗战最后失败了，丘逢甲怀着强祖国则可复土雪耻的愿望，含愤内渡，居于广东镇平淡定村。

　　目睹列强瓜分中国的形势，丘逢甲忧心如焚，他奔走于潮汕、广州一带，主讲韩山、东山、景韩等书院，希望通过教育为国家培育英才，挽救国家危难。维新运动失败后，丘逢甲对扼杀维新运动、残酷迫害维新党人的封建顽固势力进行了抨击。在己亥诗稿中，有"铁汉楼高闲怅望，岭云南护党人碑"这样的诗句；在庚子诗稿中，又有"亚洲一片云头恶，群花摧折雄风虐"这样的描述。这一段时间，他与因变法失败而回到梅县的维新主将黄遵宪过从甚密，成为思想上与诗歌创作上的挚友。

　　丘逢甲早有诗名，在台湾时期就组织过柽社，和同社诸子编辑过《月泉》一类的诗集。他有一首诗题为《寄台湾柽社诸子兼怀颂丞》，其中有句说："柏庄难拾爇余文？柽社重张劫后军"，"月泉诗卷凭谁定？还待当时晞发人"。内渡之后，丘逢甲也不时注视着诗坛的风云，对他自己在诗坛上应有的地位怀有自信。十首《论诗次铁庐韵》集中地体现了他对于"诗界革命"的见解："迩来诗界唱革命，谁果独尊吾未逢。流尽玄黄笔头血，茫茫词海战群龙！""新筑诗中大舞台，侏儒几辈剧堪衰。即今开幕推神手，要选人天绝代才。""四海都知有蛰庵，重开诗史作雄谈。大禽大兽今何世？目极全球战正酣。""蛰庵"是丘逢甲自己的号。从这些诗中我们不难看出丘逢甲在诗界革命中的地位。

　　称丘逢甲是诗界革命的巨子，还体现在丘逢甲的诗作量大，有人推算有数万首。大多数诗稿都在战乱中佚失了，但流传下来的也有二千多首。

丘逢甲能称得上诗界革命巨子，也缘于其诗内容丰富，称得上是"诗史"。尤其是下列几方面的内容，体现了时代的最强音：

首先，是对台湾的深深怀念，以及对于收复台湾的信念。抗战失败，他被迫离台时写道："宰相有权能割地，孤臣无力可回天；扁舟去作鸱夷子，回首河上意黯然。"一个元旦之夜没有月光，诗人写道："三年此夕月无光，明月多应在故乡。欲向海天寻月去，五更飞渡梦鲲洋。"有人去台湾，他这样以诗代书："弃地原非策，呼天傥见哀。百年如未死，卷土定重来。"丘逢甲无时不在怀念台湾，这一类诗在丘逢甲诗歌中具有独特价值。

其次，是对于祖国河山破碎的感慨和对于清朝政府腐败无能、卖国求荣的揭露。德国入侵山东，他既对德国侵略者表示愤慨，又为中国缺乏田横那样的烈士而慨叹："慷慨出门思吊古，田横岛上更何人？"（《闻胶州事书感》）诗人听到清政府成立海军部，作《海军衙门歌……》，嬉笑怒骂，历数北洋水师耗费巨资，屡吃败仗，落得个"战争无能地能让，百万冤魂海中葬"的下场。1908 年，丘逢甲已经敢于这样斥责清政府最高当权者："割地奇功酬铁券，周天残焰转金轮。后庭玉树仍歌舞，前席苍生讨鬼神。"（《秋兴次张六士韵》）

再次，是诗人表现了走向世界的开放意识。当时帝国主义列强要把我国变成他们的殖民地，诗人认为要反侵略但不能再闭关自守。他在《拟诸将五首用原韵》里断言，即使金瓯无缺，重整旧山河，也"难效前皇复闭关"，在《七洲洋看月放歌》里抒发了他走向世界的一时豪情。"少陵、太白看月不到处，今朝都付渡海寻诗人"，"不知今宵可有南去乘舟人，遥看地球发光彩"，"天经自纵地纬横，此时吐吞入极诗方成，天鸡喔喔呼潮鸣。自是诗中海权大，万里南天开诗界"。表现出诗人面向世界的博大情怀。

丘逢甲是我国台湾省著名诗人。从他身上，我们可以看到台湾同胞的爱国爱乡传统。他是一位集爱国志士与诗人于一体的近代英雄。武装抗战保台失败内渡后，他兴办教育，同时写下了大量眷念失地的爱国诗篇。在丘逢甲一百二十年诞辰的时候，广东蕉岭县人民撰写了这样一副挽联，纪念这位"诗界革命的巨子"：

是志士　亦才子　抗倭守台澎　两地情思牵海峡

襄同盟　赞革命　兴学育桃李　一代诗风沐艺林

45. 吴趼人的小说创作
wú jiǎn rén de xiǎo shuō chuàng zuò

晚清时期小说创作十分繁荣。当时影响较大且成就较显著的，是被鲁迅称为"清末谴责小说"的作品。吴趼人创作的小说即属谴责小说一类，其《二十年目睹之怪现状》是清末四大谴责小说之一。

吴趼人（1866—1910 年），亦名吴沃尧，广东南海县人。因家居佛山镇，故自称"我佛山人"。他出身于封建官僚家庭，到他这一代，家道已经破落贫困。二十余岁到上海去谋生，曾在江南制造局当抄写员，并常为报纸撰写小品文。他去过日本，为时不久。1904 年任汉口美国人办的《楚报》主笔，反美华工禁约运动兴起，他毅然辞职返沪。1906 年与周桂笙等人创办《月月小说》杂志，1907 年又主持广志小学，1910 年病逝于上海。

吴趼人正是看到了当时社会政治的腐败，从而创作大量作品去揭露、抨击、谴责，其中闪烁着思想光华，但也有局限。比如，作为一个受到资产阶级改良主义思想影响的旧式知识分子，吴趼人目睹中华民族遭受的灾难，痛心疾首。他编写《痛史》等历史小说，抨击汉奸卖国投敌，显示出他爱国的一面；但另一方面他却认为帝国主义之所以侵略中国，"总是中国人不好"，主张对进入中国的帝国主义分子"格外优待，以表我中国之豁达态度"。他把中国半封建半殖民地社会的种种弊端，归结于"人心不古"所造成，他想通过改良来扭转世风。这又暴露出他在思想方面的落后性的一面。1909 年全部完成的《二十年目睹之怪现状》，是继李伯元《官场现形记》之后又一影响较大的作品。小说以九死一生这个改良派人物的商业活动为主要线索，贯串了近二千个小故事和众多人物，反映1884年中法战争后至20世纪初这二十多年间，作者"所亲闻亲见"的中国官场、商场和洋场这个"鬼蜮世界"的种种怪现状。他通过小说主人公九死一生的口说："只因我出来应世的二十年中，回头想来，所遇见的只有三种东西：第一种是蛇虫鼠蚁，第二种是豺狼虎豹，第三种是魑魅魍魉。二十年之久，在此中过来，未曾被第一种所蚀，未曾被第二种所啖，未曾被第三种所攫，居然被我都避了过去，还不算是九死一生么！"《二十年目睹之怪现状》涉及的领域很广，但重点是官场，包括政治、军事和外交等各个方面。怪现状之一，就是官场的贪财受贿，营私舞弊；怪现状之二，就是封建官僚是一批衣冠禽兽的伪君子；之三，是清末官僚畏敌如虎，卖国投降。《二十年目睹之怪现状》描写清末社会的弊端，具有一定的认识价值。小说描写的主要人物有吴继之、九死一生、蔡侣笙、王伯述等。

《二十年目睹之怪现状》在艺术方面有以下特色：其一，它以九死一生这个人物的所遇、所见、所闻为主干，连缀众多小故事而成，结构严谨。其二，作者善于创造富有戏剧性的场面，把谴责对象置于极其可笑的境地。其三，语言生动，描写人物叙述故事绘影绘神，使人如临其境，如见其人。这本书是"谴责小说"中的杰出代表。除此之外，吴趼人还写了其他几部重要小说。《九命奇冤》三十六回，发表在《新小说》上，这是根据嘉庆年间的《警富新书》改编的。此书叙述了清朝雍正年间广东发生的一件著名公案。梁、凌两家本来是亲戚，因"风水"问题，受人挑拨，渐至成仇。凌家"坐拥厚资，名列缙绅"，依势施虐，纵徒放火烧死梁家八口。梁天来愤而起诉，乞丐张凤仗义作证，但是凌家用钱贿赂官府，不仅梁家上告失败，反而将张凤打死，造成九命奇冤。最后梁家上京告御状，由雍正皇帝派了钦差大臣，明察暗访，终于替梁家伸了冤。作者在第一回里说："大家都说雍正朝的吏治，是顶好的，然而这个故事后来闹成一个极大的案子，却是贪官污吏，布满广东，弄得天日无光，无异黑暗地狱。却不迟不早，恰恰出在那雍正六七年的时候，岂不又是一件奇事？"很明显，作者是要写所谓清明时代最黑暗的事，借助历史，以攻击当时的一些贪官污吏。尽管书中反迷信的色彩比较浓厚，但作者并没有否定封建制度，反而美化了它。这反映出作者思想的局限。在表现手法上，该书则受到外国文学的影响。

《痛史》二十七回，未完。小说取材于南宋灭亡的历史，歌颂了以文天祥为代表的抗战派，鞭挞了以贾似道为首的投降派。作者在《原叙》中说："年来吾国上下，竟言变法，百度维新。教授之术，亦采法列强，教科之书，日新月异。历史实居其一。"虽然，他写历史小说，但是有强烈的现实针对性。

《恨海》十回，内容是以八国联军侵入中国、义和团进行反帝爱国斗争为背景，写了北京的一个封建官僚家庭流离和毁灭的故事。《恨海》开晚清言情小说之先河，对后来的"鸳鸯蝴蝶派"有一定的影响。

吴趼人还创作了不少短篇小说。总而言之，他的小说揭露官场的黑暗，描写社会的弊端，陈列丑恶，反映了广大社会群众对清朝腐败政治的不满。艺术上，吴趼人的小说情节生动、曲折，描摹人物穷形尽相，结构严密，语言精练、畅达，颇有可取之处。

46. 忧患余生的《邻女语》
yōu huàn yú shēng de lín nǚ yǔ

直接反映庚子事变的小说，首推忧患余生的《邻女语》。蒋瑞藻《小语考证续编》引《清代轶闻》说："《邻女语》一书，记庚子国变事颇详确，文笔清隽可喜，实近日历史小说之别开生面者。"

忧患余生的真名字叫连梦青，光绪二十六年（1900 年）"庚子事变"后，住在北京。他有两个好朋友，一个是《天津日日新闻》的方药雨先生，一个是京城的沈虞希先生。一天，沈虞希因事去天津，在同方药雨闲谈中，说到朝廷中的一些事情，方先生听了，觉得很新鲜，也有"新闻价值"，随即写成文章，刊登在《天津日日新闻》上。老佛爷慈禧太后看后，大发雷霆，传旨朝廷，严加追查，就把沈虞希逮捕，押赴刑部大狱，杖毙。接着又出动禁军，缉拿与此事有关的一些人。连梦青也是被缉拿的对象。连梦青得知消息后，先在友人家中匿藏三天，后来通过一些关系，得到外国使馆的帮助，一个人仓皇从北京跑到上海避祸，借住在上海北成都路的安庆里。连梦青到上海后，时刻思念着自己仍留居在北京的母亲，恐怕有什么不测；朋友们也觉得太夫人不甚安全，就劝他把太夫人迎到上海，好有个照顾。连梦青觉得自己横遭这一灾祸，所有钱财都丧失净尽，实在无力量在上海生活下去。自己又是个性格孤介、不愿接受他人资助的人，就托人向商务印书馆《绣像小说》杂志的主编李宝嘉说情，愿意以每千字五元的酬金给刊物写些小说。李宝嘉答应后，他就写了《邻女语》。《绣像小说》杂志也就从光绪二十九年（1903 年）的第六号开始连载，到光绪三十年（1904 年）第二十号，共发表了十二回。

《邻女语》以"庚子事变"为背景，写一个热血青年金坚（外号金不磨），出于对八国联军侵略中国的满腔义愤，决心用自己的绵薄之力，救济遭受帝国主义列强凌辱的北京人民群众。于是，他就变卖了自己的家产，带了一个仆人，一起从家乡镇江出发，由陆路北上。小说写的内容，就是金坚北上途中的所见所闻。其中故事，又大都是出自沿途各地妇女的口中，所以就取名《邻女语》。

金不磨在镇江就看到从北京逃来的什么尚书、侍郎、翰林、主事的京官，他们的车上都插的是"大日本顺民"，还听说他们在北京的屋门口挂的也是"大日本顺民"。一时间，京城内外，无论大大小小的人家，都变成外国人的顺民，没有一个不扯外国旗号。只见迎风招展，蓝的、花的、红白相间的，世界上奇奇怪怪的旗帜都有了，就是不见什么正红旗、正白旗、镶黄旗、镶蓝旗和中国黄色龙旗。昔日，他们满口孝悌忠信、礼义廉耻，现在却都甘当洋人的顺民，一点民族气节都没有。现在到了江南地面，他们个个又都扬威耀武起来，坐的船上，竟插起"某部大堂"、"某部左堂"、"某部右堂"的旗帜，还打着京撇子大骂船夫："明日到了镇江，误了咱们的路程，送你到衙门，敲断你的狗腿！"那些身穿"江苏全省勤王亲兵队"号褂的兵士，跑得飞快，也没有一个受伤。他们不去与洋人打仗，却前呼后拥地护送这些京官的家眷到江苏、浙江、湖南来。那些家眷还都坐着官轿，坐八人大轿的是姨太太，坐四人大轿的是少奶奶、小姐、丫头，坐二人小轿的是京官的家人、当差。金不磨十分诧异，仔细打听，原来这些兵丁都是他们逃到河南边界时，恐怕路上出事，向统领借来的。那些兵丁，个个手里拿着洋枪，腰里插着手枪，枪上套着枪刺，三五成群，在街上横冲直撞，跳的跳，笑的笑，身上穿的，都是红红绿绿的，绣花的，盘金的，也不像军装，也不像操衣，显然都是从老百姓家里抢掠来的。

金不磨从青江浦那里的大道，经王家营，就进入山东境界。只见这里，尘沙横飞，赤地如烧，饥民菜色，没有一处能种庄稼的土地。老少男女，相率跪在大路两边，一见着南边来的过客，就伸出手向他们讨吃的。一路上，还看到袁世凯军队押着成群成群的逃兵难民出境，那种凄惨情形，更不忍看。到了山东省东光县城地界，只见树林子里面，挂了无数人头，老的少的，男的女的，胖的瘦的，有睁着眼睛的，有闭着眼睛的，有无头发的，也有有头发的，有只剩个骷髅的，也有眼睛被挖去的。高高下下，大大小小，都挂在树林子上，没有一株树上没有挂人头的，没有一颗人头上没有红布包头，没有一个红布包头上没有"佛"字。这树林子，约摸有十里方圆，却无处不是人头。看到这种惨状，金不磨暗想，这场惨杀，终是这班顽固大臣酿成的奇劫，不是这班愚民平白构造的。这班愚民平时既不蒙官师的教育，到了这时候，反受了长官的凌虐。孔子说道："不教而诛，是为虐民。"近时有些有志之士，立了些什么会，专与官作对，这就难怪他们不懂时事了，也是平时相逼而成，积成这么一派怨毒。若是朝廷尚不知顺时利导，改变旧章，立意图新，将来激成水火一场浩劫，只怕比这次还大呢！想到此处，不觉流下泪来，又伤感了一回，又发恨了一回，顷刻又立起一个扫除奸党、澄清宇内的大志愿。

从这段内心独白，我们觉得金坚是一个爱国志士。

他继续北行，到了茌平，住在旅馆里，本想好好睡一觉，解除自己旅途的疲劳。谁知刚躺下，就听到隔壁房里的妓女唱歌，倾诉北方民众的痛

苦。仔细一听，她唱的是：

> 戎马匆匆，戎马匆匆，旌旗闪烁龙蛇动。大家翘首望天公，问道：天呀！你怎的还是这般懵懂？万民嗟怨，抒抽空空，风尘鞅掌，奔走西东！更不见谁是赤龙种，只听说风潮处处汹！但任着这般老态龙钟，颠倒播弄，弄的这乾坤黑暗，日月昏蒙！更有一般无识小儿童，痴人呆汉同说梦，披发徜徉类病疯。只可怜苍生路路穷，哭不尽的唐衢恸，眼见着这山河血染红！

金不磨把那妓女唱的歌记在本子上，又感叹了一番，继续赶路。到了天津，见八国联军攻破天津城池时，北洋大臣早已不知去向，只见各城门守城的兵丁，个个死在城上，依然手托快枪，立而不仆，怒目外向，大有灭此朝食的意思。洋兵一看，不觉大惊。当日由各国代为收尸，埋在一处，封为一大景观。至今天津城外，有个小山，就是掩埋他们的地方。

《邻女语》对沿途所见所闻都有记载，它的重点却是庚子事变时中国北方，主要是山东一带兵荒马乱、民不聊生的状况，是一部庚子事变实录。作者还用两首词告诉读者他写这部小说的情怀：

> 何事风尘荂荂，可怜世界花花！昔时富贵帝王家，只剩残砖破瓦！

> 满目故宫禾黍，伤心边塞琵琶！隋堤一道晚归鸦，多少兴亡闲话！

可惜这部著作没有写完。

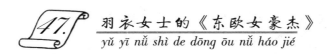

17. 羽衣女士的《东欧女豪杰》
yǔ yī nǚ shì de dōng ōu nǚ háo jié

《东欧女豪杰》是20世纪初很有影响的一部小说。它最初连续发表在梁启超办的《新小说》杂志上；阿英的《晚清文学丛抄》第一卷曾选录了这部作品。

　　张竹君（1876—1964年），广东番禺人，出生在一个有钱人的家庭。幼年时，曾患脑筋病，半身觉得麻木不仁，家人送她到广州市的博济医院诊治，很快复原。从此，在竹君的幼小心灵里，播下了学习西医、扶伤救死的种子。病愈后的张竹君决心留在医院，从美国医生嘉约翰学习医术。经过十三个春秋的刻苦学习与钻研，她已经成为一位精通西医内科与外科的著名医生，也领取了行医执照。不久，张竹君又自筹资金，在广州市创建了自己的医院，这就是南福医院。作为一个医生，她勤勤恳恳，对医术精益求精，对病人关怀备至，尤其注重救济那些贫困的群众；她还接收了十几个弟子，精心培训，循循善诱，诲人不倦。教学中，她不是单纯地就医讲医，而是十分注重病理及发病的规律，以及光电声化方面的现代科学知识。

　　张竹君是一个最先向西方寻求救国救民真理的女性。在学术上，她十分关注"实学"，提倡学习西方声光电化自然科学；宣扬男女平权，主张男女平等，从而也成为一位从事妇女解放运动的先行者。她在当时印行的妇女杂志《女子世界》上发表了这方面的两首律诗。诗是这样写的：

　　　　磊落真情一万丝，为谁吞恨到娥眉？
　　　　天心岂厌玄黄血，人事难平黑白棋。
　　　　秋老寒云盘健鹘，春深丛莽殪神魈。
　　　　可怜博浪过来客，不到沙丘不自知。

　　　　天女飞花悟后身，去来说果复谈因。
　　　　多情锦瑟应怜我，无量金针试度人。
　　　　但有马蹄惩往辙，苦无龙血洒前尘。
　　　　劳劳歌哭谁能见，空对西风泪满巾。

　　慷慨淋漓，尽吐胸臆，俨然一个驾驭20世纪风云的女革命家的写照。

　　在医院中，她还经常向求医者宣扬男女平等、妇女解放的道理，提出自由是争来的，是从先进的科学技术中学来的。她说："西欧之论自由者曰，个人之自由，以他人之自由为界。吾谓自由可以行星之运行比之，其运行，自由也，其运行而遵一定之轨道，此其境也。"可谓精深独到，鞭辟入里。有时，她还把医院附近"绅官之眷属及其所知之志士，集各园大演说，发明男女所以当平等之理"，宣传革命，宣传向先进的西方学习。她在宣传中，排除了一些人的崇洋媚外与排外做法，坚持了民族自豪感精神下的虚心借鉴。她说："吾侪今日之责任，在输入泰西政治格致等等美新之学术，迨既审我汉族之文明果高胜于他族，然后自立之论可起也；既审我汉族之文明果并驾于西欧，而后排外之论可起也。"金翼谋《香奁诗话》说她"博通英文，尤精医术"，"善于演说，当昔日风气初开时，临演坛以施广长舌，唤醒女界之迷梦者，女士实与有功焉"。《新民丛报》光绪二十八年（1902 年）第七号马贵公的《女士张竹君传》也说她"每讲学时，未尝不痛惜抚膺，措论时事，慷慨国艰也"！

　　辛亥革命前，张竹君到上海，与李平书合办医院，尽力真诚，对于病人，不分贫富，一体治视。辛亥革命时，她一边积极筹措资金成立红十字会，一边冒着枪林弹雨，亲临前线，为伤员治病，深得人们称誉。

　　张竹君的文学创作，成就也是多方面的，除前面提到的两首七律外，还有长篇小说《东欧女豪杰》，发表在《新小说》的光绪二十八年一至五期上，共五回。取材于俄国民粹党人苏菲亚的革命活动，表现出作者极为高涨的革命热情，态度也极为鲜明。小说第一回的俄国女青年莪弥说：

　　　　原来敝国是个金字招牌天下闻名的野蛮专制国，上头拥着一个沐猴而冠的，任他称皇称帝，说什么天下一人，又说什么神圣不可侵犯。照公理而论，单有这个，世界上已是大不平等，还喜这种人不多，若使无人助桀为虐，他们势孤力薄，不过是个装饰的木偶，我们平民也忍得把他陈设。最可恨他的前后左右，更有好些毒蛇猛兽托生的贵族，往往贱视我们寻常百姓，嗤为蚁民，任意糟蹋，涂我耳目，缚我手足，绞我脂膏，毒我心腹，偏害了我们无数平民，生不欲生，死不得死。

这里说的虽然是俄国的沙皇时代，但中国的读者，不是会很自然地联系到自己所处时代吗？

小说的主人公苏菲亚，写得也相当成功。她虽然出身于贵族家庭，却接受了资产阶级的自由、平等、民主思想与近代文明，敢于反抗封建专制制度，积极地参加革命斗争，成为俄国民粹党的领导人、著名的女革命家。为了推翻沙皇统治，建立一个自由、民主、平等的新社会，她深入群众"逢人说项，唇焦舌敝，语不离宗"；她深入乌拉尔矿区，进行鼓动宣传，讲话时"绝无天父上帝这些呆话，都句句切中时弊，一字一泪的，洋洋洒洒说了一遍又一遍，听着的人个个都为感动，有许多忍不住的，那两眶眼泪滚滚地掉将下来"；她号召工人们团结起来，建立一个公平的新世界，把他们贵族那些土地都买了下来，当做我们平民大众的公有产业；她憎恨那个有压迫、有剥削的社会，同情人民，对自己的事业和理想充满信心，始终认为自己所从事的工作是正义的，光明正大的；被捕入狱后，她仍表现出一个革命者虑事的周密，意志的坚强不屈。正是这些，作品一发表，适应了中国近代革命运动的日趋高潮，在革命青年一代中，产生了强烈的反响。

《东欧女豪杰》在艺术上，既表现出革命者革命激情的激烈与高昂，又表现出一个女医生的细致深刻，尤其是人物心理刻画与环境描写的精心、流畅，极大地增强了小说的艺术吸引力。光绪三十四年（1908 年）罗普（披发生）在为息影庐主翻译的《红泪影》写的《序》中，有过中肯的评论。《序》说：

> 昔年新小说社所刊之《东欧女杰传》（按：即《东欧女豪杰》），乃岭南羽衣女史手笔，摹写泰西礼俗，士女风流，丝毫毕见，其笔力足以上继古人，其才华足以惊动当世。后以女史他行，而此绝大绝奇之野乘，竟辍于半途，阅者惜之。至今数年以

来，海内之士，遂无有钟女史而为之者。

张竹君一生未嫁，专心致志地从事着自己所钟爱的近代医务工作。阿英《小说人物考略·羽衣女士》最后说："可知其人在当时，实是一崭新人物，为一般女子所不可企及者。不仅具有学术的素养，也具有实践的能耐。"

48. 《苦社会》中的旅美华工
kǔ shè huì zhōng de lǚ měi huá gōng

光绪三十一年（1905 年），上海图书集成局出版了一本集中描写旅美华工生活的小说，名字叫《苦社会》，给我们提供了第一手旅美华工在当时的处境，也为繁荣的近代小说增添了一道异彩。

小说通过三个人物：阮通甫、李心纯和鲁吉园的旅美生活，真实具体地描述了美国政府虐待华人的罪恶行径，控诉了美帝国主义在高喊"保护人性"口号声中践踏人权的卑劣行为。

我们不妨先跟着作者的笔，看看华工在旅美途中的遭遇吧：

> 停了一会，海员们下来了，只见剩一件短衫，一条破裤，潮潮的裹在身上。吉园摸不着头路，留心细看，并没什么伤痕，才放下心。却见洋人又叫水手，先着五十个小工把脚上链子卸下，喊他们站起。那班小工，骤然觉得脚上松了许多，只是站不起。洋人等得不耐烦，呼呼的又把鞭子抽得怪响，好容易忍着疼，你挨我靠，沿柱站住。洋人喝声"走！"又走不动。水手上前，一个拖两个，望梯边直送。照这样拖拖拽拽，上上下下，直到午时，已走动了一千七八百人。有些真不能走的，跌倒地上，还吃脚尖，碰开了头皮淌血，还不准歇一歇。落后有班人，一个压一个，乱叠着一堆。水手看见，喊道："这成什么样子？快给我滚开些！"众人低低应了一声"噢"，还赖着不动。水手们觉得形景

诧异，又闻一股恶臭，直从底下冲起，喉咙里都作恶心，便去通知了洋人。洋人先用指蘸些药水，擦在鼻子上，才走过来，叫水手动手，把上面的拉开。不拉时，万事全休；一拉时，真叫铁石的心肠，都要下泪，原来下面七八十个横躺着，满面都是血污，身上也辨不出是衣服，是肉皮，只见脓血堆里，手上脚上锁的链子，全然卸下，洋人俯身一看，才晓得死的了，手脚的皮是脱了，骨是折了，不觉也泛出唾涎，呕个不住。

华工在船上的待遇，使人不禁想起当年美国贩卖黑奴的情况，独立战争以前的一切又重演了。阮通甫就是被他们在路上折磨死的。实际上，这些华工，一进船，就被投入人间地狱，数千人锁在船舱里，连窗户都不开一个，吃的是生硬馒头，又不得饱，害了病，也无人过问，还经常鞭打链锁，完全失去自由。

途中是这样，到了工厂，更是受尽折磨。数不尽的"禁例"、限制、侮辱和迫害。管机器的邹阿奴，无意中丢失了身份证，竟被关进监牢，最后连同妻子、儿女都被驱逐出境；汪紫兰的妻子去美国探亲，也被无缘无故地关押起来，后来找了领事，也不起作用，最后闹得家破。正是在美国一系列对华人的"禁例"中，旅美华工急剧减少，由原先的三十万减少到十万。勉强留下来的，也整天不得安宁，没有人身保障。曾经在国内教过书的李纯心，到美国几年后，也因为无法忍受美国政府对华人的"禁例"，变卖财产回国。鲁吉园虽然也曾有过不堪忍受时的反抗与斗争，但仍无法逃脱"只有白种的自由，没有黄种的自由"的美国对华人的迫害、歧视和虐待。

哪里有压迫，哪里就有反抗。《苦社会》也写了华工的反抗与斗争旅美华工曾有过联合斗争，但最后终究被军队"剿灭"，一次竟牺牲了两万五千人。第十六回关于大仓山的起义，尽管篇幅不长，却也写得十分壮烈，表现出中国人的硬骨头精神。

《苦社会》还用了十几回书，以唐人街为中心，描写了旅美华商所遭受的虐待。第四十二回写道：

　　唐人街，只见十几部马车，一排列定，车上坐满中国人，颈里扣着链子，巡捕还四处捕捉男女老少。静悄悄地没有什么声息，倒只有狺狺的犬声，吠个不住。伯符想又有什么新闻，却不知是何事，打算绕道避开，已给巡捕看见，上前带定，说："拿执照出来。"伯符才明白了，一面从贴肉汗衫袋里取出一个油纸包，打开递过。巡捕望他相了一相，接过手，反正都看，仔细逐件盘问，伯符定了心，逐件回答，巡捕问完了，把他又拉到车边，却松了手。伯符就立定了，不开口。巡捕又相了一相，把他这张照，往地下一丢，说："去吧！"伯符弯腰拾起，且回公司敲门入内。只见心纯失了色，坐在椅上。忙问道："心纯，什么事？又要查册了？"心纯道："不知道。你路上也遇见么？"伯符道："遇见的。店里没事吗？"心纯道："捉了两个人。那边饭铺怎样？"伯符道："我刚才看见也关上门，里面不知怎样。"心纯道："不好过去问声，真是心焦。"两个人呆守在门边，只听街上马蹄声，来来往往，直到下半夜才静。……天刚亮，又是个巡捕，同工商部的人来，收人头税来。伯符一一付了，有几个伙计拿不出，又替垫了，巡捕才去，吩咐依旧关上门，不许出入。照这样又闹了一天。

　　多么阴森恐怖的景象。正因为这样，不少华商只好廉价出售商品，或变卖财产，纷纷回国。

　　《苦社会》的作者是一个旅美华工，"以旅美之人，述旅美之事"，"情真语切，纸上跃然，非凭空杜撰者比。故书都四十回，而自二十回以后，几于有字皆泪，有泪皆血，令人不忍卒读，而又不可不读。""漱石生"序（1905年）中的上述评价是令人信服的。阿英《晚清小说史》称它是描写旅美华工小说中"写得最深刻、最惨痛的"一部。

49. 《女子权》：女性解放的呼声
nǚ zǐ quán：nǚ xìng jiě fàng de hū shēng

从甲午战争到辛亥革命时期，改良和革命之风甚盛。资产阶级改良派和革命派均重视小说的作用，小说创作空前繁荣。改良派和革命派们希望通过小说来改造政治及社会，倡导小说界革命。《女子权》就是这一时期反映女子要求参政议政的改良小说。

《女子权》为白话章回体小说。全书共十二回。思绮斋著。上海作新社于光绪三十三年（1907 年）六月初版。

《女子权》是一部完全虚构的小说，书中的人物、事件、背景充满了乌托邦式的理想色彩。作者想象在三十年后，即 20 世纪 40 年代的中国，"朝廷早已实行了君主立宪，一般也加入了万国同盟会，所有主权国体，也极其完全"。总而言之，中国已经完全成为一个强大的，可以与其他世界列强分庭抗礼的富强之国。但还是有些小小的遗憾，不如欧美诸国，那就是"全国妇女，还是处于重重压制之下"。于是时势造英雄，当代争取女权运动的巾帼英雄袁贞娘应运而生。

话说这袁贞娘本是湖北汉口乡绅袁仲渔的掌上明珠。袁仲渔虽是一老乡绅，却极为开明，先将爱女送入启化中学堂读书，几年后，贞娘以优异的成绩毕业，又荣幸地被学校选送入北京大学读书。袁仲渔也极为赞成。袁贞娘到北京大学后，不久便结识了在北京海军学校读书的学生邓述愚。邓述愚身材高大，相貌英俊，谈吐不凡，胸怀大志，深深吸引住了贞娘的芳心。贞娘年轻貌美，知书达理，贤淑静雅，又在最高学府北京大学读书，这一切也使邓述愚心仪向往。两个年轻人一见钟情，常常在一起读书、讨论，羡煞了不少的同学。

岂料不久袁仲渔前来京师探望女儿，正巧看到袁、邓二人正挽手散步。袁仲渔大怒，认为女儿在北京不好好读书，与男学生有不检点的丑行。他不听袁贞娘再三解释，斥责女儿不守女则，做出了有辱家风的丑事，并勒令贞娘回汉口，不允许她再读书。袁仲渔走后，贞娘前思后想，无路可走，痛苦之际一人来到江边，徘徊许久，遂投江自尽。所幸巡洋舰统带黄之强率舰经过，贞娘遂得以获救。船员听说救起一投江女子，纷纷前来探询，谁料到天下竟有如此巧的事，贞娘的恋人邓述愚也正在此舰上实习，两人相见，自然是有难以言表的感慨。黄之强了解到邓、袁二人的关系，并进一步问清贞娘投江的原因后，便劝勉她不要灰心丧气，又随船将其带回天津，委托自己的妹妹黄之懿照顾她，同时给袁仲渔发电报，告知贞娘与邓述愚的正常恋人关系，并把贞娘企图以死洗刷清白一事也告诉了袁仲渔。

贞娘在天津居留期间，偶然在《津报》上发表了一篇有关女权运动的文章，不料引起社会上的极大轰动，把她誉为"女界斯宾塞"。而这时，袁仲渔收到黄统带的电报，心中疑虑顿时冰释，立即汇款给天津的女儿，支持女儿继续赴京读书。贞娘在校期间，品学兼优，很受同学爱戴。她与同学筹集资金，创办了一份《国民报》，贞娘任主编。该报以倡导民权、介绍西学为宗旨，所以深得海内同胞喜爱，短短的几月时间里，发行竟逾数十万份。主编袁贞娘的声名也如水涨船高，誉满天下。恰在此时，袁仲渔因贤达开明被举任命为次长，携妻赴京就职，一家人终于得以团聚。

正在喜上加喜之时，伊犁妇女为争取女权平等发生暴乱，《国民报》因在舆论上对暴乱表示支持，遂被朝廷查封，编辑亦遭拘捕，唯贞娘因父亲的庇护得以幸免。由此一事件，贞娘悟出仅靠办报纸难以争得女权，必须采取有效的实际行动。恰逢万国女工会大会在美国召开，贞娘借此遍访英美、欧洲、俄国民主人士，调查西方诸国民主体制，尤其是女权运动的发展。她还特别在广大华侨同胞中宣扬在中国开展争取妇女平等权利的重大意义。精诚所至，金石为开，终于有一华侨富孀被贞娘说服，随同贞娘一起回国，投巨资开办女工传习所，专门吸收女性做工。在这一行为的带动下，华侨及国外客商纷纷在华设立工厂，大批招收女工，遂渐渐使中国女性在经济上获得独立，为争取女权平等打下了基础。

由于贞娘精通外文，熟捻西方文化，又有出众的政治才干，遂先后出任皇宫翻译官和顾问官。她常常和皇后讨论国政，并以自己的思想观念影响着皇后。渐渐地，男女权利平等的观念不但为皇后所接受，皇帝也颇受影响。最后，在外界舆论的压力下，在皇后的积极督促下，皇帝终于颁诏允许女子参政。而贞娘与邓述愚也奉皇后之命成婚。全国妇女界为感谢贞娘为女权运动所做的贡献，特别在她的家乡汉口为她建立了一座铜像。

该书的目的就是要鼓吹男女平权，尤其主张女子应有参政之权。这在当时是极其大胆而富于进步意义的。然而作者设想三十年后的中国仍为皇帝统治的"立宪"政体，并为此欢欣鼓舞，足见是一部提倡社会改良的小说。再者小说本身还有浓厚的封建主义气息，如主人公名字叫"贞娘"，如袁、邓二人奉皇命成婚这一大团圆结局都是明证。此外，由于小说纯属虚构，致使事件的发展、情节的设置都欠真实，理想色彩过重，近乎空想，文学性较差。但在当时——晚清与民初交替之际，这部小说在王侯将相、才子佳人小说泛滥的小说界，无疑吹响了嘹亮的女性解放的号角，具有深远的历史意义。

50. 过来人现身说《海上花列传》
guò lái rén xiàn shēn shuō hǎi shàng huā liè chuán

陈森的《品花宝鉴》问世后的半个世纪，又有一部狭邪小说出版，这就是署名"云间花也怜侬著"的《海上花列传》。

《海上花列传》全书六十回，最早发表在作者创办的《海上奇书》杂志上，时间是光绪十八年（1892年）二月。每期发表两回。杂志停刊时只发了三十回。光绪二十年（1894年）全书出版。发表时，就引起社会上的注视。

花也怜侬是韩邦靖的号。韩邦靖（1856—1894年），字子云，号太仙，江苏松江（今上海市）人。久居上海，曾任《申报》馆编辑，所得稿酬，几乎全部都挥霍在青楼妓院中。《海上花列传》是以"一个过来人为之现身说法"写成的。小说以上海十里洋场为背景，写了那里从身价较高的妓

女到低级妓院妓女的众生相，所以取名《海上花列传》。

小说以赵朴斋为线索，写他十七岁时从乡下到上海去访他的母舅洪善卿，从此，一家三口沦落上海。后来，他又沉溺青楼。母舅发现后，把他遣送回家。谁知他又潜入上海，为同行诓骗，受妓院索逼，不得不又流落街头拉洋车。为了生活所逼，又叫自己的亲妹妹二宝做妓女。二宝后来被史三公子所骗，家又被赖三公子砸毁，他也被流氓毒打，母亲病中待药无望，以至走投无路。

《海上花列传》没有像一般同类小说写妓女一边倒的情况，而是写了她们各自的命运与品位。有的随波逐流，听其所止，浑浑噩噩，依青楼安身立命；有的却横遭蝶浪风狂，莺欺燕斗；有的富贵如牡丹，犹能砥柱中流，为群芳叫气，以卖笑发迹；有的却如莲之出水不染，虽沦为娼妓，仍不甘毁身为娼。赵二宝的遭遇，说明当时不少人是由于生活所逼沦落烟花的。读者也可以从她的命运和经历中，看到上海在殖民地化过程中的日趋腐朽、残酷，洋行洋场上官僚、买办、商贾、流氓等嫖客间的尔虞我诈、使巧弄乖与荒淫无耻。

《海上花列传》写了三十多个不同类型的妓女。她们沦落烟花，尽管也有着各自的缘由，但她们的命运却都是悲惨的。其中有些人想改变自己的地位，从良嫁人，但却得不到社会的允许。赵二宝的沦落更有着普遍的社会认识意义。她是一个淳朴可爱的农村女子，由于生活所迫，同哥哥一起到上海谋生，结果在施瑞生的引诱下沦为妓女。生意的兴隆，使她逐步陷入这个泥潭，思想也发生了变化。她结识一个公子，本想嫁给他，自己也好"从良"，过正常的夫妻生活。谁知在她四处借债、一心一意准备嫁妆的时候，那个公子却已经娶了一个名门闺秀，她不得不重新挂牌接客，最后遭受到无端的凌辱与苦难。另一女子李淑琴，也想从良嫁人，但她所选中的从良对象的家庭，却拒绝她这个妓女，以至使她忧郁而死。死时还把自己的妹妹浣芳托给人家，结果仍然遭到冷遇。我们在这里看到，那残酷的现实不仅能够逼良为娼，也能阻断这些人的"从良"道路。

《海上花列传》基本上写了三种不同类型的妓女。一种是自觉自愿的、心安理得地做他人的玩物，沉迷于那钱与欲的交易；另一种却是企图跳出火坑，也进行过一些力所能及的反抗与斗争；还有一种则是千方百计地要改变那种地位，但最后都无法逃脱那悲惨命运的安排。

在艺术上，《海上花列传》也有一些值得肯定的地方。这就是：一、"列传"体的娴熟运用。"列传"又叫"合传"，就是同时为若干人作传。这是韩邦靖的创造。在这方面，作者是下过一番工夫的。《例言》中说："合传之体有三难：一曰无雷同，一书百十人，其性情言语面目行为，此与彼稍有相仿，即是雷同。二曰无矛盾，一人而前后数见，前与后稍有不符，即是矛盾。三曰无挂漏，写一人而无结局，挂漏也；叙一事而无收场，亦挂漏也。知是三者，而后可与言说部。"韩邦靖知难而进，创造了"穿插藏闪之法"，使"列传"一波未平，一波又起，或者接连起十余波，忽东忽西，忽南忽北，随手叙来，并无一事疏忽，也无一丝挂漏；劈空而来，使读者茫然不知何故，想看后文，后文又写了另一事，这样有藏有闪，到最后给人一个完整印象。结构上的这种穿插自然，曲折多变，引人入胜。二、描写细腻，形容尽致，如见其人，如闻其声。人物也有个性。如赵二宝的淳朴善良，李淑芳的痴情单纯，张惠贞的胆小怕事，卫霞仙的机智善辩，黄翠凤的泼辣麻利，周双玉的娇气十足，陆秀宝的淫荡风流。其他如老鸨、嫖客、仆人，都给人留下一定印象。三、语言传神达情，它是最先采用吴语方言写成的长篇小说，在这方面也有开创之功。

《海上花列传》问世后，受到人们的普遍欢迎。鲁迅在《中国小说史略》中说："记载如实，绝少夸张，则固能自践其'写照传神，属辞比事，点缀渲染，跃跃如生'之约者矣。"阿英《晚清小说史》也认为同类所有小说都不能与韩子云的《海上花列传》相比。

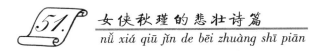

51. 女侠秋瑾的悲壮诗篇
nǚ xiá qiū jǐn de bēi zhuàng shī piān

1939 年 3 月，周恩来来到绍兴发动抗日，亲笔给他当时在绍兴的表妹

中国在甲午战争后的日益孱弱与日本在明治维新后的崛起形成了巨大的反差，因此20世纪初负笈东渡和崇尚戎装就成为有志青年的时尚。这两种时尚集中体现在了秋瑾的这张照片上。

题写"勿忘鉴湖女侠之遗风，望为我浙东儿女争光"的赠词。赠词中的"鉴湖女侠"就是被吴玉章称为"旧民主主义革命时期中国革命妇女的楷模"的秋瑾。

秋瑾（1877—1907年），原名闺瑾，字璿卿，小名玉姑，别号竞雄，后来自称"鉴湖女侠"。祖籍浙江绍兴，1877年11月8日出生于一个小官僚家庭。在祖父和父母的鼓励下，秋瑾十来岁时就读了四书五经，十一岁已会做诗，常常捧着杜少陵、辛稼轩等人的诗词集，吟哦不已。她还读了不少历史著作和文艺作品。她尤其羡慕《芝龛记》所描写的明朝末年秦良玉、沈云英两个女性的事迹。1891年初夏，十四岁的秋瑾随同母亲一起来到萧山外婆家，向武艺高强的舅父和表兄学使棒、舞剑、骑术。这使她不仅练就了一身好本领，而且还养成了一种豪爽奔放的性格。她在一首《满江红》中这样抒写自己的个性："身不得，男儿列；心却比，男儿烈。"

1895年秋瑾十八岁的时候，被母亲许配给王廷钧为妻。王家是暴发户，守旧、僵化，王廷钧又是个十足的浪荡少年、公子哥儿，加上他"状貌如妇人女子"，热情奔放、豪爽不羁的秋瑾同他根本没有什么感情可言。王家的重宅深院和锦衣玉食，没有锁住秋瑾的思想，反而使她更加痛恨封建礼教、纲常伦理，更加同情苦难的人民。她在《杞人忧》一诗中写道：

> 幽燕烽火几时收，闻道中洋战未休。
> 漆室空怀忧国恨，难将巾帼易兜鍪！

诗中流露出诗人对祖国命运的深沉忧虑，对自己被束缚在封建礼教的樊笼中而救国无路的处境十分痛恨。1903 年，她随丈夫来到北京，恰好同著名的"桐城派"学者吴汝纶的侄女吴芝瑛为邻。吴家藏有许多宣传维新的书刊，秋瑾趁机如饥似渴地阅读了这些新书新报，视野大为扩展，思想境界也不断升华。在秋瑾遗留下来的许多诗词中，堪称上乘的《宝刀歌》、《宝剑歌》等篇，便是在这个期间写的。在《宝刀歌》中，有这样的诗句：

> 赤铁主义当今日，百万头颅等一毛！
>
> 沐日浴月百宝光，轻生七尺何昂藏！
>
> 誓将死里求生路，世界和平赖武装！

在《宝剑歌》中秋瑾写道：

> 炎帝世系伤中绝，茫茫国恨何时雪？
>
> 世无平均只强权，谈到兴亡眦欲裂。
>
> 千金市得宝剑来，公理不恃恃赤铁。
>
> 死生一事付鸿毛，人生到此方英杰。

这些铿锵有力的诗句，把秋瑾热爱祖国、富于献身的精神，栩栩如生地呈现在人们的面前。我们今天读到这些充满激情的诗篇，还仿佛看到了一位爱国者驰骋沙场、跃马舞剑的英姿。这些诗句不啻是战斗的檄文，比以往那些略带哀怨的诗词大大地前进了一步。1903 年春，秋瑾在《致琴文书》中，第一次使用了带有浓重剑侠气息的别号"鉴湖女侠"。此后，她那崇尚侠义精神的英雄主义性格，发展到了成熟阶段。

对祖国前途的深切忧虑，对世界现实的认识，对古代"义侠"的向往，这一切使秋瑾再也不愿留在王廷钧身旁过饱食终日、碌碌无为的"贵妇人"生活。她认识到"革命当自家庭始"。1904 年 6 月，她冲破封建的牢笼，抛弃富裕的生活，东渡日本，寻找救国救民的真理。在日本她一面学习，一面广泛结识爱国志士，进行革命活动。她和刘道一等组成了以反抗清廷为宗旨的"十人会"；与陈撷芬等发起完全由妇女参加的"共爱会"；为提高留日学生的政治觉悟，她又创办了《白话报》，鼓吹推翻清政

秋瑾诗手稿

府，争取男女平权。1905年，她加入光复会，7月加入同盟会，被推为浙江主盟人。紧张的学习、严格的校纪和清贫的生活都没有减弱秋瑾关心祖国命运的热情。她在《鹧鸪天》中写道：

> 祖国沉沦感不禁，
> 闲来海外觅知音。
> 金瓯已缺总须补，
> 为国牺牲敢惜身！

嗟险阻，叹飘零，关山万里作雄行。

休言女子非英物，夜夜龙泉壁上鸣！

一位爱国女英雄热血沸腾的感情跃然纸上，字里行间充满了崇高的甘愿为国献身的精神。

1905年秋瑾回国，实践她那"我欲双手援祖国"、"频倾赤血救同胞"的伟大抱负。她回国后在致王时泽的信中表示："吾自庚子以来，已置吾生命于不顾，即不获成功而死，亦吾所不悔也。"秋瑾就是以这样全新的精神境界，以全部身心迎接新的斗争，进入了她生命中最后的，也是最灿烂的阶段。她首先创办了《中国女报》，向女界宣传革命。秋瑾是妇女解放的宣传者，更是实践者，她没有为恶劣的社会环境所吓倒，毅然冲破重重阻力，参加革命，与王廷钧"谈判离婚"。她的行动，为争取与男子平等地位的广大妇女做出了榜样，这在近代妇女解放史上，有着重要的意义。同时，她还积极准备进行武装斗争。1907年7月，徐锡麟与秋瑾决定在安徽安庆、浙江金华、绍兴等地同时起义，消灭清政府在东南沿海的军队。由于目标暴露，起义提前，打乱了原先的部署，秋瑾陷入被动。同志们劝她暂时离开绍兴避难，她婉言谢绝。7 月 13 日下午，清军包围了起义指挥部，秋瑾一面从容指挥抗击，一面命令起义同志向后方突围，同时镇定地烧毁了起义组织的重要文件。这时，清兵拥入，秋瑾被捕。绍兴府连夜密审，秋瑾临危不惧，刚强不屈。当敌人最后要她在供词上签字时，她愤然提笔，挥笔写下"秋风秋雨愁煞人"七个大字，以表示对起义失败的惋惜和对祖国命运的担忧。

1907 年 7 月 15 日，秋瑾身穿白布衫，黑纱裤，从容自若地走向刑场，死时年仅三十岁。一代巾帼英雄虽然牺牲了，但其丹心碧血、高风亮节依然光耀千秋，永载史册！

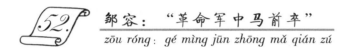

52. 邹容："革命军中马前卒"

zōu róng：gé mìng jūn zhōng mǎ qián zú

提起辛亥革命的先烈邹容，人们自然会想起吴玉章的诗《纪念邹容烈士》：

少年壮志扫胡尘，叱咤风云《革命军》。

号角一声惊睡梦，英雄四起挽沉沦。

剪刀除辫人称快，铁槛捐躯世不平。

风雨巴山遗恨远，至今人念大将军。

这首七言绝句，极为精练地勾勒出邹容光辉短暂的一生，对他寻求救国救民真理而矢志奋斗、呼号奔走，直至英勇献身的事迹，作了高度的概括和肯定。读其诗，如见其人。

邹容（1885—1905 年），原名绍陶，谱名桂文，字蔚丹，又作威丹。光绪十一年（1885 年）生在四川巴县一个富裕的商家。他生活成长的那个时代，正是中国遭受帝国主义列强侵略、瓜分的年代。落后的中国处处挨打，几乎遍体鳞伤，特别是光绪二十年（1894 年）的中日甲午战争，丧权辱国的清政府把处于内陆地区的重庆也开为商埠，成为帝国主义侵略的据点之一，使他幼小的心灵受到列强瓜分中国狂潮的袭击。光绪二十四年（1898 年），康有为、梁启超为了救亡图存进行的戊戌变法，竟遭到清政府的扼杀，"六君子"也被送上断头台。光绪二十六年（1900 年），义和团义士们发动的反对帝国主义的运动，又被血腥镇压。面对祖国遭受的这些灾难和巨大的创伤，邹容震惊、惶惑，这也促使他很快地成长起来，鞭策他踏着烈士的血，继续寻求救国救民的真理。

但是，寻求救国救民真理的道路，并不平坦，还布满荆棘、陷阱。道路的曲折、艰难，使邹容没有按照父辈给自己安排的老路去走。光绪十七年（1891 年），六岁的邹容，被父亲送进私塾去读四书、五经。六年后的光绪二十三年（1897 年），他承父命，与哥哥一起去参加巴县的童生考试。他拿起卷子，看上面都是些生僻古怪、与现实毫无关系的试题，他立时怒火攻心，就想撕破卷子。他要求主考官能给自己解释一些难认的词句，考官不仅不作说明，还把他训斥了一顿。他心中的怒火，这下点燃了起来，他甩下试卷，愤愤地退出考场，用罢考回敬了考官。从此，他立下决心，表示"臭八股不愿学"，拒绝了父辈给自己设置的科举老路，开始同旧传统决裂。他把古代的《神童诗》按照自己的体会作了一番修改："少小休勤学，文章误了身。贪官与污吏，尽是读书人。"对科场、官场都作了辛辣的嘲讽。

在寻求救国救民真理道路的时候，他把当时出版发行的一些新书、新报刊当做重要的线索，如饥似渴地阅读；对孔孟之道与儒家经典，百般指责，甚至批驳得体无完肤。像章太炎在《赠大将军邹君墓表》中说的："指天画地，非尧舜，薄周孔，无所避。"对严复翻译的《天演论》和维新派的重要刊物《时务报》，精心读览，倍加赞赏。当他在十四岁那年，从《时务报》上了解到戊戌变法的许多文章后，十分推崇。得知变法六君子遭杀戮后，义愤填膺。他把谭嗣同的遗像悬挂在自己座旁，每日悼奠，还在像边题诗一首，明心显志。诗曰：

赫赫谭君故，湖湘士气衰。

唯冀后来者，继起志勿灰。

他要以一个"后来者"的身份，矢志走先烈未竟的革新道路。

光绪二十一年（1901年），邹容毅然从家庭出走。当年，他参加了在成都举行的赴日留学生考试，后又进入经学书院读书，到上海补习日语，多方武装自己。光绪二十二年（1902年）春天，自费到日本东京同文书院留学，进一步寻求救国救民的真理。在日本，他接触到更多新书、新思想、新理论。孟德斯鸠的《万法精理》、卢梭的《民约论》，都成了借以武装自己头脑、矢志革命的教科书。他也从美国的独立战争与法国大革命的历史论著中，汲取了许多营养。同时，又在一系列的留日学生爱国斗争的实践中，不断提高自己，武装自己。也就在这一不平常的时期里，他酝酿着写一本《革命军》的通俗革命读物。

光绪二十九年（1903年），邹容在日本同陈天华等五百人参加了黄兴等发起组建的拒俄义勇军，还在锦辉馆拒俄大会上强烈抗议沙俄侵占我国东北三省的罪行。千人大会痛斥了清政府的丧权辱国、卖国求荣，提出了推翻清朝统治的口号。也就在这一年的三月三十一日，他为惩罚留日陆军学生监督姚文甫的腐化堕落和破坏革命，约集了几个好同学，闯进姚的住所，当面揭露他的罪行与无耻行径，并抽出剪刀，按下头，把姚文甫的发辫齐根剪掉，悬挂在留学生会馆的屋梁上示众。结果引起清留日学生负责人蔡钧的嫉恨，百般迫害他。邹容迫于无奈，4月底返回祖国上海。

在上海，邹容参加了章太炎组织的爱国学社，结识了章太炎、章士钊、柳亚子等一批爱国志士，还与章太炎结拜为兄弟。5月他的《革命军》完成，请太炎润色，太炎读后，倍加赞赏，还写了序。

《革命军》全文分七章，两万余言。分绪论、革命之原因、革命之教育、革命必剖清人种、革命必先去奴隶之根性、革命独立之大义、结论。作者栏自署"革命军中马前卒"。全书通篇洋溢着一个革命志士充沛的激情，成为中国民主革命最响亮的号角。《革命军》作为一本政治读物，激昂慷慨，掷地有声，有对传统的深揭狠批，也有对外国思想的吸取借鉴，

还有对革命理想的宣传和推广。它明白地指出："中国之所谓二十四朝之史，实一部大奴隶史也"；"宴息于专制政体之下者，无往而非奴隶也。"号召人们清除奴隶根性。在思想上，作者把卢梭的自由、平等、博爱、天赋人权等当做核心，大力宣传，并把它当做招我神州之魂的宝幡。书中对革命充满信心，大声疾呼：

> 革命者，天演之公例也。革命者，世界之公理也。革命者，争存争亡过渡时代之要义也。革命者，顺乎天而应乎人者也。革命者，去腐朽而存良善者也。革命者，由野蛮而进文明者也。革命者，除奴隶而为主人者也。
>
> ……
>
> 我中国今日欲脱满洲人之羁缚，不可不革命；我中国欲独立，不可不革命；我中国欲长存于二十世纪新世界上，不可不革命；我中国欲为地球上名国、地球上主人翁，不可不革命。

《革命军》的出版，犹如惊雷，引起广泛的反响，风行海内外，对人们从资产阶级改良主义思想跃进到资产阶级革命思想，起了极大的促进作用。当然，也引起了反动统治阶级的注意，因此又有"苏报案"的发生。

53. 情僧苏曼殊与创译的《惨世界》
qíng sēng sū màn shū yǔ chuàng yì de cǎn shì jiè

中国近代文学史上著名的诗人苏曼殊（1884—1918 年）。其原籍为广东香山县，祖父及父亲皆为商人。其父苏杰生曾是日本横滨某英商洋行的买办，以其旅日华侨的富商身份，娶过一妻三妾。长妾河合仙是日本人，其妹若子也曾久居苏家，助理家务。然而不知为何鬼使神差，杰生与若子发生了性爱关系，其结果便是曼殊的诞生。这么说来，曼殊既是私生子，又是混血儿了。由此似乎决定了他此后一生的不幸：在宗法观念严重、华夷有别的封建社会里，苏曼殊这种"不光彩"的出身，势必会遭到来自许多方面的或明或暗的歧视。即使在自己的家中也受到了虐待，生母刚生下他不久便被逐出门，使他长期受着后娘的虐待。他在十三岁时曾经生了一场大病，不仅得不到治疗，反而被"置之柴房以待毙"。由此可见他是在怎样的家境中长大的。

在苦难中，苏曼殊神往于宗教世界，这种心情的发生是世界性的文化现象，本不足怪。但奇怪的是削发为僧后的苏曼殊并未完全"宗教化"，相反，在易于动情、善于表情方面较一般正常人似乎还要强过许多倍。从大者来说，他虽已入空门，但却仍然关心民族国家的危亡（尽管他只是"半个中国人"）、人民的苦难，积极结交革命友人，"云空未必空"，情系社稷，以爱国志士的身份同章太炎、陈独秀、孙中山等人共同谋求民族的解放；从小者来说，亦即仅从他个人私情方面说，他也是一位有名的情种，在这一点上他是可以与贾宝玉媲美的：他在短暂的一生中，与年轻的异性接触甚多。有"斜插蓬蓬美且鬈"的静子，有"尽日伤心不见人"的金凤，有"无量春愁无量恨"的百助，有"捣莲煮麝春情断"的花雪南，有"殷殷勖勖以归计"的雪鸿，还有张娟娟、桐花馆、好好、惠姬、素云、小如意、小杨月楼，以及国香、湘痕、阿可、真真、棠姬、阿蕉、明珠、海珊、轻轻等。这些女子大都爱慕曼殊的年轻倜傥、才华绝世，真心地爱恋着他。这里有的是国外的，有的是国内的；有的是淑女，有的则是妓女。试想，一个遁入空门的人竟如此"到处留情"，尽管多属精神恋，且程度各异，也怪不得人们惊奇之余，要用"情僧"，甚至"风流和尚"这样的话来形容他了。苏曼殊确实是一个情种，但由于宗教信仰和要倾力从事革命事业等方面的原因，使他又压抑着自己的情爱冲动，迫使其转化或升华为一种精神恋，并结晶为精神的产品——小说及诗文。

就小说方面说，曼殊可谓大手笔，被研究者称有"雪芹之风"，如他的名篇《断鸿零雁记》，在一些地方便颇具红楼笔意，仿佛又是一部《情僧录》（常枫《苏曼殊与〈红楼梦〉》）。这部作品作于1912年，人们称此作是曼殊的"自传小说"。这种说法即使不完全准确，但也基本上是合乎实际的，曼殊在其他小说中，如《绛纱记》、《焚剑记》、《碎簪记》、《非

梦记》等等，也都是写青年男女恋爱悲剧的，其中均投入了自己丰富的情爱体验，尤其是对真挚的男女情爱总要受到当时封建社会的摧残这一点，感触极深，故而他笔下的爱情，莫不是以悲剧结束的。这对于中国古代小说崇尚"大团圆"结局的写法来说，显然更合乎历史的真实。

苏曼殊笔下的女子几乎无不娟好多情，并且都为进入小说中的"余"（我）所真诚地喜爱着。读《断鸿零雁记》便会获得这样的强烈印象：小说中的这位"三郎"太像贾宝玉了，他对女子的态度是那样体贴、尊重，同时他也获得了女子的青睐。几乎所有的多情女都盼着有个多情郎。从苏曼殊的小说中、诗歌中（如《燕子龛诗》），可以很明显地看到苏曼殊自己的影子，而这影子又与宝玉这位"情种"叠合起来，甚至让人感到受戒后的曼殊竟比未受戒的宝玉更易于动情；同时也更痛苦。

苏曼殊固然是个"情僧"，但他更是个革命者，一个充满激情的"反清"的革命者。

1903 年，苏曼殊所译的嚣俄《惨社会》（即雨果《悲惨世界》）在上海的一家报纸上连载，第一次向国人介绍了雨果的作品。次年由上海镜今书局出版了十四回单行本，书名为《惨世界》。其中，曼殊将《悲惨世界》中的主人公冉阿让改译为"金华贱"，已是别有寄托了。更有意味的是，在作品第七回就开始讲述了另一个与原著不同的故事——他悄悄地开始引导读者走上仇满反满的革命道路。在这个故事中出现了一个雨果原著中没有的重要人物，他姓"明"名"白"，字为"男德"（寓意"难得明白"）。男德是个同情劳苦人民、行侠仗义的民间英雄。一天，他从报上看到一个安分守己的穷工人，为了全家人几天未吃饭、饥饿难忍的缘故，情急之中偷了一块面包，结果被抓住送到了官衙，定了夜入人家窃盗的罪名，关了起来。男德看毕报纸，愤愤不平，心想："那金华贱只因家里没有饭吃，是不得已的事情。你看那班财主，一个个的只知道臭铜钱，哪里还晓得世界上工人的那般辛苦？要说起那班狗官，我也更不屑说他了。怎么因为这样小小的事情，就定他监禁的罪名呢？"由此他还想到"惨社会"里普遍存在的贫富不均的种种不公平的事情，愈想愈气，拍案而起，决心设法将金华贱从狱中救出。于是他一个人离开了家门，一路上要饭前行，辗转打听，费时近一年，才找到了金华贱坐牢的地方，又经过许多周折，冒着生命危险，终于将金华贱从监狱中救了出来。

救了金华贱，男德在官府眼中便成了罪人。但男德毫不畏惧，决心继续与恶吏狗官进行斗争。就在他救出金华贱返回的路上，他又从一位老妇人那里听到了满周苟（谐音"满洲狗"）欺压老百姓的诸多事情。听毕，顿时又按捺不住，马上对老妇人说道："大娘，我男德定要替你出了这口恶气，才得过去。"于是他便着手计划怎样巧妙地接近满周苟，以便趁机杀掉这个强抢豪夺、作恶多端的家伙。在这一惩罚恶人的并不顺利的过程中，男德却比较顺利地解救了一位沦为暗娼的不幸的姑娘。她叫孔美丽，有着不幸的身世。男德非常同情和理解这位沦落风尘的美人，并和她甘苦与共、危难互助，较快地产生了热烈的恋情。这样就不可避免地使他陷入了一种深深的矛盾之中：是冒险继续执行惩治恶官酷吏的计划呢，还是中止这一计划与心爱的美人携手陶醉在温柔乡之中呢？男德毕竟是"难得"的英雄，伸张正义的使命感使他还是义无反顾地走上了"犯罪"的道路。他为了达到目的，来到了满周苟所在的非弱士村，化名为项仁杰，在一家杂货店里打工，借此掩护自己，并伺机实施杀掉满周苟这个非弱士村的恶霸的计划。果然，功夫不负苦心人，天赐良机，男德在一个夜晚用杂货店的大柴刀劈杀了恶贯满盈的满周苟。"案发"后，官府通令各地，悬赏银元五万用来缉拿凶手。为了不牵连他人，包括自己心爱的孔美丽，男德毅然离开了凶险之地，独自潜往尚海（谐音"上海"）。临行前，他向杂货店老板陈述了实情，并托好心的杂货店老板照料孔美丽，设法为她找个好婆家。

到了尚海后，男德参加了革命党会堂，自觉地追求民主共和的政治理想。他心坚似铁、视死如归，到一些城市去积极活动，发展组织，宣传革命，由一个侠客式的英雄逐渐成长为一个老练的革命战士。后来，当他得知他的恋人为他殉情时，痛苦地流下了许多热泪，却并不因此而消沉下去；当他得知曾经掩护他的杂货店老板被官府杀害时，他也竭力控制住自己的愤怒和马上就要报仇的冲动，反过来劝说杂货店老板的儿子："杀父冤仇，原不可不报。但自我看起来，你既然能舍一命为父报仇，不如索性大起义兵，将这班满朝文武，拣那黑心肝的，杀个干净；那不但报了私仇，而且替这全国的人，消了许多不平的冤恨。你道这不是一举而两得么？"男德对革命有了较深的理解，在行动上也便有了坚决的选择。后来，他参与了行刺推行君主专制的暴君的计划，他担当了最危险的角色——引爆炸药的刺客。他在暴君前往戏园观剧的途中引爆了炸药，但因为暴君所坐的御车迟到了几步，未能将暴君炸死。行刺既未成功，危难中为了不牵连别人，男德自杀，用生命谱写了一曲革命之歌，成了近代意义上的"荆轲"：

> 易水萧萧人去也，
>
> 一天明月白如霜。

苏曼殊在翻译雨果《悲惨世界》时的这种"借题发挥"，已属于别出机杼、另行创造了。曼殊这个情僧，是一个悲剧性的情僧，三十四岁便凄凉地病逝了——他最终是色也空，佛也空，只有诗未空！

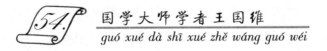

54. 国学大师学者王国维
guó xué dà shī xué zhě wáng guó wéi

在近代史上，有位学贯中西、享誉海内外的、人称国学大师的学者，他，就是王国维。

王国维（1877—1927年），字静安，又字伯隅，号观堂、永观。出生在浙江海宁一个兼营商业的地主家庭。从小刻苦好学，无书不读。光绪八年（1892年）十六岁中秀才，次年进杭州崇文书院，因为不喜八股文，两次参加乡试，都名落孙山。光绪十年（1894年）的中日甲午战争，给他思想上很大的刺激。从此，有意于新学，开始寻求救国救民的真理，陆续接触到西方一些文化典籍与文化思想。光绪二十四年（1898年）北游至上海，担任维新派机关刊物《时务报》的书记、校雠的工作，业余又入罗振玉（1866—1940年）创办的东文学社学习日语，曾作扇头诗，有"天下壮观君知否，黑海西头望大秦"之句，表现出他的放眼世界、纳百海为一己的豪放性格，因此也受到罗振玉的赏识。"百日维新"失败后，《时务报》被清政府查封。他接受罗振玉的聘请，担任东文学社庶务，克勤克俭，任劳任怨。这时，他仍充分利用这一有利时机和便利条件，多方武装自己，继续学习数学、物理、化学、哲学和英语，锲而不舍。光绪二十七年（1901年），他受到罗振玉的资助赴日本东京

王国维，一个盖棺后尚有争议的人物。

物理学校留学，接触了较多的西方哲学与自然科学知识。第二年因病回国，出任南洋公学虹口分校执事。从此，他专心从事哲学研究。王国维特别喜欢德国近代哲学，对康德、叔本华和尼采的哲学论著更是如醉如痴，竭思殚虑。

光绪三十二年（1906年）春夏之际，王国维随罗振玉入京，次年（1907年）经罗振玉引荐受命在学部总务司行走，后充任京师图书馆编译局编译，名辞馆协调。他利用这一有利时机，开始从事中国古典词曲的研究。从光绪三十四年（1908年）到中华民国元年（1912年）的五年时间里，他竟完成了十部在中国艺术史上甚至也在世界艺术史上都有着深刻影响的学术论著。

如此旺盛的精力，勤奋的治学，开拓的精神，实在令人敬仰之极。《宋元戏曲考》不仅是王国维戏曲研究的划时代的著作，推翻了长期以来

正统文人对戏曲的偏见，从文学以至美学的角度，给宋元戏曲文学以崇高的评价，填补了艺术史研究的空白，而且戏曲被写进中国文学史，也从此开始。其中严谨的治学态度，科学的精神，融合中西、贯通古今、独辟蹊径的治学方法，都是震古烁今的。

国学大师王国维的《宋元戏曲史》，是中国戏曲史研究的开山之作，也是我国古代戏曲理论史上的一部里程碑式的论著，有着不朽的光辉。《宋元戏曲史》原名《宋元戏曲考》，完成于中华民国元年（1912年），是王国维多年从事中国戏曲史的心血结晶。

王国维的《人间词话》，堪称我国诗话、词话中一颗晶莹剔透的珠玉，近百年来一直为人们所器重、赞叹。《人间词话》最初发表在《国粹学报》的四十七至五十期上，共六十四则。他去世后，他的学生赵万里又将其未发表的一部分四十八则刊于《小说月报》第十九卷三号（1927年）上。1960年，人民文学出版社出版了徐调孚校注本，又增辑了一些零星的词话二十九则，成为目前最完备的版本。其写作时间是光绪三十四年（1908年）。

《人间词话》最引人注目的，是以"境界"作为自己审美批评的理论基础。"境界"一词虽然并不是王国维的首创，但是他却在前人基础上，有着创造性的发挥，从而形成了一个完整的、有独创性的文学批评与创作的理论体系。王国维《红楼梦评论》是近代热闹的"红学"中一篇横空出世的杰作。一、它改变了长期以来评红中那种随笔式的评点和索隐式的附会，第一次把《红楼梦》研究提升到艺术哲学的高度去作系统的研究。二、在具体形式上也突破了传统评点的支离破碎，而成为一部《红楼梦》研究的专著、专论。三、以美学范畴的悲剧观念来评论《红楼梦》。四、按照叔本华的观点，创建了中国近代艺术哲学。

《红楼梦评论》对当时《红楼梦》研究中的"索隐"和"影射"与种种猜测的批评，也有不少值得肯定的地方。

总的来说，这篇独树一帜的《红楼梦评论》，尽管还存在着时人与后人不能同意的地方，但它首先把西方美学引入中国古典文学的评论中，并建立了自己完整的理论体系和严谨的思辨逻辑框架，具有一种开拓精神；他的悲剧论在中国文学批评方法的拓新上，也是应该给以充分肯定的。

1927年6月2日中午，一个瘦骨嶙峋的中年男子，戴着一副眼镜，从颐和园门口走到排云殿前的鱼藻轩，面对浩荡的昆明湖，口里衔着一支燃着的卷烟，兀立沉思，接着他突然自沉湖中。不远处，一位正在打扫湖滨道路的清洁工（当时叫清道夫）见他投水，随即跳入水中抢救，不到一分钟的时间，就把投水人救上了岸，谁知人已断气。他是谁？原来，他就是当时大名鼎鼎的清华大学研究院教授、一代国学大师王国维。

王国维到底是为什么自沉于昆明湖呢？史学界历来众说纷纭。

第一种说法是出于"忠君"、"殉清"。

第二种说法是王国维自以为中华传统文化的总崩溃已经降临，惧怕"革命"而死。

第三种说法是王国维为保持"人格不受侮辱"。

第四种说法认为王国维是罗振玉逼迫致死的。郭沫若和溥仪力主此说。但他们所罗列的事实，实在经不起驳诘。

第五种说法是萧艾在《王国维评传》中分析的：王国维之死的根本原因是叔本华的悲观主义的人生观和疾病的痛苦以及时局对王国维的影响。

王国维的死毫无疑问是一个大悲剧。千百年来封建专制统治下的中国知识分子的前途选择，基本有两条：一个是谋"要津"，做大官；再一个是永"直节"，做学问。王国维即属于后者。在这个意义上，他的死，又是一个有"直节"、有学问的中国知识分子的悲剧；其所以被后人同情和敬重的，也许正在于此。

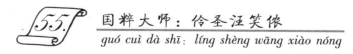

55. 国粹大师：伶圣汪笑侬

guó cuì dà shī: líng shèng wāng xiào nóng

宣统年间（1909—1911年），辽宁滨海城市大连市的一个戏院里，人山人海，水泄不通。人们仰头翘首，急切地盼着戏的开场。台上开场锣鼓

一响，台下满座皆静。这天演的是京剧《哭祖庙》。当演员唱到"国破家亡，死了干净"八个字时，全场又掌声雷动。这掌声几乎也搅动了整个渤海与黄海，波浪滚滚，震天动地。这就是京剧演员，人称"伶圣"的汪笑侬演《哭祖庙》后的效果。

汪笑侬（1858—1918年），本名德克金。出生在北京的一个满族旗人家庭，幼年曾入八旗学校。二十一岁（1879年）中举人。父母亲都希望他能走科举的道路，光宗耀祖。他却生性放荡，不屑于走仕途经济之路，公开宣扬自己的人生哲学，每日出入戏园、茶馆，流连忘返在当时名气很大的三庆徽班，与许多伶人交朋友，学演戏，还学诗作画写唱本，几乎把自己所学的汉族的文化知识，都用在这一方面。好心的朋友劝他改弦更张，读书上进，他总是笑着回答他们："我不愿作书卷中的蠹虫。"笑傲王侯，诗酒自娱；行侠仗义，不拘形迹，有钱就周济周围的穷朋友，有时和他们结为至交。他亲眼看到当时朝廷的腐败无能，社会的积贫动乱，想借酒浇愁，谁知借酒浇愁愁更愁，大醉后，破口骂街，一吐自己胸中积郁。

做父母的都盼子成龙，他父母发现他根本不把科举放在心上，就出巨资给他捐了一个县官。汪笑侬也迫于无奈，听从父母的劝告，到河南省大康县去做知县。可是狂狷成性的汪笑侬，仍经常出入酒馆乐楼，同亲随、幕僚们高歌唱和，引起当地豪绅的不满。也就在这一时期，他实在看不惯当地豪绅的横行乡里、肆虐无惮，就开堂审处了其中一个罪大恶极的。这样竟引起他们的公愤，联名上书河南巡抚，结果强龙难压地头蛇，他被削职，回到北京。亲朋叹息，他却立马扬鞭，潇洒地对他们说："幸能摆脱桎梏，现在，我可又逍遥自在了！"从此，汪笑侬就一个心思地去票戏，混迹在京剧行中，人称"伶隐"。宣统年间，他在山东济南富贵园与刘永春的散华园唱对台戏，两个人同时唱《捉放曹》时，刘永春为了压倒他，扮曹操出场时，就把原唱词中的"八月中秋桂花香"改为"八月中秋桂花开"，扮陈官的汪笑侬，一听这一改，给自己的下一句造成很大的困难，因为"香"韵的接应句是"行人路上马蹄忙"。他也知道这是刘永春在给自己出难题，使绊子，就灵机一动，改原唱词为："弃官抛印随他来。"赢得满场喝彩。熟悉剧情和唱腔的观众，都连声称赞他思路敏捷，应对无懈可击。

此后的二十年间，汪笑侬在北京专心致志地从事京剧艺术，从舞台表演艺术上的唱、做、念、打、舞，到戏曲文学上的编剧、创作，以至理论研究，都有一些成绩，成为当时京剧界的名流。

光绪年间，北京京剧界最享盛名的须生，是孙菊仙、汪桂芬和谭鑫培，人称"新三鼎甲"，与前期的老三鼎甲程长庚、余三胜和张二奎齐名。谭鑫培（1847—1917年），时人共称为"伶界大王"，在京剧老生这一行艺术成就极高，他的唱腔悠扬婉转，世称"谭派"，一时风靡京师。他的艺名为"叫天"，当时有"家国兴亡谁管得，满城争说叫天儿"的谚语。他也十分自负，目中无人。当汪笑侬从外地回京时，谭鑫培竟破例欢迎他，还特别置酒为他洗尘。酒席间，谭鑫培意味深长地对他说：

> 菊仙气质甚粗，予亦日趋老境，来日之盟主，实让于使君。
> 使君之学问，为吾辈所不及。咬字之切，吐音之真，亦为吾所不及。

——《京剧二百年之历史》

也就在这一时期，他去拜谒新三鼎甲之一的汪桂芬，希望得到这位得传程长庚沉痛悲壮风格的汪派创始人的提携和教诲。谁知当他谈到自己的打算后，汪桂芬不仅不表示赞同，还轻蔑地笑着说："谈何容易。"这时，虚心学习京剧，并希望在京剧艺术上有所建树的汪笑侬，不觉脸发红，心意灰，受到了极大的刺激。他从汪家回去后，更加奋发图强，多方学习，苦心钻研，决心实现自己的意愿，从此改名"汪笑侬"，常用此自勉、自警、自策。结果，终于成为一代名伶，时称"伶圣"，与新三鼎甲中的孙菊仙齐名共称。

作为一代京剧表演艺术家的汪笑侬是个全才。他的唱腔，不仅能放，而且能蕴蓄，遇有细腻的感情，也能运用迂回曲折的腔调，巧妙地表达出来。苍老遒劲的风格，最适合于慷慨悲歌。《张松献图》、《马前泼水》、

《哭祖庙》、《受禅台》，都是他拿手名作。《哭祖庙》接连七段八十多句的反二黄，能一气呵成；吐字咬字真准，行腔抑扬吞吐，重视韵趣，收句落音也能放，前细后重，如"炸弹"；做工表情以细致逼真、结合剧情著称。这都和他的漂泊四方、虚心向各地艺人名流学习有着不可分割的关系。周信芳称他"内工、外工，均臻绝顶"。

艰苦丰富的京剧艺术实践，为他在戏曲文学创作上积累了十分可贵而难得的经验，进而成就了他在京剧剧本创作上的伟大业绩。

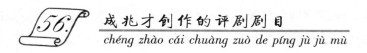

56. 成兆才创作的评剧剧目
chéng zhào cái chuàng zuò de píng jù jù mù

20世纪初叶，在地方戏曲阵营中，涌现出一大批由民间说唱艺术发展而成的地方戏曲剧种，为璀璨夺目的中国戏曲百花园里增添了异彩，浓郁、清新的地方特色与生活气息，使人们更加悦目、陶醉。河北省的评剧，就是这百花园中的一支奇葩。

评剧是在当地民间说唱艺术的基础上发展成长起来的。

在河北省东部的滦县、迁安、玉田、三河及宝坻一带农村，民间普遍流传着一种名叫"莲花落"的说唱艺术和"蹦蹦"的歌舞。这种"莲花落"使用的主要乐器，是用绳子穿连在一起的七块竹板，名字叫莲花落，人物是一男丑和一女丑，边打竹板边唱。很多人借此谋生。清末已经分角色坐唱，角色也增加到六人。经常演唱的节目有《王二姐思夫》、《杨二舍化缘》、《王二小赶脚》、《王大娘锯大缸》等；蹦蹦原来是一种流行在辽东一带农村的小型歌舞，一丑一旦，也使用莲花落作伴奏，自打自唱，且唱且舞，能演唱《大西厢》、《蓝桥会》、《打登州》、《双锁山》等节目。后来由艺人带到冀东一带。由于二省所用乐器和音乐基本相同，很快为当地艺人接受。宣统年间，蹦蹦戏班社进入唐山茶社演出，为了吸引听众，艺人成兆才等在原有基础上作了一些改进，如改原第三人称的说唱为第一人称的演唱，改原单一的唱腔为分角色行当使用的唱腔，借鉴并采用了河北梆子的乐器伴奏，取名"平腔梆子戏"。同时他们也创作了一些反映现实生活的新剧目，推动了这一艺术的发展。在这一推动从蹦蹦戏发展成评剧的进程中，作出很大贡献的是著名艺人和剧作家成兆才。

成兆才（1874—1929年），字捷三，一字洁三，艺名东来顺，河北省滦县人。出身于贫苦农民家庭，十八岁时从莲花落艺人金开福学艺，初学旦角，后演老生、老旦、丑等角色，吹拉弹唱，无所不能，曾辗转流浪演出在冀东很多县，并赖以谋生。由于他酷爱艺术，又刻苦好学，不断提高演唱技艺，到光绪末年，已经成为冀东一带小有名气的莲花落职业艺人。这时他与金菊花、孙凤鸣、孙凤岗等艺人一起成立了蹦蹦戏小社班，活动在冀东一带农村，并不断吸收其他姊妹艺术的营养，进行了不少改进，为蹦蹦戏的由地摊子搬上舞台，做了许多有益的准备。宣统二年（1909年），他又与著名艺人月明珠、余钰波、姚及盛等在唐山组建莲花落班社，取名庆春班（后改名警世社），借鉴梆子腔、京剧等一些大型戏曲的唱腔、表演程式、角色行当、音乐伴奏的艺术经验，对莲花落进行了全面的改造，使之适应城市舞台的演出，将原先第三人称的说唱故事改为由演员分角色扮演剧中人物的代言体演唱；以蹦蹦音乐为基础吸收冀东民间说唱音乐，创造了适于行当使用的唱腔音乐；在文武场面的乐器伴奏上，大胆地全部采用河北梆子的成果，改莲花落为"平腔梆子戏"，成为最早的评剧艺术。辛亥革命后，他在当时戏曲改良的风潮中，紧跟形势，改编、移植、创作了许多反映现实生活的新戏，使这一新剧种能够适应时代，在广大人民群众中站稳脚跟。他也成为评剧发展史上的一大功臣。

作为一个有成就的剧作家，成兆才一生编创的剧本达百余种。大体上可以分三种类型。一类是根据传统莲花落旧本加以整理改编的剧目。如《马寡妇开店》、《高成借嫂》、《王二姐思夫》、《刘翠屏哭井》、《六月雪》、《王定保借当》、《张彦赶船》、《井台会》等，人物形象鲜明，语言生动，生活气息浓厚，有着浓郁的冀东地方色彩。另一类是根据《今古奇观》、《聊斋志异》等改编的剧目。如《杜十娘》、《占花魁》、《珍珠衫》、《花为媒》、《王少安赶船》、《夜审周子琴》、《因果美报》等，描写男女爱情，直截了当，明朗痛快，形象鲜明。再一类是创作剧目，有《杨三姐告状》、《枪毙阎瑞生》、《安重根刺伊滕博文》等，表现出作者的反映现实生活的激情，有着强烈的时代特色。

在如此众多的剧本中，《花为媒》与《杨三姐告状》，影响较大，也成为成兆才的评剧代表作。

《花为媒》又名《张五可》、《张王巧配》，是根据蒲松龄《聊斋志异·寄生》改编而成。写王少安在父亲寿诞日与表姐李月娥相见，互相爱慕。不久，少安遣媒向月娥求婚，遭到月娥父亲的反对。后少安又经阮妈介绍认识少女张五可。五可一见钟情，愿嫁少安为妻，可是，少安此时仍不忘情于表姐月娥，不愿成婚。五可听到这一消息后，愤愤不平，认为少安轻视自己，就同阮妈设计引诱少安到花园幽会。当少安在花园里见到五可时，发现五可姿艳色美，倾心之极，就以园中之花做媒人，订了百年之好。这一消息传到月娥耳中后，又引发出月娥的一场相思病。后来，月娥又和母亲商量，在少安与五可成亲之日提前赶赴少安洞房，二人成婚。待五可嫁时，发现此中情况，引起双方纠纷。最后少安遂娶二女为妻。全剧诙谐、泼辣，生活气息浓厚，人物形象丰满，主张婚姻自由的思想也相当鲜明。

《杨三姐告状》是根据当时滦县发生的一宗真实案件创作的现实剧。写中华民国初年，滦县地主高占英吃喝嫖赌无所不为，把自己的妻子杨二姐害死。他也自知有罪，就千方百计用钱贿赂官府，最后买通帮审牛诚，草草了结。二姐的妹妹杨三姐，知道此中冤情，就上县、州、府告状，为姐姐申冤，但都因为高家的贿赂与官府的贪赃枉法，未能为其申冤。但她矢志不改，层层上告，最后才打赢官司，为杨二姐申了冤。剧本揭露了地主的残酷、官府的黑暗，歌颂了杨三姐不畏强暴、勇于斗争的精神。此剧也成为评剧久演不衰的剧目。

57. 曲学泰斗吴梅
qū xué tài dǒu wú méi

吴梅（1884—1939 年），字瞿安，江苏人。他对中国戏曲、尤其是中国古典戏曲，不仅在理论研究方面有着极高的造诣，而且在具体实践方面，也有着他人无法企及的成就。理论研究与艺术实践二者的不动声色的结合，使他成为近现代中国戏曲学的泰斗。正是这一曲学泰斗，最先把中国戏曲作为一门学科，搬进高等学校的课堂，开出了一系列的课程，"导夫先路"。

吴梅是 1917 年 9 月应北京大学的聘请，开始在高等学校讲授曲学的。这一年，他才三十四岁。

北京的秋天，天高气爽。吴梅带了几本书，拿着一把竹笛走进教室，开始了近代史上第一堂曲学课程。这就是《曲学通论》。在当时，一般学生都特别重视经、史而轻视词曲，还认为词曲是小道，研究它是不识时务。因此，有的学生笑他，有的窃窃私语，议论他。但是吴梅仍然像他当年从事词曲研究那样满怀信心。在讲授南北曲的十七宫调时，他一边讲，一边用笛子吹奏，课堂气氛活跃，学生兴趣也越来越浓。不少学生还到他的住处去登门求教。许之衡等人还把他的讲课内容及平日提问答疑，一一记录下来，成为自己继吴梅之后在北京大学继续教曲学的重要经验。吴梅教学认真，诲人不倦，从不迟到早退，而且经常亲自指导学生读曲、度曲、演唱，有时也和学生一起排演昆曲剧目。从而招引得北京一些戏曲艺人也向他求教，拜他为师。韩世昌、梅兰芳、鲜灵芝等都曾跟他学习昆曲。他的《日记》中就写道："京师自乱弹盛行，昆调已成绝响。吾丁巳寓京，仅天乐园有高阳班，尚奏演南北曲，其旦名韩世昌，曾就余授曲几支也。"又说："韩伶世昌来，为余北京时拜门弟子。"他的《拟西施辞越歌》也记载了这方面的事。当时女伶鲜灵芝（秦腔青衣艺人丁灵芝的妻子）演昆曲《浣纱记》时，找不到《西施辞越》一出的曲谱小词，就去找吴梅。吴梅随即给她谱了全折五支曲子。这就是〔绣带儿〕、〔引驾引〕、〔怨别离〕、〔痴冤家〕、〔满园春〕五调和词。后来，他集为《绣驾别家园》，其辞也就是前面说的《拟西施辞越歌》。接着又为梅兰芳订正、教习《四声猿·雌木兰》一剧中的尾声，指导全剧的演出。有时，课余还为一些昆曲演员操鼓板，指挥场面。他在北大讲课期间，就为一艺人讲授《博望观星》操鼓板规范曲律、技法，"一时听者，皆为神往"（卢前《奢靡他室逸话》）从政的彭城徐树铮，十分喜好词曲，政余作诗填词度曲，听说吴梅在北京大学讲授曲学，经人引荐，一有作品，就去向他求教，后来也作为学生来听课，从而对他产生了敬仰之情。1921 年 2 月，徐树铮拜西北筹边使，礼聘他为秘书长。他作〔鹧鸪天〕词巧妙地回绝了。词说：

> 辛苦蜗牛占一庐，倚檐妨帽足轩渠。依然浊酒供狂逸，那有
> 名花奉起居？三尺剑，万言书，近来弹铗出无车。西园雅集南皮
> 会，懒向王门再曳裾。

充分表现了"贫贱不能移"的书生本色。也就在这一时期，他的讲稿《词余讲义》（又名《曲学通论》）由北京大学出版。

此后，吴梅受南京东南大学、金陵大学、中央大学之聘，先后任这些学校的教授，主讲曲学。课余著书立说，先后出版的曲学论著有：《顾曲尘谈》、《中国戏曲概论》、《元剧研究》、《南北词谱》、《奢靡他室曲话》等十余种，编选校刻中国古代杂剧、传奇《奢靡他室曲丛》（两集）、《古今名剧选》和《曲选》等等。

吴梅自幼喜爱词曲，他的故乡又是昆曲的发源地，因此，他对曲学贡献出自己毕生的精力。《顾曲尘谈》（1914 年）是他最早的一部曲学论著，是有感于戏曲界"独于填词之道，则缺焉不论，遂使千古才人，欲求一成法而不可得"的情况下，挥毫撰著的，目的是在于"使人知道有规矩准绳，不可为诵读而谈"。在书中，他重在以个人填词、作曲的体会、经验，结合古人曲目写作的成败得失，讲述了制曲填词的基本规律及方法，如定宫、择曲、联套、字格、用韵等，度人金针。在《论作剧法》一节中，他

谈到自己的戏剧观，说："剧之作用，本在规正风俗"，泄导人情以补救社会。并指出剧之妙，是在真、风趣和美。说："真所以补风化，风趣所以动观听，而其唯一之宗旨，则尤在'美'之一字。"《中国戏曲概论》（1926 年）是一部关于中国戏曲史、论相结合的论著，三卷十三节，对元明清三代戏曲的发展，作了概括的评述。《南北词谱》是吴梅致力于戏曲声韵与格律的代表作。他用归纳法为每一曲牌选定一个标准模式，并说明它的作法、声韵、格律特色和应注意的事项，是对《曲学通论》的系统化与完善；还有《霜崖曲录》、《霜崖词录》和《霜崖诗录》等。这使他成为一代曲学泰斗。

　　吴梅的戏曲创作共有十二种。十四岁时（1897 年）写有《风洞山》传奇，二十四出。写南明末年民族英雄瞿式耜抗清殉国的故事。光绪三十年（1904 年）定稿。当时帝国主义列强侵略中国，清政府腐败无能，国家危在旦夕。作者以长歌当哭的情感与态度，抒发了强烈的民族感情，歌颂了瞿式耜的爱国气节。序中说："桥山弓剑，古洛衣冠，荒土一坏，夕阳千古，兴亡离合，余亦不知其所以然也。"用传奇这种戏曲形式表扬仁人志士抗清复明的民族气节，就是"寓至理于其中"。《苌虹血》与《斩亭秋》都是反映当时政治斗争、鼓吹变法和民主革命的现实剧。前者作于光绪二十五年（1899 年），写戊戌变法六君子惨遭杀害的事情，后者完成于光绪三十三年（1907 年），写秋瑾的革命故事。两剧共同表现出作者高昂的革命热情，积极参与革命斗争的伟大实践。在此基础上，也才有他后来的加入"南社"之举。晚年作有《湘真阁》、《无价室》、《惆怅爨》，合称《霜崖三剧》。虽然都是写前人的风流韵事，但却也"非独宗艳情，亦且叹故国丧乱之状，虽谓之逸史可也"。在文采、音律上更是他人无法企及的。

　　在近代曲学极其衰微的情况下，吴梅毕其一生的精力从文学、音乐、戏曲方面研究曲学，并从理论上、创作上和教学上"为学子导先路"，被海内外一致推为曲学大师。有如唐圭璋《回忆吴瞿安先生》所说："集三百年来研究曲学的大成，开近代研究曲学的风气，先生的功绩是永不磨灭的。"

58. 《孽海花》的原型赛金花
niè hǎi huā de yuán xíng sài jǐn huā

赛金花确有其人。她原名傅彩云，江苏盐城人。大约生于清同治十一年（1873年）。幼年曾随父居住在苏州。由于家计的艰难，就把她卖给妓院做雏妓。从此，她就以卖笑为生。由于她姿色出众，又会逢迎、满足嫖客的淫乐，很快地就成为苏州名妓。光绪十一年（1884年）她十三岁时，被回乡丁忧的状元洪钧看中，光绪十三年（1886年）被纳为小妾，时年十五岁。光绪十四年（1888年）洪钧被任命为出使俄、德、奥、荷四国公使，她作为夫人随洪出国。光绪十八年（1892年）又随洪钧回国。光绪十九年（1893年）洪钧死后，在迎洪棺柩南返苏州途中，潜入上海挂牌为妓，改名曹梦兰。苏州绅士陆润庠等认为她的行为有损苏州人的面子，逼她离开上海。她便又北上到了天津，改名赛金花，重操旧业，还当起妓院的老鸨来。光绪二十六年（1900年），八国联军攻陷北京时，她在北京石头胡同开了妓院，与很多外国人都有接触，还给他们提供色情服务，用她自己的话说，

赛金花像

就是"我又替他们找了二十几个良家妇女。……这样联军的食色问题，我都替他们解决了"。她还曾女扮男装潜入清宫廷游玩，一时人称"赛二爷"。光绪二十九年（1903年）因在妓院虐杀一个她从人贩子手中买来强

逼为娼的姑娘，被下刑部大狱。刑部发至苏州，交由长洲、元和、吴县三堂会审，她花了很多钱买通上下，案子得以不了了之。出狱后又回上海开妓院。晚年生活潦倒，1936 年病死于北京。

曾朴的长篇小说《孽海花》，所写傅彩云即赛金花，是在真人基础上重新虚构的一个人物。她与金雯青的婚姻是小说的骨干和线索，有如小说的发起者金天翮所说："以赛为骨。"作者曾朴所说："以赛金花为经，以清末三十年朝野轶事为纬"，"尽量容纳近三十年来的历史，避去正面，专把些有趣的琐闻逸事来烘托出大事的背景。"这样，金、赛就成了贯串整个小说故事的人物，也就是说，小说作者是在以他们的故事为线索而串联起那三十年风云激荡的历史；作品的思想价值，也是通过他们去体现的。曾朴在《修改后要说的几句话》里，曾针对小说以赛金花为线索结构全书谈道：

> 譬如穿珠，《儒林外史》等是直穿的，拿着一根线，穿一颗算一颗，一直穿到底，是一根珠练；我是盘曲回旋着穿的，时收时放，东西交错，不离中心，是一朵珠花。譬如植物学里说的花序，《儒林外史》等是上升花序或下降花序，从头开去，谢了一朵，再开一朵，开到末一朵为止；我是伞形花序，从中心干部一层一层的推展出各种形象来，互相连结，开成一朵球一般的大花。

赛金花就是曾朴手中的一根蟠曲回旋着穿的线，是一个艺术形象，属结构性人物。

《孽海花》中金雯青与赛金花的故事，大略叙述金雯青中状元后回家乡苏州丁母忧，与名妓傅彩云相遇，不久纳为小妾，又携她出使俄、德、荷、奥四国，为大使夫人；四年后归国，金病死，傅彩云逃离金家，重操旧业，改名赛金花，成为上海、天津、北京三地的名妓。小说在他们身上花了不少笔墨，成为两个引人注意的艺术形象。作者写金雯青少年得志，又中了状元，还做过四国公使，学问与德行都俨然一国家栋梁，然而他却

是一个好色之徒，在他母亲热丧中，竟嫖娼纳妾，还把这个妓女作为公使夫人带到国外去，丢人现眼。就在乘海轮过程中，见轮上有一漂亮的俄国

《孽海花》书影

虚无党女子夏丽雅，他竟失魂丢魄，唆使会法术的人暗中玩弄她，不料中了圈套，被人家诈骗了一万马克。做使节时，又从叶里手中重价买了一份中俄交界图。这位多年研究历史地理，还著有《元史补证》专著的公使，以为可以从这张"宝图"上，"整理整理国界，叫外人不能占据我国的寸土尺地，也不枉皇上差我去洋一番。"谁知这张图竟叫俄国白白割据了我国帕米尔一带的七八百里江山。后来引起纠纷，被御史杨莘裳参了一本，郁郁而死。与金雯青比较来说，傅

彩云却是一个水性杨花、本性难改的活跃人物。她小小年纪就在妓院里练就出一副既温顺，又泼辣；既刚毅果断，又聪明伶俐；既苦于受人虐待，又善于虐待他人的脾性。用维多利亚皇后的话说，她不是一个"泥美人"，而是一个"放诞的美人"。她的美丽和善于耍手腕，使她能从一个雏妓升迁为状元侍妾和"公使夫人"；她的放诞与水性杨花，也使她不甘守寡，掩埋过丈夫后，立即就去上海做挂牌娼妓，以至同八国联军司令瓦德西睡觉，与阿福、孙三儿等通奸。她说"翻江倒海，只好凭我去干"，说穿了就是继续做妓女。一句话，傅彩云在作者笔下只是个水性杨花的荡妇，追求的是放荡的色欲纵情生活，有如蔡元培在《追悼曾孟朴先生》中说的，曾朴"所描写的傅彩云，除了美貌和色情狂而外，一点没有别的"。《孽海

花》写了她不少风流韵事，而以她与瓦德西的艳情最有传奇色彩。她在国外的一系列表演也使公使相形见绌。她的一曲《十八摸》，引得街上行人挤得使馆门口水泄不通，都来听中国公使夫人的雅调，连维多利亚皇后也想同中国这位第一美女合影留念。回国后，当她偷情的事被金雯青发现后，她竟先发制人，伶牙俐齿地把个状元说得面上红一回白一回。

《孽海花》正是围绕着这一主要线索，集中揭露了晚清三十年间官僚名士灵魂的卑劣、生活的腐朽，在国家民族垂危时期的种种丑恶表演，甚至把笔锋也指向封建最高统治者，表现出思想上的清醒与自觉。尽管这部小说自问世以来，出现过许多不同的评论，但它作为在当时以至今天仍被读者看重的长篇小说，却自有其不朽的价值。

壮士陈天华蹈海酬国

zhuàng shì chén tiān huá dǎo hǎi chóu guó

清晨是平静的，可是临近大都市东京的大海，却不时地掀起波涛，卷起巨浪，拍打着海岸，摇得天摇地动。岸上站着一个人，他先是瞭望辽阔无垠的大海，接着把头转向西边，背对着喷薄欲出的太阳，似乎还深深地向西边鞠了一躬，然后就义无反顾地纵身跳进骇浪惊涛中去。他是谁？又为什么投海自尽？他就是当时留学日本的中国留学生陈天华。时间是（光绪三十一年 1905 年）12 月 8 日。目的是为了抗议日本文部省颁布的"取缔清留韩日学生规则"。他是要以自己的以身殉国，来激励中国留日学生和广大人民群众振兴中华，挽救民族危亡。正如他在投海前写下的《绝命书》中说的那样：

> 若于今日死之，使诸君有所警动，去绝非行，共讲爱国，更卧薪尝胆，刻苦求学，徐以养成实力，乒兴国家，则中国或可以不忘，此鄙人今日之希望也。

陈天华这一愤然投海，在国内青年中引起了一场轩然大波，激起了他们爱国的热潮。光绪三十二年（1906年），灵柩运回湖南，各界人士万余哀声动地，为他送葬，学生们个个穿白色制服，手拿小白旗，一时岳麓山满山缟素。不久，《神州日报》主笔杨笃生也出于痛愤国事的不平，在英国利物浦蹈海自杀。日本的中国留学生，看过他的《绝笔书》后，群情更加激越，坚持斗争，不少人纷纷投入革命的行列。一直到1917年，周恩来东渡日本寻求革命真理，临行前还赋诗，用陈天华的蹈海殉国事勉励自己："大江歌罢掉头东，邃密群科济世穷；面壁十年图破壁，难酬蹈海亦英雄。"

陈天华（1875—1905年），原名显宿，字星台，号思黄、过庭。生于湖南新化县下乐村一个落第秀才的家庭，生活十分贫困，小时候曾放过牛，做过小买卖。到了十五岁，才进私塾念书。光绪二十二年（1896年），随父到新化县城，得到族人的帮助，入资江书院，不久，又考入新化求实学堂学习。受当时新学思潮的影响，立志澄清社会浑浊，光复汉族。

光绪二十九年（1903年）初，为了进一步寻求救国救民的真理，陈天华由新化求实学堂资送日本留学，入东京弘文学院师范科。当时正值俄国帝国主义疯狂侵略我国东北三省，其他帝国主义也日益企图瓜分中国之际，民族形势十分危急。陈天华悲愤极了，咬指写下血书，寄回国内许多学堂，唤起国内学生积极参加救亡运动。4月，他积极参加了在日本的中国留学生成立的拒俄义勇队，与黄兴等一起被推举为义军革命运动员。5月，又参加了黄兴等成立的国民教育会，在本部担任办事员。后来回到湖南，策动武装起义。

回国后，陈天华本着"作书报以警世"的思想，撰写了大量鼓吹革命的文章和书籍。他的《警世钟》用通俗的文字，细致地分析了自鸦片战争以来六十年间的形势，明确指出：帝国主义用武力打败清政府，签订一系列不平等条约，割地赔款，攫取权益，都是企图把中国变成他们的殖民地。在文章中，他沉痛地指出："日本占了台湾，俄国占了旅顺，英国占了威海卫，法国占了广州湾，德国占了胶州湾，把我们十八省都划在那各国的势力范围内"；他们还在中国到处行凶杀人，"中国的官府半句话也讲不得"；在租界上，帝国主义者更是残忍之极，"上海有一个外国公园，门首贴一张字道：'狗和华人不准入内'"；"中国人比禽兽也比不上"；他还陈述了外国侵略者肆无忌惮在中国招兵，施展"以中国人杀中国人的奸计"；在中国传教，如狼似虎，草菅人命；在中国办厂矿，愈推愈广，弄得中国民穷财尽，造成中国手工业的破产。作者面对这些残酷的现实，深情地疾呼："瓜分豆剖逼人来，同种沉沦创可哀，太息神州今去矣，劝君猛省莫徘徊。"呼吁各阶层各种职业的人们迅速觉醒，对帝国主义、清朝政府进行斗争，共同担负起救国的责任。全文两万余字，是近乎说唱的散文。

同年，陈天华还有弹词《猛回头》问世。在这篇分为四章的作品中，作者以激昂的爱国热情，用通俗的文字、唱词的形式，写出了民族的危机和亡国的沉痛。他列举了近代甲午战争、庚子之祸等丧权辱国的种种事实，告诉国民："怕只怕，做印度，广土不保；怕只怕，做安南，中兴无望；怕只怕，做波兰，飘零异域；怕只怕，做犹太，没有家乡；怕只怕，做非洲，永为牛马；怕只怕，做南洋，服事犬羊；怕只怕，做澳洲，要把种灭；怕只怕，做苗瑶，日见消亡。"每唱一"怕"，就用通俗浅显的文字，列举重要事实，告诉国民，亡国灭种的大祸，已迫在眉睫，令人"胆战心惶"。全体国民，都应该认真地吸取世界上许多国家、民族亡国灭种的经验与教训，振作起来，发愤图强，挽救民族于危亡之际。同时提出"十要"。第一要，除党见，同心同德；第二要，讲公德，条条有纲，……只有这样，才能"死里求活"。还明确告诫人们，应该向法兰西、德意志、美利坚、意大利等先进国家虚心学习，改革弊政，报复凶狂，离英自立，独自称王。还劝国民，绝不可学那张弘范、洪承畴、曾国藩、叶志超等汉奸的卖国求荣，事敌辱国。陈天华在《猛回头》中，用自己满腔的热情，多方比喻，苦口婆心地通过大量活生生的事实，向人们大声疾呼，号召全体国民反对帝国主义侵略，推翻清朝的反动统治，学习西方先进的思想与科学，建立民主共和制度。

八回本戏《狮子吼》，也写于这一年。陈天华在这篇作品中，为中国

国民设计了新时代的革命蓝图。在那里，一切都是群众做主，平等、博爱、自由。这显然就是作者理想的体现。

除上面三本书外，陈天华还写有很多宣传革命的文章，如《国民必读》、《中国革命史论》、《最近政见的评决》等。他把这种反帝爱国的革命宣传始终与自己的革命实践结合起来，身体力行，锲而不舍，在国内产生了极好的效果。杨源浚的《陈天华殉国记》说，上述著作的出版、发表，"三户之市，稍识字之人，无不喜朗诵之。湘中学堂，更聚资为之翻印，备作课本传习。"的确是这样，它们成为中国革命史上不可多得的唤醒国民迷梦、提倡独立精神、建立新中国的好教材。

光绪三十年（1904 年），陈天华在长沙又同黄兴、宋教仁等成立了华兴会，谋划武装起义，可惜，因事泄而失败，就又逃往日本。次年（1905年）八月同盟会在日本东京成立，他亲自参加会章的起草，参与了《革命方略》的拟定。兴中会的刊物《二十世纪之支那》改为《民报》，成为同盟会的机关刊物，他任编辑和撰稿，仍继续他的革命宣传工作。他的文章与行动，影响了一代人积极投身革命；他对革命所作出的杰出贡献，同他本人一样，永远载入中华民族的光辉史册。

60. 南社灵魂诗人柳亚子
nán shè líng hún shī rén liǔ yà zǐ

柳亚子先生的年轻时代，是和南社的命运紧紧地联系在一起的。晚清文学团体不止一个，以南社为最大，并且有组织、有宗旨、有机关刊物。尤其是政治性很强，以反抗满清统治为宗旨，体现出了南社这一文学团体的进步意义。柳亚子在《新南社成立布告》中直言不讳地说："它底名字叫南社，就是反对北庭的标志了。"

柳亚子（1887—1958 年），江苏吴江人。父亲柳钝斋、母亲费漱芳，学识渊博，柳亚子自小便秉承家学。他名慰高，字安如，读了西方名著《民约论》，改名人权，字亚卢，以亚洲的卢梭自居，亚子的取名，即从亚卢而来。柳亚子敬慕南宋词人辛弃疾的为人，又袭用弃疾为名，复号稼轩。

南社成立前的酝酿时期，柳亚子在结社的策划过程中成为南社意志的核心代表。在《磨剑室诗初集》中，有柳亚子在 1907 年的一首诗，诗中写道：

> 慷慨苏菲亚，艰难布鲁东。
>
> 佳人真绝世，余子亦英雄。
>
> 忧患平生事，文章悲慨中。
>
> 相逢拼一醉，莫放酒樽空。

这首诗可以说是未来南社意志的代表，也是在近代文学中爆发出的意志文学的第一朵火花。从这首诗看来，所谓结社之举，虽然没有说明结的是南社，却已有南社的影子了。南社所倡导的意志文学是跟着时代的意志而生长，要求改造社会、激昂慷慨地参加战斗的革命文学。而这种革命意志，在南社成立之前柳亚子就有了。这可以从柳亚子在南社前期的革命活动和诗文中看出来。

光绪二十九年（1903 年），柳亚子经陈去病介绍，加入中国教育会，这是个进步的教育团体。柳亚子以后又到上海进入爱国学社学习，并结交了蔡元培、章太炎、邹容等革命人士。当时，学社中"排满"的革命空气已经很浓。柳亚子曾在东京中国留学生创办的杂志《江苏》上发表文章说："革命二字，实世界上最爽快、最雄壮、最激烈、最名誉之一名词也，实天经地义国民所一日不可无之道德也，实布帛菽麦人类一日不可缺乏之生活也。"体现了柳亚子先生旺盛的革命意志。1906 年 2 月，柳亚子经高旭介绍加入同盟会；不久，又经蔡元培介绍，加入光复会，成为"双料的革命党"。柳亚子以《复报》为阵地，大力宣传"革命排满"意志。几年的文墨生涯使柳亚子结识了一批文化人，并以其充沛的热情和倜傥的文采，赢得了大家的信任。而且大家希望他建坛立帜，指挥诗界革命军，因为柳亚子已成为体现大家革命意志的核心人物了。

在南社的成立和发展时期，柳亚子不负众望，担当起了使南社"意志统一"的领袖。如果没有柳亚子，就不可能有南社的成功。

光绪三十三年（1907年）8月19日，陈去病、吴梅等在上海组织神交社。柳亚子是筹划者之一，但他没有与会，只在事后写了一篇《神交社雅集图记》，号召社员们继承明末几社、复社的传统。这年冬天，刘师培夫妇自日本回国，柳亚子邀约他们三人和陈去病、高旭等在上海酒楼小饮，商量成立南社。会后，积极筹办社刊，发展社员。1909年下半年，决定在苏州虎丘正式召开成立会议。

宣统元年（1909年）11月13日，柳亚子等一行十九人雇了一只画舫，从阿黛桥出发，一橹双桨，摇到虎丘。会址在明末抗清英雄张国维祠中，选举了社刊编辑人员和社务方面的职员，柳亚子被选任书记。柳亚子不但在诗歌创作方面深得社友敬佩，而且经营能力很强。通过柳亚子的努力，南社社务得到了发展。比如说刊印《南社丛刻》，本应由社员每人交纳社费来承担，但有些社友，未免沾些名士习气，把按时交费这样的琐事根本不放在心上。刊印《丛刻》，纸张印工，为数很多，这笔款项，大都由柳亚子垫付。南社有二十七年历史，柳亚子个人投入的资金达万元之巨，保证了南社事务的正常进行。当时柳亚子曾有这样一句话："没有柳亚子，就不会有南社。"有些社友却开着玩笑说："恐怕没有南社，也不会有柳亚子吧！"柳亚子的命运和南社的命运是紧密联系着的。

在南社内部的纠纷和斗争中，柳亚子仍扮演了核心灵魂的角色。1912年，南社举行第七次雅集，柳亚子提议再度修改条例，把编辑员三人制改成一人制。并且毛遂自荐，由自己来担任编辑员。应该说柳亚子是实事求是的，因为《南社丛刻》实际的编辑就是柳亚子。但这些率直的话立刻引起了高天梅（1877—1927年）的激烈反对。后来选举职员的结果仍是三头制。晚上大家聚餐时高天梅还对柳亚子冷嘲热讽，使柳亚子大受刺激，第二天就拟了永远脱离南社的声明，登在报上。柳亚子是南社的灵魂，失去了灵魂怎么办？社友都为了南社的命运着急。高天梅也觉得过了火，托人向柳亚子道歉。但柳亚子置之不理，情绪消极，在《丛刻》第七集校勘问世后，便把责任告卸。

选举出来的三位编辑员，既少掉了柳亚子，而另两位高吹万、王西神都不愿任职，成了僵局，南社事务无法进展。1913年举行第八次雅集时，姚石子以书记员的身份提出议案，说："维持南社，非请柳亚子重行入社不可。而要他重行入社，则非尊重他的主张，修改条例，把三头制改为一头制不可。"与会者都同意这个提议。姚石子以书记员的名义，请求柳亚子复社，却遭到柳亚子拒绝。第九次雅集后，姚石子写信向柳亚子探询，柳亚子认为南社还应进一步改制，采取全体社友投票选举产生主任一人，总揽社务。这个改革方案得到了社友的认同。柳亚子复社了，南社又注入了活力，柳亚子赶制丛刻，很短时期，连续出版了第九至第十二集，补了以往的脱集。

柳亚子还是新南社的发起人之一。南社后期内部的种种曲折和纠纷，致使柳亚子意志消沉了一个时期。新文化运动，使消沉的柳亚子顿时激奋起来。1923年5月，柳亚子邀请叶楚伧、胡朴安、余十眉、邵力子、陈望道、曹聚仁、陈德澄等为发起人，筹组新南社。10月14日，新南社在上海召开成立大会，柳亚子当选为社长。他在布告中宣称：

> 新南社的成立，是旧南社中一部分的旧朋友，和新文化运动中一部分的新朋友，联合起来，共同组织的。
> 新南社的精神，是鼓吹三民主义，提倡民众文学，而归结到社会主义的实行。对于妇女问题、劳动问题，更情愿加以忠实的研究。

柳亚子的这篇布告，反映了他文学观和社会政治思想上的巨大进步。从旧南社到新南社，柳亚子这个"南社的灵魂"升华了。

柳亚子之所以能成为南社的灵魂，源于其为南社的创立、发展和进步的牺牲精神，源于其高于南社其他成员的文学才华，源于其坦诚率真的性格，更源于其追求民族兴盛的社会政治思想。

"南社的发起人是高天梅、陈巢南、柳亚子三人。高天梅死了。陈巢

南死了。我柳亚子没有死，敬祝诸位一杯!"这是 1936 年 2 月 7 日南社纪念会第二次盛大的聚餐会时，柳亚子所吐出的悲壮热烈的言语。这句话简而有力，表明了他个人的意志和气概，同时也代表了南社的意志与气概。"柳亚子没有死!""南社没有死!"柳亚子和南社一起，建起了中国近代文学史上的一块丰碑。

61. 令人难忘的《新世说》
lìng rén nán wàng de xīn shì shuō

《新世说》是一本内容丰富活泼、趣味充盈隽永的好书，读之令人难忘。其如宝山，诱人神往，使人心醉。

该书作者易宗夔（1874—1925 年），字蔚儒，湖南湘潭人。光绪三十年（1904 年）赴日本留学，爱广交海内贤豪，因之和孙中山等近代史上的风云人物多有来往，耳闻目睹了大量的文学掌故、妙事趣事，辄笔记之，此后亦长期坚持，遂积少成多、集腋成裘，至民国初年已蔚然成帙，并得以刊行于世。易宗夔从东瀛返国后，曾任资政院议员、法典编纂会纂修，亦曾献身教育，在湖南及北京的中、高等学校任教。1913 年担任众议院议员、宪法起草委员；国会解散之后，返湖南经营实业，还曾参加文学团体——南社，与文化界也保持着密切的联系。由此看来，易氏的生平阅历堪称丰富，这为他的《新世说》的写作，提供了必要的生活基础。只有丰富的生活，方有丰富的文学，此言大抵不虚。

从文体上看，易氏的《新世说》并没有多少创新之处。它是仿照南朝刘义庆《世说新语》写下的一部作品，沿其例而分为德行、言语、政事、文学、方正、规箴、巧艺、轻诋、仇隙等三十六门，只是将原编三卷改成了八卷，形式上稍有变化而已。究其内容，则时移世变，所记纷纭人生不可避免地打上了新的时代烙印。身处两个世纪之交的易宗夔，对由近代趋向现代的新旧转换、弃旧图新的时代大势，显然是心领神会的，并努力参与时代的广阔生活，做一位相当忠实的时代的"书记官"，留心记下清代至民国初年许多知名人士的言行轶事，并附注有关人士的姓名爵里等相关材料，使读者能够更真切地了解当年这些知名人士。准确地说，当年出现在易氏笔下的各界知名人士中，有不少尚属其名不显、其事不彰之辈，《新世说》给予记载后，对其名其事的彰显倒起到了一定的作用。

《新世说》记人记事，简明生动。如记蔡锷（松坡）诸事即如此。《德行》门记载：

> 蔡松坡为云南都督，滇黔商民，感其德泽，酿金为公铸铜像。公计取其金，赈恤两省饥民，且婉谢之曰："君等铸我像，享受荣名在百年千年之后。若辈哀鸿，食此涓滴之赐，当可活命无算。彰人之功不若拯人之命也。"闻者贤之。

为了民众切实的生存需求，而放弃对"铜像"的企慕，蔡松坡为自己树起了更高大的形象。《新世说》还在《识鉴》门、《尤悔》门、《规箴》门、《伤逝》门，记载了蔡松坡生平的几个精彩片断：读书游学成伟器——计脱虎口举义兵——愤而电讽袁世凯——红粉知己悼蔡公。这几个精彩片断已可象征性地昭示了蔡锷辉煌而多彩的一生，意味隽永，读之确实让人难忘。值得注意的是，《新世说》对文艺圈的人和事格外青睐，记载详多，除了《文学》门、《巧艺》门等比较集中的记述之外，《言语》门、《品藻》门等亦时有涉及。

南朝刘义庆的《世说新语》，通常被视为古小说中的精品，不求立体地完整地叙事写人，而着意于借取人物的吉光片羽，显现人物的精神风貌，给读者留下了较多的想象余地或"有意味的空白"。滴水之中见太阳，这种艺术上的神奇效应，在近代易宗夔《新世说》的传播中也体现了出来。易氏在《自序》中说，自己幼年即酷嗜刘义庆的《世说新语》，成年后即留心记载有清一代的逸闻掌故，后来便仿《世说新语》体例编成《新世说》，不过，《新世说》较之于《世说新语》也有明显不同，即前者更尚写实纪实，后者则更尚清谈空灵。蔡元培在《新世说》的跋语中称此书"几乎无一字无来历"，可与正史相互印证，这点明显与刘义庆专尚清谈者

不同。这种观感是符合实际的。这种侧重纪实的写法也是比较典型的笔记小说的路数。《贤媛》门、《惑溺》门等多叙女性情事，小说家言的味道更是浓厚。如柳如是殉钱宗伯（《贤媛》门）、香妃生而体有异香（《贤媛》门）、陈圆圆声色甲天下（《惑溺》门）、傅彩云情系瓦德西（《惑溺》门）等，这些篇章的史料价值未必大于其艺术价值，一般读者更易于被其生动的叙述和人物的命运所吸引。

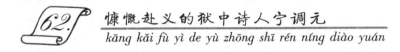

62. 慷慨赴义的狱中诗人宁调元
kāng kǎi fù yì de yù zhōng shī rén níng diào yuán

辛亥革命胜利后，袁世凯窃取了胜利果实，资产阶级民主革命的使命并未完成，徒有"民国"空名的民国时代仍然是一个血与火的时代。同盟会员的鲜血成为袁世凯专制复辟的祭品。继国民党理事宋教仁在上海车站血溅月台不久，同盟会员、南社诗人宁调元也在同一年即1913年血洒武昌长江水。下枪杀命令的，就是那位在武昌起义中被起义士兵用枪逼上起义军军政府都督席位的所谓辛亥革命首功、中华民国副总统黎元洪。这仿佛就是对资产阶级民主革命党人的莫大讽刺。

宁调元（1883—1913年），字仙霞，又字太一，别号辟支生、林士逸，湖南醴陵人。十二岁时，随父亲学《庄子》、《离骚》，虽不求甚解，却极慕庄子、屈原之为人，崇尚精神自由，为理想献身的信念已在其幼小的心灵中萌芽。后又受业于本县塾师刘师陶。二十岁时入醴陵绿江书院，从经学名家吴德襄学训诂之学。次年，赴省会长沙求学，入省立明德学堂速成师范班第一期就读，曾从执教于该校的革命党先驱黄兴、周震麟、张继、胡□等人上课，深受其革命思想的影响，遂由一旧式私塾学生转变为资产阶级民主革命者。光绪三十年（1904年），加入爱国革命团体"大成会"。光绪三十一年留学日本，入早稻田大学学习法学，在东京加入同盟会。同年农历十月，日本文部省颁布《取缔中韩留日学生规则》，广大留学生罢课以示抗议。宁调元于次年初回国，在长沙与同盟会湖南支部负责人禹之漠组织湘学会。回醴陵后，主持醴陵绿江中学校务，向学生灌输革命思想。后赴上海主编《洞庭湖》杂志。因从事革命活动惹恼清政府，总督端方下令拘捕他，他被迫再次东渡，流亡日本，在东京任《民报》干事。光绪三十二年（1906年）十二月，禹之漠的学生、同盟会会员魏宗铨在湖南发动著名的萍（乡）、浏（阳）醴（陵）起义，宁调元奉孙中山、黄兴之命回国策应。回国后，起义已被镇压，他随后被捕，入狱三年。宣统元年（1909年）获释，同年加入南社。民国建立后，赴北京任《帝国日报》的总编辑。袁世凯用铁血手段镇压民主势力的倒行逆施，遭到革命党人的激烈反对。民国二年（1913年）3月，宋教仁遇刺，江西都督李烈钧拥护孙中山的讨袁主张，宁调元在与李烈钧、熊樾山等商讨讨袁起义时不幸被捕，被黎元洪枪杀于武昌。

宁调元是杰出的资产阶级民主革命党人，又是南社著名的诗人，是真正的战士加歌手。在为资产阶级民主革命献出生命的烈士中，他是为数不多的几个在辛亥革命成功后牺牲在所谓"共和"时代里的烈士之一。他秉承先贤为理想而献身的精神，以湘人特有的勇敢、坚毅和叛逆精神，宣传革命，鼓动奔走，两度入狱，仍然不改其志，并且在狱中写作了近六百首诗歌，堪称狱中诗人。这些诗歌内容大多为歌颂革命，鼓吹民主共和，主张文学应该为革命战斗服务，充分表明他是一位以笔作刀枪、以报刊为阵地的革命诗人。他的诗保存在《宁调元集》中。

宁调元认为诗歌是革命斗争的形式之一，所以，他在《文渠既为余次定〈朗吟诗卷〉，复惠题词，奉题五章，即题〈纫秋兰集〉》一诗中高唱"诗坛请自今日始，大建革命军之旗"。他也以此指导自己的创作实践。鼓吹革命，讴歌民主进步，自然就成为他诗歌中的重要主题。如《感怀四首》组诗，抒发了革命者的豪情壮志和对民主、自由的向往。其中的第一首写道：

> 十年前是一重囚，也逐欧风唱自由。
>
> 复九世仇盟玉帛，提三尺剑奠金瓯。

丈夫有志当如是，竖子诚难足与谋。

愿播热潮高万丈，雨飞不住注神州。

这组诗写于 1906 年刚从日本返回时，此诗明确提出了建立西方式民主自由新政体（奠金瓯）的主张，用暴力革命（提三尺剑）推翻满清帝制，报满人入关、统治压榨汉族历经九世的民族之仇，并愿为之鼓吹奔走。诗歌激情澎湃，颔联用一、三、三句式，巧妙别致，音节顿挫，气势如注，表现革命者的豪情和积极进取精神。此类诗还有《燕京杂感》、《从军行》。

作者两度入狱，且在狱中写下大量的诗篇，这些诗守节励志，义薄云天，表现了一个革命者革命的本色和使命。如《丙午被捕作于巴陵县署》之一："正当腊尽与冬残，铁锁锒铛带笑看。赢得卫兵差解事，傍人镇日骂昏官。"此诗写于 1906 年 12 月。当时诗人回湖南策应萍浏醴起义，事败后被捕入狱，系于湖南岳阳县狱。诗歌以大无畏的气概笑对满清的锁链镣铐，对清朝爪牙充满嘲弄，表现出革命者无所畏惧的战斗精神。再如《七律次韵和同狱某》：

胡垒荒凉劫后灰，可曾报国有谓埃。

善哉地狱能先入，耻以歧途误后来。

意土正然烧炭党，法皇卒上断头台。

相看异日风云会，莫漫伤心赋大哀。

这首诗也写于第一次入狱期间。诗人为了革命理想，宁愿先入善哉地狱，并且以法国大革命、意大利资产阶级独立运动相鼓励，虽身系囹圄，但对未来充满希望，表现出大无畏的英雄气概和革命乐观主义精神。诗歌慷慨激越，音韵铿锵，是进步的鼓点，是自由的号角。诗歌巧于用典，以意大利烧炭党人的革命比喻同盟会等革命党人的坚忍不拔，以法皇路易十六被法国大革命推上断头台喻示清帝国必将被革命党人推翻，比喻用典，新颖贴切。其他如"鬼雄如果能为厉，死到泉台定复仇"（《岳州被捕口占》），"不管习风与阴雨，头颅尚在任吾狂"（《读史感书》）等，无不充满着战斗的豪情，表现出至死不渝的坚定信念。

在宁调元的诗中，鼓励革命同志、悼念革命烈士也是重要的内容之一。如《哭禹之漠烈士二首》：

> 雄演光芒百丈扬，湖南民气一时张。
>
> 昨朝凝望天心阁，觉有余音尚绕梁。
>
> 千古英雄巨浪东，壮心未展吐长虹。
>
> 石榴五月红如火，谁识思君泪更红。

同盟会湖南支部负责人禹之漠在湘乡领导学界反对盐捐浮收运动时，被以"哄堂塞署"的罪名拘捕，光绪三十二年（1906 年）1 月 5 日被害。作为战友，宁调元惜之、悼之、念之，赞扬烈士精神永存。他的《吊秋竞雄女侠十首》之一："舍身革命苏菲亚，奇气吞胡花木兰。巾帼有君能雪耻，神州愧死百千男。"歌颂秋瑾这位不让须眉的革命先驱。此类诗还有《哭陈天华七律二首》、《哭杨卓林武士二十首》等。

袁世凯上台，资产阶级民主革命受挫。宁调元在诗中也表现了对民主革命的悲哀。如《残棋》称："一局残棋尚未终，纷纷铁骑下东蒙。可怜五族共和史，容易昙花一现中。"它把诗人对袁世凯的不满，对革命党人的惋惜，对中国共和前途的迷惘都表现了出来。《武昌狱中感赋四首》之一称："拒狼进虎亦何忙，奔走十年此下场！""死如嫉恶当为厉，生不逢时甘作殇。"此诗作于民国二年（1913 年），作者第二次入狱，对革命党人的失误深表不满、失望，对革命党追求民主、共和的信念坚定不移。虽然清朝灭亡了，民主革命却失败了，这种矛盾、苦闷也使作者陷入新的思考、探索中，其心灵的迷惘、痛苦可想而知。

宁调元的诗充满革命激情，直抒胸臆，慷慨悲壮，不拘形式，平中见奇，雄浑沉郁，具有奇瑰、雄壮的美感。

63. 江苏诗界革命大纛：金天羽
jiāng sū shī jiè gé mìng dà dào: jīn tiān yǔ

在辛亥革命前夜，资产阶级革命派先驱为探寻拯救中国的道路，不惜抛头颅，洒热血，"拼将十万头颅血，须把乾坤力挽回"，纷纷组织起义，屡战屡败，屡败屡战，前仆后继，可歌可泣。一些革命志士在拿着刀枪、怀揣炸弹的同时，为启蒙民智，宣传革命，又抄起诗笔，作为匕首和投枪，用他们的热情和心灵，写出了一篇篇爱恨交织的诗文，直刺摇摇欲坠的满清封建体制，召唤着一代代后来者。他们是战士，又是诗人。其中，号称"江苏诗界的一面大纛"的金天羽，就是这样一位先行者。

金天羽（1874—1947 年），初名懋基，字松岑，号壮游，后改名天羽，又名天翮，号鹤望，笔名金一、麒麟、爱自由者，自署天放楼主人。江苏吴江县同里镇人。他四岁入私塾，十二岁通九经。于书无所不读，厌科考，好谈兵书地理，喜周游山川。曾写有《长江赋》、《西北舆地图表》，颇负时名。曾任南菁书院山长。光绪二十四年（1898 年），督学以舆地兵学荐试经济特科，辞不赴，在乡兴办教育。光绪二十九年（1903 年），赴上海加入爱国学社，结识学社之章炳麟、蔡元培、邹容等；倡言革命，并回吴江同里镇成立中国教育会同里支部，介绍柳亚子等加入。邹容被捕入狱，他前往探视，为蔡寅与邹容传递密信。为留日学生在东京出版的《江苏》杂志写过一篇《国民新灵魂》，目的是"光复汉土，驱除异族"。他又以"爱自由者"的笔名在《江苏》1903 年第八期发表小说《孽海花》，称以"赛（金花）为骨，而作五十年来之政治小说"。写了六回，他认为"以小说非余所喜"，故转请曾朴续之。同时翻译了鼓吹女界革命的《女界钟》、鼓吹俄国自由思想的《自由血》，以及日本人宫崎寅藏（别名白浪庵滔天）所著的最早介绍孙中山革命活动的书籍《三十三年落花梦》。因他不通日文，不能直接翻译，都是把别人的日文译本加以润饰。这些著述经他宣扬，风行一时，为扩大孙中山革命活动的影响、传播民主进步思想起到了积极的推动作用，也使他成为当时东南一带颇负盛名的革命家、思想家、文学家。1903 年 6 月，"苏报案"发生后，金天羽遁迹乡里。辛亥革命后，他曾出任江苏省议员。1923 年任吴江县教育局长，1927 年任江南水利局局长。在五四运动前后，金天羽像当初《国粹学报》派的许多成员一样，思想渐趋保守。他后期生活主要从事教育工作和诗文创作。30 年代初，寓居苏州，与章炳麟、陈衍创办国学会。抗日战争时期，任上海光华大学教授。卒后门人私谥曰贞献先生。

金天羽像许多早期资产阶级革命者一样，早年思想激进，鼓吹革命，刊有《孤根集》。自邹容"苏报案"发生后，他受到很深的刺激，遂离沪返乡，创立"自治学社"，从事讲学。他在天放楼所贴集句的门联有"空有文章惊海内，欲回天地入扁舟"之句，透露出他已"百念俱灰"，离开了革命队伍，寄情于诗文学术中了。作为战士，金氏早年的启蒙、革命功不可没；作为歌手，金氏才华横溢，思想敏锐，拥有多方面的文学创作成就。政论文、小说、诗、词均有建树。而诗作成就尤高，卓然成为大家。

金天羽早年写作了大量政论文，鼓吹革命。最有代表性的就是《国民新灵魂》。此文从各个侧面剖析中国"国民之魂"的病症；指出要葆有中国文明自有之精华，"兼采他国之粹者"，加入"五大原质"以分化重铸。这种重铸国民新灵魂的主张，与后来鲁迅所倡改造国民性的主张是一脉相承的，显示出其思想的敏锐性、深刻性及进步性，表现出批判的锋芒。

与《国民新灵魂》写于同一年的小说《孽海花》，乃是有感于"拒俄运动"而写的揭露政治腐败的小说。金氏本身擅长人物传记，曾在《新小说》杂志上发表《论写情小说与新社会之关系》，后因自认为"究非小说家，作六回而辍笔"，交由曾朴续写。经曾朴的改造扩展，刊出后风行天下。但连曾朴也承认金氏作为《孽海花》的最初"造意者"，功不可没。金天羽也颇工词，量虽不多，但深得辛弃疾、屈大均词之神理，又不失周邦彦、姜夔之淳雅，有《红鹤山房词》。

金天羽的文学成就主要体现在诗歌创作上。他精于古典诗歌的创作，博观约取，又不乏创新精神，"极尽用旧形式写新内容之能事"，赋旧体以新精神。在他的诗歌中，保持着高度的政治热情。他善于用诗歌表现国内、国际重大题材，从甲午中日战争，写到 1945 年第二次中日战争中方的胜利。第一次世界大战，第二次世界大战，在他的诗歌中都有反映。他是旧体诗创作中独树一帜的人物，被钱仲联评为"在诗的领域里，可以与人境庐媲美"的卓然大家，是"'诗界革命'在江苏的一面大纛"（《三百年来江苏的古典诗歌》）。他的诗保存在《天放楼诗集》、《天放楼诗续存》中。

金天羽自称"余诗有律令，不趁韵，不咏物"（《咏莼》），"喜昭旷闳伟之作"（《再答苏戡先生书》），其豪宕雄浑的风格，不同于清末的复古赝品，不仅题材广泛，风格多样，且富有创造性。概而言之，其诗可分为三个大类：

第一类，政治时事题材。多写国内国际重大事件，所谓"国闻海事，隐显毕具"（高旭《天放楼诗集跋》），属于优秀的政治抒情诗。写国际题材的有《读黑奴吁天录》、《读利俾瑟战血余腥记》、《读秘密使者》、《黑云都》、《咏史》等，多关涉各国重大事件，《虫天新乐府》则概括一战以来欧美各国的大事件，笔调诙谐。写国内时事的有《政变》、《感事》、《辽东》、《金陵杂事》、《辛亥纪事》等，从题目即可看出其强烈的现实性和时代精神。至如讽刺袁世凯称帝的《嵩山高》"千人指，一朝死。南面王，东流水。五岳骏极嵩当中，愿天不生帝子生英雄"。表现出鲜明的革命派立场和爱憎感情。

第二类，农村题材和田园诗篇。金氏出身农家，十岁时即练笔写田园生活，他在《田家新乐府》序中说："吾家世以田园为生，所居又僻在江乡，日夕观农事，心焉乐之，为谱乐府以旌三农之劳。"故其中的《秧田歌》、《水车谣》、《渔家乐》、《稻上场》均写得欢快明丽，清新自然而又不拘格式，充满农家生活气息和民歌风味。庚子事变后，这种欢快之音被农家在种种剥削压迫下发出的悲苦之声所取代，如《悯农》、《金阊行》、《挑菜女》等。在这类诗歌中，诗人对劳动者充满同情，用贴近他们的语言，描写他们生活中的喜怒哀乐，语淡而情长。

第三类，借纪游而抒怀。如《吊长兴伯荒祠》，怀念南明抗清英雄吴易，寄托对反清事业的期望。《谒张仓水墓》，凭吊明末抗清英雄张煌言；《颐和园同游者鄞县王镂》，由游园而联想到圆明园之焚，寄托忧国之怀。《车中望居庸关放歌》、《重过居庸遂登八达岭至长城之颠》，纪游写景不忘抒发"平生解忧国，穷理观得丧"之思。这些诗将历史与现实，生活与想象融合在一起，纵横铺陈，雄奇绮丽，有岑参、李贺之奇瑰，又有庾信、杜甫之悲凉沉郁，以传统形式写出时代脉搏来，既得到时人章炳麟、陈衍、张謇等诸家好评，也得到后代学人的认可。

64. 民国豪放才女：吕碧城
mín guó háo fàng cái nǚ：lǚ bì chéng

中华民国时期，有这样一个才女。她能书会画，通晓音律，擅长舞蹈；同时她又是一个奇女子，性情豪放似男儿，受西方教育的影响，她抱定独身主义，终生未婚。她就是南社著名女诗人——吕碧城。

吕碧城，号圣因，1881 年生于安徽旌德。她的文采得益于自幼在书香门第里的耳濡目染。她的父亲是凤岐太史，家有姐妹四人，都受过良好的教育。大姐惠如任南京西江女子师范校长，二姐美荪任奉天女子师范校长，三姐坤秀任厦门女子师范国文教师，碧城则任天津女子师范校长。她们姐妹四人都从事教育工作，且都以文学著名，成为一时佳话，为人所称赞。

说起吕碧城参加教育工作，还有一个小小的渊源。她胸襟开阔，性情豁达，具有新思想，不甘做个普通的闺中女子。由于性情如此，某年她只身由旌德赴天津，常常想起要有所作为，干出一番大事来，无奈没有伯乐现身，前途渺渺，旅居舍中，百无聊赖之余，她撰写了一篇文章寄给《大公报》。当时《大公报》的主编英敛之看到这篇文采斐然的文章后，对碧城的才学大为赏识，便介绍她和严复认识。严复见碧城文采卓然又不落窠臼，因此留她住在自己家中。于是，她跟随严复学习逻辑。严复又为她举

荐，认识了学部大臣严修。严修见碧城性情、才学非同一般女子，是个女中丈夫，便荐她担任北洋女子师范校长。

吕碧城曾跟从樊云门游学。云门称她为侄，在给她的信中写道："得手书，知吾侄不以得失为喜愠，巾帼英雄，如天马行空，即论十许年来，以一弱女子，自立于社会，手散万金而不措意，笔扫千人而不自矜，乃老人所深佩者也。"樊云门的短短几十字，对碧城豪放自谦的性情、"笔扫千人"的才学，无疑又是一个肯定。对吕碧城才华赏识的，还不止上述几人。一次，她赴苏州访老名士金鹤望。金鹤望老先生约她江中一游，特雇了汽艇，邀请费韦斋、彭子嘉作陪。从这里也不难看出，碧城的才学的确卓然不群。

作为一个才女，吕碧城的诗词当然是出众超群的。龙榆生编的《近三百年名家词选》，就把她的词作为三百年词家的殿军。由此可见，吕碧城的文采非同一般，无愧才女这一称号。她的"捷足吴娘气亦雄，笋与高驾耸危峰。浮生半日销何处，尽在寒山翠条中"，可谓一首上乘佳作。她早年所作的诗词中有不少绮语。如："来处冷云迷玉步，归途花雨著轻绡。"又如："微颦世外成千劫，一睇人间抵万欢。"又如："人能奔月真遗世，天遣投荒绝艳才。"这些文笔优美的词句为当时人所传诵。她不但接受中国的文化教育，而且还汲取了西方的先进文化及先进思想。她一度曾到西欧去旅行，撰写了《鸿雪因缘》及《欧美漫游录》。她著有《信芳集》，上面有她一张身穿西欧洋装的小照，既有男儿的洒脱豪放，又不失女子的娟然风致。她又有《晓珠词》一册，在其跋中谈及了她的思想变化过程，虽只是一个短短的思想变化过程的记述，却表现了她的文学功底非同一般。她不但诗词、文章写得好，而且作的画也是有情有致的。但由于后来居于海外，没有毛笔，作画也就辍止了。因此，她遗留下来的画幅很少。吕碧城的才学不仅表现在诗词作画上，而且她晚年对佛学也有研究。她的房中悬挂观音大士像，她常常以清规戒律来劝化人。她说："人类侈谈美术，图画雕刻，一切工艺，仅物质之美，形而上者，厥为美德。"又谓："世界进化，最终之点曰美，美之广义为善，其一切残暴欺诈，皆为丑恶，譬之盗贼其行，而锦绣其服，可谓美乎？况以它类之痛苦流血，供一己口腹之快，丑恶极矣。欧美有禁止虐待牲畜等会，未始非天良上一线之光明也。"

吕碧城的性格放诞风流，当时就有人把她比作《红楼梦》中的史湘云。她不但精通中国古文化，而且对西方习俗也有甚多了解。特别是擅长于西方的交际舞。她能在一片悠扬婉转的乐声中，翩然起舞，而不顾旁人目瞪口呆地站在那里。吕碧城洒脱优美的舞姿，开了上海摩登风气的先例。她的性格不羁，又有几分固执。她的姐姐美荪，诗才不在碧城之下，两人因一点细故而失和。碧城游玩归来，她的亲戚朋友劝她不要在姐妹之间闹脾气，她却不置可否。亲友们又劝她，她却返身向观音礼拜，亲友们见她如此固执，拿她没办法，也就作罢了。

吕碧城特别喜欢小动物。她养了一对芙蓉鸟，每天亲自喂食。她还养了一只狗，被一个洋人的汽车碾伤。她请律师和那个洋人交涉，并送她的爱犬去兽医院，等到狗的伤完全好后，她才罢休。这件事之后约在1925年间，襟霞阁主编的一份报纸上载有《李红郊与犬》一文，吕碧城认为他在故意影射自己，侮辱她的人格，便诉之于法庭了。襟霞阁主躲避到吴中，化名沈亚公。她不知其踪迹，便登报曰："如得其人，当以所藏慈禧太后亲笔所绘花卉立幅以酬。"襟霞阁主终日足不出户，郁闷之余，撰写了长篇小说《人海潮》一书作为消遣，半年后才得以脱稿。这件事后由钱须弥出面调解，才作了结。

第二次世界大战爆发后，她由欧洲移居香港，在山光道买了一幢精美的小洋房，后又迁居莲苑佛堂。1943年1月24日殁于香港。遗嘱云："遗体火化，把骨灰和入面粉为小丸，抛入海中，供鱼吞食。"这和她早年的愿望有所变易。原来她游吴中邓尉，爱香雪海的胜景，有"青山埋骨他年愿，好共梅花万祀香"之句，今日看来，此句只成个空愿罢了。

南社诸女子，秋瑾以革命文学著称，而诗文独绝、性情狂放的奇女子吕碧城，在近代文学史上也可谓"独树一帜"。

65. 关中美髯公：于右任
guān zhōng měi rán gōng：yú yòu rèn

古老厚重的关中平原，东有函谷关，南有武关，西有散关，北有萧关，盆居四关之中的乃称关中。关中八百里秦川，土地肥沃，山灵水秀，民风淳朴，文化悠久，曾是周、秦、汉、隋、唐等十一个王朝的建都之地，又是司马迁、白居易、寇准、苏武、班固、孙思邈、柳公权等著名人物的桑梓之乡。在这片被称作"秦中自古帝王州"之地，在 19 世纪末，又出了一位中国近代史上的风云人物。此人姓于名伯循，字右任。他不仅是举世闻名的爱国志士，而且也是著名的诗人和书法大家。

于右任于清光绪五年三月二十日，即 1879 年 4 月 11 日出生于西安府三原县东关河道巷一户贫苦人家。时值清政府昏庸无能、丧权辱国，中华大地正处于内忧外患、水深火热之中。连年战祸和自然灾害造成民生凋敝，苦不堪言。

于右任的父亲于新三（宝文）因家境所困，在于右任出生前去了四川谋生，家里重担全落在母亲赵氏身上，而赵氏因家境贫困，体弱多病，终致身染沉疴，在于右任两岁时去世，临终托孤于嫂嫂房氏。

房氏因生活上困难甚多，便携于右任到娘家陕西泾阳县杨府村居住。在杨府村，于右任进了由旬邑儒人第五伦的后代第五先生授课的马王庙私塾，开始了启蒙读书。因于右任天性聪慧，刻苦好学，深受第五先生爱护。

于右任十一岁时，受教于名噪秦中的知名塾师毛班香（字经畴）先生，于右任在毛班香那里读书九年，学习经书、诗文及书法，特别是学了毛先生的严谨治学之道。毛先生专心一致的精神令于右任很受启发。尤其难得的是毛班香的父亲毛汉诗（亚苌）也是一位饱学之士，尤善草书，日常给学生讲习示范，这使年方十一二岁的于右任很早就受到中国书法艺术的熏陶，并对其产生浓厚的兴趣。于右任后来以草书闻名于世，号称"草圣"，与这位老先生的启蒙和影响很有关系。在毛家私塾从学的九年可以说是于右任日后成为诗人、书法家的启蒙阶段。说到于右任对做诗感兴趣还有这样一则小故事：

有一天，于右任为毛先生料理馆务，在毛先生的书架上，发现了文天祥和谢枋得的两册诗集残本。试读之后，只觉"声调激越，意气高昂，满纸的家园兴亡之感"，他不禁诗兴大发，从此领悟了做诗的门径。

于右任从少年跨入青年的十年中，学业有长足的进展，除本人努力和毛氏父子教诲外，还"得益于庭训为多"。其父于宝文虽只读过两年村塾，却勤奋好学，博览群书，常将历年所得之书寄往家中，指点于右任学习。光绪十五年（1889年），于右任父亲带着继母刘氏回到三原。晚上在家里父亲为督促于右任读书，常常与儿子一起在灯下互为背诵。背时皆向书一揖，背不熟则夜深相伴不寝。后于右任在《斗口村扫墓杂诗》中记云：

> 发愤咏诗习贾余，东关始赁一椽居。
>
> 严冬漏尽经难熟，父子高声皆背书。

"父子相揖背文章"的故事，一时在三原传为佳话。

清光绪二十一年（1895年），于右任十七岁，时清廷赵芝珊督学陕西。于右任以优异成绩荣获"案首"，始入三原县学。后又在三原宏道书院、泾阳味经书院、西安关中书院求学深造。在此期间，他阅历渐广，眼界大开。光绪二十四年（1896年），戊戌变法的思潮如春雷启蜇，使刚好二十岁的于右任感到振奋和鼓舞。这年，提倡新学的叶伯皋担任陕西学使，叶先生下车伊始，观风全省，出了试题让学生做。在收来的答卷中，叶先生对于右任的文章倍加赞赏，喜不自禁地在试卷上批上"西北奇才"。受到叶先生的赏识，于右任声誉渐起。

光绪二十五年（1899年），陕西大旱。于右任因年轻有为而被任命为三原粥厂厂长。光绪二十八年（1902年），兴平知县杨吟海仰慕于右任之名，礼聘于右任去兴平，于右任欣然前往。武功、兴平一带是周武开基之地，名贤名将史不绝书。在兴平期间，他借古喻今，写了这样的慷慨诗句："柳下爱祖国，仲连耻帝秦。子房报国难，椎秦气无伦。报仇侠儿志，报国烈士身。寰宇独立史，读之泪盈巾。逝者如斯夫，哀亡此国民。"表达了他忧国忧民的思想和宏伟抱负。

于右任年幼名伯循，后以"右任"名世。"任"为"袵"简写。袵，衣襟也。在我国古代，少数民族服装的前襟都是向左掩，异于中原一带民族的右袵。于右任简化"右袵"二字为字号，表明了其民族意识和救国志向的日渐增长。

光绪二十九年（1903年），于右任以第十名中举。同年，他的第一本诗集《半哭半笑楼诗草》出版。因此书触犯清廷，遂被清廷以"逆竖倡言革命，大逆不道"罪名通缉。

于右任被迫流亡上海。在上海，他接受了新兴的资产阶级民主革命思想，并受到当时中国有名的教育家、宗教学家和社会活动家马相伯的赏识和器重，进入马先生创办的我国第一所私立大学——震旦公学。后因教会派人代理主持震旦公学，学生纷纷退学。在这种情况下，于右任协助马相伯建立了复旦大学。此后，于右任又创办了中国公学和上海大学。

在复旦期间，于右任对保皇派把持舆论十分气愤，他经过辗转活动，筹措资金办了《神州日报》，后报社毁于火灾。于右任又先后创办了《民呼日报》、《民吁日报》、《民立日报》，其基本宗旨是为民请愿，仗义执言。

《民立日报》在辛亥革命中起了革命喉舌的作用，受到孙中山先生的称赞。民国肇始，于右任被任命为交通次长。在任期间，他废寝忘食，串脸胡一连好多日子顾不上刮，以至胡子竟拂到脖颈以下，同事便打趣地叫他"美髯公"，他听后也不禁哑然失笑。后来习惯了，干脆不刮，"美髯公"之名，大抵由此而来。

袁世凯死后，于右任出任陕西靖国军总司令，与高峻、耿直、胡子翼等攻打北洋军陕西督军陈树藩，后又与直军作战。驻陕时期，他促成了渭北水利委员会的建立，修建了泾惠渠，使泾阳、三原、高陵一带数十万亩农田获灌溉之利，当时被誉为"关中灶神"。除兴修水利，他还致力于民智开发。1920年，于右任主持在三原西关原国民小学基础上扩建创办了民治小学校。这些利国利民的善举颇受民众赞誉。

于右任一生正直廉洁。1931 年，于右任就任南京国民政府监察院院长。他一向对国民党上层的争权夺利、互相倾轧和贪污腐化现象深恶痛绝。他一旦发现贪官污吏，不论职位高低，都敢于具呈国府提出弹劾。有这样一件事：在重庆时，监察院揭发了一起数额骇人听闻的大贪污案，被弹劾的是蒋介石左右的权要人物。于右任坚决执行职权进行弹劾，蒋介石却故意拖延，庇护这些人。于右任一气之下，坚辞院长职务，移居成都，以示抗议。其高风亮节，使周恩来也深为赞叹。

于右任一生不辍书法。即使在兵戈铁马的战争年代，他仍坚持日日临摹、习字。他的书法，以草书最为著称，国内外对其有"中国草圣"之誉称。于右任认为"写字如同作画，应求天然浑成"，追求神似。1932 年，于右任又倡导在上海创立了标准草书研究社，致力于草书标准化、规范化的工作，这对中国文化事业的发展起了积极的作用。

于右任天性豁达，为人正直廉洁，美髯飘逸，挥洒人生，其风范为后辈景仰，其经历给人以启迪，实属后人之楷模。

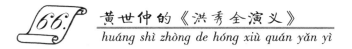

66. 黄世仲的《洪秀全演义》

huáng shì zhòng de hóng xiù quán yǎn yì

洪秀全领导的太平天国革命运动，是近代历史上影响最大的农民革命。它虽然失败了，但在人们心目中留下了难以磨灭的印象。不少作家用生动的文字描写了这场革命，创作出感人的文学作品。黄世仲的《洪秀全演义》即是其中之一。

黄世仲，清末人，字小配，亦作配工，别号禺山世次郎，广东番禺人。青年时，他和哥哥伯耀去南洋谋生，南洋华侨各工界团体因他善于写作，十分敬重他。当时南洋发行一种《天南新报》，宣传维新变法思想，他便经常为其投稿，发表政见。后来担任香港《中国日报》记者，与章太炎一起著文与康有为展开论战，宣传反清革命。以后又参与创办《世界公益报》、《广东日报》、《有所谓报》，并自创办《少年报》，宣传革命思想，

对海外华侨影响极大。

黄世仲先参加了兴中会的外围组织三和堂，后正式加入同盟会，被选为香港分部交际员，后又被选为庶务员，除继续进行文字宣传外，还奉命联络广东革命党，从事更实际的革命活动。辛亥革命后，被举为广东民团局长，后因与都督陈炯明不和，被陈逮捕入狱，终于借胡汉民之手，以"侵吞军饷"为名杀害。

《洪秀全演义》五十四回，1905 年起连载于香港《有所谓报》和《少年报》；1906 年，香港《中国日报》社印行单行本，章太炎为之作序，除对洪秀全领导的太平天国革命给予高度评价外，对该书也作了充分的肯定。章太炎当时是革命家，文章也很著名。他因从事反清革命被捕入狱三年，备受艰苦，而革命意志毫不动摇，出狱后到日本主编《民报》，文笔犀利，声名大著。他为该书作序，扩大了它在社会上的影响。作者黄世仲自己在卷首也有序文，并附例言二十二条，指出他写作该书的目的，是要把被清政府颠倒了的历史颠倒过来，宣扬革命思想，激发人们的革命热忱。他对太平天国起义和太平天国的人物表示了无限的崇敬，给予了高度的评价。

《洪秀全演义》从清廷奸相穆彰阿弄权乱政开始，说到两个青年志士钱江和冯云山的会合，洪秀全与诸人深山结义；然后从联保良会开始，历述洪秀全金田起义，太平天国革命武装由小到大，由弱到强，进而定都南京，挥师北上；直至杨秀清被杀，石达开出走，李秀成支撑危局；而终因洪秀全优柔寡断，坐失时机，开始走向覆亡；对太平天国末期以前历史上的大事件，都有生动具体的描述。作者高度赞扬了太平天国将士万众一心，不怕牺牲，"共挽山河，救民水火"的英雄气概，塑造了一批革命意志坚定，气度恢弘，有勇有谋，视死如归的英雄形象，尤其着意描写了钱江、冯云山、李秀成、林启荣、林凤翔等人。如写林启荣守"当数省之冲"的九江府，"独能坚守孤城，断敌国交通之路，时历数年，身经百战，巍然不移"。第四十七、四十八两回写曾国藩、胡林翼、官文等以全国十余万兵力，分兵五路会攻九江，天国将士在林启荣的率领下，英勇奋战，清兵死尸枕藉，城破之日，仍然拼死巷战，无一人投降。他们慷慨赴义，英勇牺牲的精神可歌可泣，动人心魄。而将士们之所以能够如此，是因为将领林启荣"镇守九江几年，最得人爱戴，每有战事，莫不甘为效死"。书中通过一些真实可信的具体描写，塑造出一个感人至深的太平军将领的高大形象，歌颂了太平天国的政绩。书中对冯云山、钱江的"观变沉机"、"料敌决胜"，李秀成、石达开的"智勇气量"，陈玉成、萧朝贵、李开芳、李世贤的"勇毅精锐"，都有生动的叙述。作者特别推崇李秀成，认为是"古今来第一流人物"，对他的身历安危，豁达大度，出奇制胜，用兵如神，写得有声有色。对林凤翔的"老将神威，所向无敌"，但因一时好胜，不听劝阻，孤军深入，以致"功败垂成，就义以殁"，也写得很出色，使读者既为他的一往无前、直捣北京的革命勇气而高兴，又为他的在胜利面前看不到面临的巨大危险而着急，为他的功败垂成而惋惜。由于作者黄世仲直接参加了反清革命，"蓄虑积愤，亦既有年"，故能认真收集太平天国遗闻轶事和古老传说，用了三年的时间，以极大的热情来叙述这些人物，使之栩栩如生，呼之欲出。该书线索大抵以《太平天国战史》为依据，学习、模仿《三国演义》的体例加以穿插组织，主要历史事件大体符合史实，人物故事情节又有创造虚构，在历史真实和艺术真实的关系上处理得较妥当。

太平天国革命运动轰轰烈烈地进行了十二个年头，席卷大半个中国，沉重打击了以清王朝为代表的封建地主阶级势力和帝国主义势力，它虽然失败了，但留给后人宝贵的经验和教训。《洪秀全演义》通过形象的描写指出了一些应该作为后人借鉴的东西，是有积极意义的。

小配擅长小说，除《洪秀全演义》外，还有《官海升沉录》、《廿载繁华梦》和《五日风声》行世。

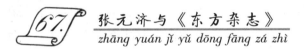

张元济与《东方杂志》
zhāng yuán jǐ yǔ dōng fāng zá zhì

　　从一家不起眼的小型印刷厂到名满海内外的文化重镇，商务印书馆走过了一条曲折、漫长和充满荆棘与辉煌的道路。在它的发展史上，有一个人的名字是值得时时提起和不该被后人遗忘的，他就是张元济。

　　张元济，字筱斋，号菊生，浙江海盐人，生于清同治六年（1867 年），1959 年 8 月以九十三岁高龄逝世于上海。从 1902 年进入商务印书馆直至逝世，张元济参与、主持和督导"商务"近六十年，使之从草创初期的简单印刷企业，转变为集编辑、印刷、出版发行及其他文化事业为一体，以协助教育、传播文化为经营宗旨的出版巨人，在中国近现代出版史上留下了极为浓重的一笔。

　　早年的张元济，走的是一条传统士子的道路。他七岁入私塾，十八岁应科举，中秀才，二十三岁中举人，二十六岁赴京会试，又中了进士，并授职翰林院。若没有什么变故，他的一辈子便有可能这样一直走下去。但甲午中日战争改变了这一切。历来被清王朝目为蕞尔小国的日本竟然将堂堂天朝打得一败涂地，这使张元济受到了很大的震动，他开始倾向维新，并参加了戊戌变法。变法失败后，张元济遭到了革职处分。后经李鸿章介绍，他离京赴沪，受聘于交通大学的前身——南洋公学，任译书院院长。

　　戊戌变法的失败，促使张元济作进一步的思考。他在给当时南洋公学主持者的一封信中写道："国家之政治，全随国民之意想而成。今中国民智过卑，无论如何措施，终难骤臻上理。"于是他将眼光转向了民众教育和启蒙上。在此期间，由于业务关系，他结识了商务印书馆总经理夏瑞芳。1902 年，张元济辞去南洋公学职，正式加入商务印书馆，任编译所所长，主持书刊的编行，从而将自己的一生精力，投入到了为教育启蒙服务的出版业当中。

　　此时的商务，成立不过五年，在众多的书坊、小印书局中尚属不起眼的角色。张元济到任后，在夏瑞芳的大力支持下，抓住契机，主持出版发行了大量深受国人欢迎的书籍。首先是编写各类教科书，由于商务版的教材兼顾各方特点，质量上乘，很快形成了巨大的影响，营业之盛，冠于全国，一来大大提高了商务印书馆的知名度，二来则为中国近现代教育事业做出了极大贡献。除了教科书，张元济还注重出版有关西方文化学术思想的译介著作，如严复的《天演论》、《群学肄言》、《原富》，及林纾、伍光建译的西方小说等，均为商务首倡，一时风靡全国。商务印书馆还编纂了不少字典辞书，如《英华音韵字典集成》、《华英字典》等，都是我国最早自编的外语字典，而历时八载方成的《辞源》，更是影响深远。除了书籍，张元济也很注重期刊的作用，而要说到商务版的期刊，则首推《东方杂志》。

《东方杂志》是按照张元济的想法创办的，自甲午战争以来，张元济一直在思考日本强大的原因，并提出要向日本学习。创办于1904年3月的《东方杂志》，正是以"启导国民、联络东亚"为宗旨，主张联日抗俄。张元济聘请他的乡试同年，曾编过《清稗类钞》的徐珂担任主编，内容除了自撰社论外，经常选录各种报刊的时论、记事、要闻和诏书、奏折等。三十二开本，每本十万多字，近似文摘性刊物。我国人民最早读到的高尔基的作品，即是《东方杂志》1907年第四卷发表的吴梼译的《忧患余生》，即《该隐与阿尔齐姆》。从1911年第八卷第一期起，在张元济的建议下，杂志进行了大改良，改为十六开本，每本二十万字，用洁白报纸西式装订，并取消谕旨等官方文牍，按现代学科分门别类，广征名家撰述，逐渐成为现代化的综合性杂志。厚重的内容、精美的装帧加之低廉的售价，《东方杂志》受到了读者的欢迎，销数达到了万份以上。

1914年，商务印书馆总经理夏瑞芳因反对沪军都督陈其美驻兵闸北，被陈遣刺客暗杀。这使得张元济不得不将自己的工作侧重点转向经营、管理等事务性工作方面。1916年4月，他正式卸去编译所长职，改任经理，不再主持书刊的编发工作。此时新文化运动方兴未艾，《东方杂志》作为广有影响的大刊物，却缺乏明确的政治立场，思想趋于保守和稳健。因而遭到非议。陈独秀于 1918 年发表《质问东方杂志记者》一文，抨击《东方杂志》及其主编杜亚泉，罗家伦也在 1919 年撰文对商务版的几种杂志进行批评。张元济原本也是主张保守与稳健的，但新文化运动的兴起，特别是五四运动后各种社会思潮的涌动，使他意识到杂志应当顺应世界之潮流。1919 年年底，在他提议下，陶惺存接替杜亚泉主编之职，对《东方杂志》进行改造，增加社会科学类论著，发表资产阶级各种学派学说，也刊登进步的政论文章。鲁迅、瞿秋白、夏丏尊等名字也不时在杂志中出现。1925 年五卅运动期间，《东方杂志》出版临时增刊，声援工人、学生的反帝斗争。1932 年 10 月胡愈之负责编辑后，杂志思想内容更趋向于进步。抗战爆发后，各界名流学者在《东方杂志》上积极著文，号召全民抗战，刊物的社会影响日益扩大，销量增至五六万份，为宣传抗日起了很大作用。终因战火，数度迁移，先长沙，再香港，后重庆，1946 年 1 月迁返上海，但刊物的水平已经开始下降。1948 年 12 月停刊。共出四十四卷，每年一卷。

张元济于 1920 年 5 月交卸商务印书馆经理职务，改任监理，退居二线。对于《东方杂志》的编辑、出版和发行，除了几次极为必要的行政上的建议与干预外，他并没有进行太多的插手。他所做的，主要就是从文化教育与传播的角度着眼，为杂志的创办提供一个大体的方向，并凭借个人声望为杂志吸引大量人才和创造宽松的办刊环境。而且，从张元济一生的功绩看，发行期刊只是其中很小的一部分，远远比不上张氏前期的编纂教科书和后期的大规模的古籍整理，也比不上他以实干家的身份围绕商务印书馆建立的一项项文化实业工程。但无论如何，《东方杂志》，这份旧中国刊行时间最长的大型综合性期刊，能出自张元济所主持的商务印书馆门下，这绝不是偶然的。

68. 辛亥革命烈士的绝命诗

xīn hài gé mìng liè shì de jué mìng shī

孙中山先生领导的辛亥革命，是中国历史上具有伟大历史意义的革命运动。这一革命的胜利，是无数革命先行者用鲜血换来的。它虽然发生在1911年10月10日，但是它的酝酿，却始自清光绪二十年（1894年）兴中会的成立，迄止于1915年反对袁世凯称帝的斗争。在这长达十二年的岁月里，无数革命先烈，为了推翻反动黑暗的清王朝政权，为了祖国的繁荣和昌盛，赴汤蹈火，在所不辞；他们抱着杀身成仁、舍生取义的战斗精神，抛头颅，洒热血，献身于革命事业，创造了许多可歌可泣的事迹。他们虽然不是诗人，却也为我们留下了许多热情洋溢、热血沸腾，壮志雄心如狂飙怒火般的绝命诗，表现出有如与日月同辉的凛然不屈、视死如归的气概。

邹容（1885—1905年），字蔚丹，四川巴县人。出身富商家庭。1902年赴日本留学，走向革命。1903年4月参加黄兴等发起的"拒俄义勇队"，后回国，在上海参加章炳麟、蔡元培等组织的爱国学社。1903年6月章炳麟因"苏报案"被捕，邹容为了救护革命同志，于7月1日挺身而出，投案自首。1904年被判监禁二年。在狱中邹容与章炳麟唱酬，表现出大无畏的英雄气概。二人有联句诗《绝命词》二首：

> 击石何须博浪椎，群儿甘自作湘累。
> 要离祠墓今何在？愿借先生土一抔。

> 平生御寇御风志，近死之心不复阳。
> 愿力能生千猛士，补牢未必恨亡羊。

表现出愿以自己的牺牲，唤起千百万革命力量的坚强信念。

朱元成（1876—1907年），字松坪，湖北江陵人。1904年在武昌发起成立日知会革命团体，并到清军兵士中去做发动军队响应革命的工作。后来到日本和同盟会联系，1906 年被孙中山派遣回国，做湖南同盟会起义的策应工作。不幸事泄，与其他八人一起被捕，1907 年死于狱中。临死前作《绝命词》：

> 死我一人天下生，且看革命起雄兵。
>
> 满清窃国归乌有，到此天心合我心。

决心誓死推翻满清统治，实现自己的革命理想，表现出愿以自己一个人的牺牲换取天下同胞幸福的革命乐观主义精神。

秋瑾（1879—1907 年），字璿卿，别号竞雄，又号鉴湖女侠。浙江绍兴人。1904 年春赴日本留学，积极投身革命，加入光复会、同盟会，1906 年回国，在浙江组织光复军，筹划起义。1907 年因起义计划泄露而被捕。就义前五天，她给她的女弟子徐小淑写了一首《绝命词》：

> 痛同胞之醉梦犹昏，悲祖国之陆沉谁挽！日暮穷途，徒下新亭之泪；残山剩水，谁招志士之魂？不须三尺孤坟，中国已无净土；好持一杯鲁酒，他年共唱摆仑歌。虽死犹生，牺牲尽我责任；即此永别，风潮取彼头颅。壮志犹虚，雄心未渝，中原回首肠堪断！

生死诀别时仍雄心未变，革命的坚决彻底精神，溢于字里行间。

赵声（1873—1911 年），字伯先，江苏丹徒人。曾去日本考察军事，回国后，就全身心地投身革命斗争。1908 年参加黄兴领导的广东钦廉起义。1910 年被推为香港同盟会总部部长，1911 年 4 月同黄兴一起领导广州起义。失败后，悲愤积劳病死。写有《赠吴樾》诗四首，其中一首写道：

> 一腔热血千行泪，慷慨淋漓为我言：
>
> 大好头颅拼一掷，太空追攫国民魂。

赵声和吴樾曾一起策划暗杀清军将军端方，计划失败后，二人互相赠诗，表明共同的决心，要用自我牺牲的行动来感召广大人民，使他们提高觉悟，坚持革命到底。

白毓昆（1868—1912年），字雅雨，号铣玉，江苏南通人。同盟会天津主要负责人之一。武昌起义后，他奔走于北京、天津、张家口、滦州一带，策划武装起义。1912年1月3日成立北方军政府。后被出卖，殉难。起义前作有《绝命诗》一首：

慷慨舌胡羯，舍南就北难。
革命当流血，成功总在天。
身同草木朽，魂随日月旋。
耿耿此心志，仰望白云间。
悠悠我心忧，苍天不见怜。
希望后起者，同志气相连。
此身虽死了，主义永远传。

在当时中国南方已经为革命势力控制的大好形势下，北方却仍遭受着清政府的蹂躏、践踏，白毓昆积极奔走许多地方，策划发动武装起义，不辞辛劳，意志坚定，决心慷慨赴死，激励民众，使自己的革命理想永远流传下去。

熊朝霖（1888—1912年），字其贤，贵州贵阳人。1904年进湖北陆军学校，开始宣传民族革命，深受卢梭、孟德斯鸠思想影响，写有《革命思想》一书。1912年赴滦州，担任敢死队队长，在同清军的作战中英勇杀敌，后被俘，慷慨就义。《绝命诗》是他临刑前写下的四首诗。其中第二、第三首写道：

夷祸纷纷愧伯才，天荒地老实堪哀。
须知世界文明价，尽是英雄血换来。

男儿死耳果何悲，断体焚身任所为！

寄语同胞须努力，燕然早建荡夷碑。

这种男儿大丈夫宁死不屈的精神和慷慨赴义的思想，震撼人们心灵。

黄之萌（？—1912年），字季明，又字继明，贵州贵定人。1908年参加云南河口起义，1910年夏到北京做秘密工作，发现袁世凯的狼子野心，准备把他杀掉。1912年1月15日夜间，在刺杀袁世凯时被捕，随即遇害。就义前写绝命词。诗云：

朔风砭骨不知寒，几次同心是共甘。

在昔头皮拼着撞，而今血影散成斑。

天悲却为中原鹿，友死犹存建卫蛮。

红点溅飞花满地，层层留与后人看。

仇亮（1875—1915年），原名式崖，字蕴存，湖南湘阴人。1903年赴日本留学，回国后一直在军队工作。1912年在北京主办《民主报》，专门攻击袁世凯的罪行。1915年被捕遭屠杀。他的《绝命诗》共两首，其中一首写道：

祖龙流毒五千年，百劫残灰死复燃。

碧血模糊男子气，黄袍娇宠独夫天。

那堪新莽称元首，定有荆轲任付肩。

世不唐虞心不死，望中凄绝洞庭烟。

从这一组《绝命诗》中，我们不仅领略到辛亥革命烈士的风采，而且感受到这一伟大革命是用一代人鲜血书写成的不朽业绩！

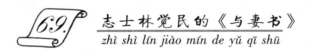
志士林觉民的《与妻书》
zhi shi lin jiao min de yu qi shu

1911年广州起义前，在总部研究、安排完起义的具体部署和行动计划后，林觉民一个人回到自己的住处。这时，已经是 3 月 27 日的凌晨。

近几天来，日以继夜的工作，但却没有丝毫的睡意。为了明天，他强迫自己睡一会儿。这样，林觉民就和衣半躺在床沿上。谁知，那自觉革命即将胜利的方寸之心，仍激动难捺。他又翻下床来，紧了紧刚刚松弛的领带，在小屋里踱着步子。忽然想起，似乎还有一件该做却还未做的事情。这就是最后还应该给远在福州的妻子写一封信。他开始构思信的内容。接着，他就坐在桌前，展开一条白布方巾，迅速地写上"意映卿卿如晤"六个字。刚一落笔，却又思绪万千，眼前浮现出了妻子意映的容貌。他想起自己在日本庆应大学接到黄兴、赵声联名给自己的通知后，就立即与几位同志赶回香港，一到香港，又迅速召集福建籍的同盟会会员，讨论、安排这次起义的许多事情。那时，自己整天忙于工作，几乎是废寝忘食，有时，竟没时间喝一口水。特别是当想起自己能亲自参加孙中山先生在槟榔屿（今属马来西亚）提出的广州起义计划时，心里就有说不出来的激动，这时，其他事情，也就都让位给它了。他想，从光绪三十三年（1907 年）以来，革命党人在孙中山的领导下，在华南沿海、沿边地区，连续发动了七次武装起义，可惜自己都没有能够亲自参加，使自己杀身成仁、舍生取义的精神无法体现；也空负了自己抛头颅、洒热血，献身革命事业的理想。现在时间到了，怎能不忘我地投入呢？林觉民眼前出现了一个极为辉煌的场面：从此两广就会成为中国革命根据地，然后挥师北上，汇合江河流域闻风响应的革命队伍，直捣北京，推翻清朝，实现孙中山"驱逐鞑虏，恢复中华，建立民国，平均地权"的十六字革命纲领。这时，他热血沸腾，难以自控。

林觉民想到这里，就又迅速在下面写了："吾今以此书与汝永别矣！""永别"二字，忽然又让他鼻孔一酸，四五年前一个晚上与妻子的谈话，不由地也呈现在自己眼前。他两人相偎而坐，他还搂着妻子的肩膀，抚摸她的手，卿卿我我地说了很长时间的家常话。这时，儿子依新出生不久。看着他们爱情的结晶，面对纤弱娇小的爱妻，他就忘乎所以地谈到了死。不料，这一说，温馨的家庭，立刻卷起了轩然大波，温柔的意映，大发雷霆，还哭闹起来，熟睡的宝贝儿子，也被这场愤怒惊醒了。他耐心地向她解释，从他对妻子的爱的深沉，到妻子瘦弱的身体，繁忙的家务，儿子的抚养的各个方面，说了原因。才让她安静下来。想到这里，林觉民眼中的泪水，滚滚洒落在方巾上，已经写下的一行字，浸湿了，墨渍缓缓地向周围扩散。在泪珠和笔墨齐下的情况下，他几乎再无法动笔。他想搁笔不写，又放不下笔。他担心妻子久居家室，不完全理解自己当年出于对她的一片挚诚，怕她在自己死后无法承受的悲哀，就又忍痛含悲地写了下去。

他写道，自己完全出于对妻子的"至爱精诚"，才说出"勇于就死"的话。接着又从三个方面，精心细致地作了说明。

一方面，他通过自己对妻子的"诚愿与她相守以死"的"至爱"，反复表明自己坚贞不渝的感情，说明"即此爱汝一念，使吾勇于就死也"。也正是这一笔，勾引起他无限的怀念，他想起了他们婚后的幸福生活。那后街屋后小厅旁的房子，那新婚后的窃窃私语，何事不语、何情不诉？那窗外的疏梅筛月影，依稀掩映，二人并肩携手，说长道短，心心相印。一切全浮现在眼前。妻子好像就坐在他的身旁，他不由自主地又一次掉下了眼泪，泪湿方巾，无法继续写下去。忽然，又想起六七年前的一桩往事。当时由于投身革命，他曾一个人离家外出，后来回到家里，妻子见到自己，哭着说："希望你以后再出门远行，一定告诉我一声，我也好随你一块去，有个伴儿。"自己满口答应了。谁知，这次从日本回国后，回家时，本想乘便把这次来广州的事告诉给她，但是，在她跟前几次想说，都没有说出口。加上她当时已经是怀有身孕的人了，怕她知道后，悲伤过度，自己只好每日喝酒浇愁。其实，自己当时面对妻子的内心悲伤，实在无法形容。林觉民正是通过上述四件事情，说明自己对妻子的"真真不能忘"，也正是这种"真真不能忘"的"至爱"，才为了她"勇于就死"。

另一方面，他又从当时中国的"事势"，谈到广大人民群众的正身处水深火热之中，"国中无地无时不可以死"。特别是当他想起不久前发生在自己身边的一些事时，就更加义愤填膺，无法平静。曾在南洋做工的同盟会会员温生才（1870—1911年），奉命从马来西亚回国，接受了暗杀清军水师提督李准的使命，由于布置不周，结果在 4 月 8 日误将广州将军孚琦击毙，温生才也当场被捕，慷慨就义。这一事件，引起广州当局高度的戒备，广州起义的计划也不得不提前进行。同志们的鲜血与杀身成仁的精神，激发了大家的革命决心，个个以身相许，决心舍生取义。这一幕，使他在方巾上疾书："吾自遇汝以来，常愿天下有情人都成眷属；然遍地腥云，满街狼犬，称心快意，几家能够？"

第三，林觉民想到自己的儿子依新已经五岁，转眼成人，自己有了继承人，也无后顾之忧。一时心中更加坦荡、欣慰，"死无余憾"。

灯下正在写着，忽然室外响起沉重的脚步声。他知道这是清军在巡逻。不大一会儿，四鼓的更声敲响了，他给妻子的诀别书也完成了。

这封只有一千多字的绝命书，既写出了革命之情，也道出了夫妻情，而且字字真挚，句句情深，更说出了一个伟大的真理。这就是：没有全民族的解放，就不会有个人的自由；个人的幸福要服从革命的要求。它洋溢着的革命志士抛头颅、洒热血、杀身成仁、舍生取义的伟大精神，与日月同辉！

由于形势的急转直下，广州起义只好提前。4 月 27 日凌晨，二十五岁的林觉民，义无反顾地投入战斗。作为敢死队队员，林觉民臂缠白布，随起义军司令黄兴从小东营机关出发，一起攻入两广总督衙门，擒杀管带金振邦，击毙守卫。总督张鸣岐穿壁潜逃。他们接着放火焚毁督署，到东辕门外同清军水师提督李准的卫队接战，互有伤亡。随后又攻袭了练公所，与清军展开短兵相接的巷战。后来，在同清巡防营的激战中，林觉民不幸身负重伤，被捕。刑讯时，他仍慷慨陈词，宣传革命思想，痛斥腐败的清政府。不久英勇就义，成为黄花岗七十二烈士之一。他的这封《与妻书》，也成为中国革命史上的一份十分珍贵的文献，同样与日月同辉。

70. 言情作家徐枕亚和周瘦鹃

yán qíng zuò jiā xú zhěn yà hé zhōu shòu juān

在整个中国小说史中，言情小说应占一席之地；在整个中国言情小说史中，鸳鸯蝴蝶派应占一席之地；在整个鸳鸯蝴蝶派中，那些堪称言情能手的作家也很难让人忘记。

徐枕亚和周瘦鹃，就是让人难以忘记的两位鸳鸯蝴蝶派的作家。他们的成名均在近代，尽管后来因政治等原因，他们都曾试图解释自己的创作不属于鸳鸯蝴蝶派或不属于典型的鸳鸯蝴蝶派，不愿意被人戴上"鸳鸯蝴蝶"的帽子或标记，但人们却普遍将他们目为"鸳鸯蝴蝶派"中的代表作家。

的确，徐枕亚和周瘦鹃都是晚清民初兴起的"鸳鸯蝴蝶派"中的很有代表性的作家。他们的作品本质性地显示了该派的言情特征，淋漓尽致地状写风情万种、悲喜万端的爱情故事，其专注、其投入、其执迷、其沉醉的情形是那样醒目，所以要想从大时代的要求的角度来批评言情小说，真是太容易了。但言情小说并不因为自身的"狭窄"，而主动放弃自己的存在权利，反而以通向"永恒主题"的深切体悟和表达，赢得了不同时代的许多读者。尤其是那些对爱情有深切体验和观察的作家，其言情之作常能显示出恒久的艺术魅力。

徐枕亚（1889—1937 年），名觉，字枕亚，别署徐徐、眉子、泣珠生等，江苏常熟人。曾进过私塾、师范学校等，当过小学教员。热衷于创作，从中学时代就开始写诗文小说。后来当了《民权报》编辑，便在该报上连载自己的第一部长篇小说《玉梨魂》。不料一炮而红，赢得了众多读者。严芙孙在《全国小说名家专集》（云轩出版部 1923 年 8 月版）中介绍徐氏说：

> 枕亚生平呕心的著作要算《玉梨魂》和《雪鸿泪史》这两部书了。这两部书曾经再版数十次，销数在几十万以上，连得香港和新加坡等处都翻版不绝。……他的夫人蔡蕊珠，去冬病殁，他曾有悼亡词百首刊布，满纸哀音，不忍卒读。据枕亚说，那几首词是自己血泪染成的，恐怕是句实话呢。他自从悼亡以后，又有一个别署叫做"泣珠生"，也可见得当日他们伉俪的情好了。

由此可以理解，众多读者对徐枕亚的成名作《玉梨魂》给予厚爱，仍是有其道理的；其创作也并非无病呻吟的矫情之作，而每每融入了自己在爱情生活上的丰富体验。因而，徐枕亚的言情小说相当真挚，不仅《玉梨魂》如此，其《刻骨相思记》、《双鬟记》、《秋之魂》、《雪鸿泪史》等也是如此。

徐枕亚又曾担任过中华书局的编辑，主编过《小说丛报》、《小说季报》等，还加入了南社。徐氏之母颇专制，每欺儿媳，导致家庭不和，枕亚夹在母、妻之间很难处，嗜酒，写作，是他排遣心中苦闷的方式。其妻亡故，使其生活备感凄凉，后亦郁郁而死。这样的作家写出一些哀感顽艳、动人心扉的言情小说，应该说是自然而然的事情。

周瘦鹃（1895—1968年），原名祖福，改名国贤，号瘦鹃，别署泣红、紫兰主人等。与徐枕亚一样，是江南才子。求学期间即习作不断，一七岁便投稿，被《小说月报》所采用，受到鼓舞，更加热衷于写作，不久便结识了善写鸳鸯蝴蝶的名作家包天笑，得其提携，作品多有发表，成为鸳鸯蝴蝶派的"新秀"。瘦鹃早年家境贫寒，曾热恋一位西名紫罗兰的大家闺秀，因门户差距太大而成泡影，这对他的情感和创作都产生了很微妙的影响。他将种种爱恋之思升华为如梦如诉的言情小说，既为排遣，亦为充实，还赢得了新的红粉知己。当他于1917年结婚时，证婚人包天笑在介绍年方二十二岁的周瘦鹃时，说他"是个爱情小说的老作家，他那言情之作，不知道有多少。我们见了他，便好似读一篇言情小说……"（见《小说画报》1917年6月号）。在通体都散发着红玫瑰、紫罗兰之类花香的周氏作品之中，言情的凄艳和抒情的柔婉让人感到特别的"女性化"，就像他的名字一样。在他所擅长的短篇小说里，一个个爱情故事翩翩而至。《恨不相逢未嫁时》写一个画家追求绝色美人，偶遇一位花貌玉影的妙龄女子便一见钟情，苦苦追求，然而终因罗敷有夫，难酬心愿，遂使他欲哭无端，丢魂失魄；《此恨绵绵无绝期》写一个芳容长驻的女子，在伤残的丈夫和潇洒的旧友之间荡起感情的秋千，二者皆难割舍，但后来情人生离，丈夫死别，使她备感"天长地久有时尽，此恨绵绵无绝期"。在瘦鹃

小说中的情爱描写，有着许多变式，但万变难离其宗，唯情唯美的倾向使他难逃讥评。然而他的命运和整个鸳鸯蝴蝶派的命运一样，既时或遭受贬斥与鄙视，又时或受到喜爱和眷顾。尽管后来周瘦鹃因形势变化而放弃了玫瑰色的小说，移家苏州，经营起了"周家花园"，甚至还在"文革"中受到迫害，投井自杀，但他的小说仍然有其难以泯灭的生命力，他的言情小说被不断地重编重印便是明证。

徐枕亚和周瘦鹃同属鸳鸯蝴蝶派，有其注重言情、曲尽风情的共同旨趣，但据其文体，二人又有区别：周瘦鹃侧重师法"史汉"文风，故属鸳派中的"史汉支派"；徐枕亚则自觉地师法传统的"骈文"文风，被有的学者视为鸳派中的"骈文支派"。后者较前者更加柔美凄艳，从内容到形式都充分"鸳鸯蝴蝶"化，以"有词皆艳，无字不香"的对偶排比等骈体文法，将成双成对的鸳鸯蝴蝶们也符号化了。但这种"卅六鸳鸯同命鸟，一双蝴蝶可怜虫"式的传统文法，其模式化的陈腐，又的确限制了言情小说艺术的进一步发展。

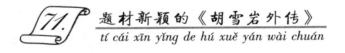

71. 题材新颖的《胡雪岩外传》
tí cái xīn yǐng de hú xuě yán wài chuán

在晚清，有两部以商业为题材的小说，为近代小说增添了新内容，这就是大桥式羽的《胡雪岩外传》。

《胡雪岩外传》一开始，就给我们推出了一个大兴土木的画面，这就是金融巨子胡雪岩在杭州建造私人花园。这个私邸花园完全是按照西湖的样子修造的，也可以说就是西湖景观的微缩。花园内有一个假山，耗银八万，还有错落有致的十六院建筑，这是专供他的妻妾居住的，每人一院，都安有电话，以便夜间招寝之用。假山周围分别布置了许多江南园林的景致，如踏雪寻梅呀，唱戏打醮呀，摆酒设宴呀的亭台楼阁，个个精致，个个富丽豪华，就像皇家御园一样。园内还养了一批清客帮闲，给主人装点门面，吟唱助兴。

小说接着就写了胡雪岩在这花园里糜烂的私生活。他花天酒地、醉生梦死，以至彻底失败。

胡雪岩是晚清的一个真实人物，名光镛。从李慈铭的《越缦堂日记》光绪九年（1883年）十一月初七所记可以知道，他是中国近代史上的一个大金融家，东南一带的大侠，他经营阜康钱庄，曾一度主宰当时国家的经济命脉。由于他同外国资本家的交往十分密切，国家所借贷的外国资金，实际上都是从他的钱庄支付的。这样，他凭着重息，很快地就发了大财，成为浙江一带的金融巨子，垄断了江浙许多行省有关借贷，以至"大役"、"大赈"的金融支出。因此，得到朝廷的器重，委官江西候补道，后升至布政使，"阶至头品顶戴，服至黄马褂，累赏御书"。胡光镛暴发后，极尽奢侈荒淫之能事，在杭州营造私邸，全部按皇家的规格建造，并请西洋人设计建造。园中"所蓄良贱妇女以百数"，这些女人，又大都是他"劫夺"来的。此外在江浙一带的其他地方还修建居邸很多处。阜康钱庄，势力极大，杭州、上海、宁波都有它的分支机构，每天收、支都高达千万。京师里的许多王公、大官，都把钱存在他的钱庄，希望能拿到高息。谁知钱庄倒闭，有的亏折百余万，有的却只得数百金。

《胡雪岩外传》基本上是根据胡光镛的事情演义而成的。可惜作者并没有把自己的笔墨重点放在胡雪岩的为何经营钱庄，并通过他的这一业绩表现晚清数十年间的金融界情况，也未能写出当时商场、金融界的具体活动情况，而是完全放弃了这个经济巨人的经济活动，用更多的篇幅写了他糜烂的私生活，因而极大地削弱了这部作品的认识价值与历史社会价值。尽管这样，《胡雪岩外传》总还是为近代小说史增加了新颖的题材。

由于深受传统的"抑商"思想的影响，在《市声》和《胡雪岩外传》中，总是有带有谴责性质的对商人们私生活的过多描写。

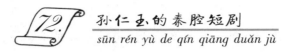

72. 孙仁玉的秦腔短剧
sūn rén yù de qín qiāng duǎn jù

在陕西易俗社剧作家群中，孙仁玉是最勤奋的一个。他一生创作各类剧本一百六十多种，有连台本戏，也有大型本戏；有历史剧，也有现实剧；有时事剧，还有科学剧。他的一百二十多种秦腔短剧，是他戏曲创作的精华所在，像《柜中缘》（1915 年 3 月）、《三回头》（1914 年 6 月）、《镇台念书》（1914 年 11 月）、《白先生看病》（1918 年）、《将相和》（1912 年 8 月）和《若耶溪》等，成为盛演不衰的剧目，享誉神州大地，以至驰名海外。

《柜中缘》的主人公许翠莲，是一个质朴的农村小姑娘，少出闺门，未经世面，腼腆得甚至见不得生人。在母亲和哥哥面前，天真烂漫，憨厚朴实，显得十分聪明伶俐，稚气未脱，可是一些世俗成见的影响，在她那单纯的心灵中自然形成了一种接近成人的理性束缚。情窦初开的她虽然足不出户，但却也经常坐在门外做女红，那花呀草呀，蜂呀鸟呀，以至虫呀蝶呀，似乎也能引诱她的情怀。她是一个怕招闲话、怕惹是非，只恋着花花草草的小家碧玉。当她母亲与哥哥去舅家时，家中就留下她一个人。她不愿像蚕儿作茧自缚自己，就打开大门，呼吸新鲜空气，并坐在门口做针线。随着新鲜空气的袭来，一个被官兵追捕的少年李映南也闯进她家大门。这件意想不到的事情，如急风骤雨般地敲打着她的心扉，腼腆又阅世不深的少女，又该如何对待这一突然事件？她一时手足失措，不能见死不救的正义感与世俗间的男女隔阂，使她难解难分。就在这种情况下，气势汹汹的追兵冲进家院，她急中生智，把李映南隐藏在家中唯一的衣柜里。李映南免遭灾害，她也舒了一口气。谁知追兵刚走，她哥哥淘气回来偏偏要从柜中给母亲取东西。此时，一边是惊魂未定的李映南，一边是哥哥无边无际的盘查追问。饶有情趣的是哥哥的追问，竟给她越来越大的勇气和智慧。待母亲回来，打开柜子，发现这一美少年，关心儿女婚事的母亲，心领神会地成就了这一桩中婚缘。

《镇台念书》写一对中年夫妻因读书识字所引起的一场小小的风波。现任三品武官总镇张曜文绉绉地出场了。作为一方总镇，手中握有重兵，又威震一方，但却目不识丁，现在竟然听从妻子的劝告，一本正经地读起书来。夫人做先生，丈夫屈身称弟子，家庭也做了学堂。先生给学生还定了许多规程：背不出书、解不了词、念不了字，要打板子。总镇倒十分虚心说："背不过就拿板子打，大丈夫说话岂出狂言，真管我面子上不好看，夫妻们就当师弟一般。"话倒说得在理、干脆。但到真的背不出时，夫人一下子当真起来，事情就复杂了。特别是这位官高位显的学生刚要摆出挨打的架子，想假意儿应付一下时，忽然丫环在旁边低声哂笑，竟触动了"学生"的尊严，一番辩驳，请求饶过这一次。这位"先生"也不凡，她内衙掌印，老爷的一帆风顺，又多咱少过她文才与笔墨的功劳？这样，老爷不好惹，夫人不能惹，师生间僵持起来。僵局总得打开，事情偏偏那么凑巧，抚台衙门下书的人来了，带的又是重要的书信，还要立等回文。这就使老爷不得不求人。求谁？师爷不在，夫人"罢工"，火燎眉毛。看不懂书信，就去数落丫环，骨子里头却是暗指夫人，口头上硬，脊梁骨却早软了。熟悉老爷性格的夫人，自然早已看出了老爷在这种场面中的色厉内荏。但她也有她的面子，有当"先生"的尊严。当然老爷对夫人的秉性也熟悉，不赔礼、不回话，是下不了台的。这样，就给"先生"作了个揖。果然，刚拱手，揖还未到，夫人就破颜笑了。一看来信，老爷又加官晋爵了。这下，官一升，书益发要念下去了，谦虚的自然又是老爷，往日的"夫唱妇随"，变成了今天的"妇唱夫随"，"学生"跟"先生"后堂又读书解字去了，一场引人发噱的"劝武人读书"的喜剧也结束了。

《三回头》是一出家庭生活小戏。吕鸿儒把女儿荣儿嫁给许升，许升原来是一个"论容貌他原来十分俊样，论才情他也有满腹文章"的青年，后来二老下世，就跟上无赖子任意张狂，变成了一个"又吸烟又赌钱"的浪荡公子。荣儿苦口相劝，他执意不听，还要休妻。吕鸿儒无奈，只好同意女儿同他离婚，带女儿回家。这时，许升却不忍与荣儿分离，迟疑起来。吕鸿儒催女儿回家，但荣儿刚挪了几步，回头见丈夫擦泪伤心，就不忍分离，借口衣箱未锁，想回屋看看，在父亲催逼下只得起步；再回头，又见丈夫哭得更伤心，眼泪湿透衣袖，泪水牵动着她的心，她又借口屋里面缸没有盖，求父亲慢走一步，好让自己安顿好家事。这时老父生气了，叫她快走，她觉得休书都写了，"我已不是人家的人了，还管什么面缸"，跟父亲走了几步，但脚却不听指挥，待她第三次回头看丈夫时，许升竟哭出声来，哭得更加伤心，她又借口要骂他一场，"泄一泄满腹肮脏"，要求父亲在门外稍等。父亲走后，她苦口婆心地数落了许升一顿，并表示出坚决要走的样子。许升苦苦相求，保证从此一改旧习，努力学好。吕老久等不见，进屋去看，夫妻双双求情，戏也就在这种欢乐声中结束。1921 年易俗社在武汉演出时，一个观众看后，默默地向舞台上放了十几块银元，说："这个戏真好，正是我家庭的写照。"

《白先生看病》是以"提倡平民教育"为目的的。作者以漫画式的手法，把某些社会渣滓赤裸裸地暴露在光天化日之下。在这个戏里，我们看到一个漂泊浪荡、专门骗人的"白失神"，他卖假药，坑害群众。发人深思的是造成这种现象的愚昧无知，使这位白先生有机可乘。《将相和》与《莫耶溪》都取材于历史故事，前者写蔺相如以国家民族利益为重，不计较个人得失同廉颇和好，热情地宣扬了国家民族利益的高于一切；后者则批判了"不自查察，笼统模仿的通弊"，正像作者序中所说："盖一人与一人情形不同，一家与一家情形不同，一国与一国情形不同。故同一品业，在人或足以强身，在己或足以致病；同一生业，在我或足以盈利，在他或足以破产；同一政策，在人或足以兴邦，在己或足以亡国……欧化东渐，中国士子，对于西方学说，不察其适合国与否，鼓吹之，模仿之，几乎人步亦步，趋亦趋，……咏西施，意不在西施，愿阅者会其意，谅其心，对欧美抉之别采择，毋笼统模仿。"

孙仁玉（1872—1934 年），名瑗，字仁玉，陕西临潼人。清末举人，同盟会会员，陕西修史局修纂。1912 年同李桐轩共同创办陕西易学伶学社，后担任该社社长、评议长、编辑部主任等职，一生编创戏曲剧目一百六十多种，以小戏、喜剧见长，与范紫东共称易俗社"双璧"。

他的《看女》与《小姑贤》都是现实小戏，前者讽刺一些妇女偏爱女儿嫌弃媳妇；后者写姑嫂间的新型关系，喜剧色彩浓厚。《沉香亭》、《白云阁》、《弹侠记》、《马古香》、《翠微洞》、《斗龙船》、《新劝学》、《鸿大王》、《好商人》等，都各有特色。

73. 民主革命先驱孙中山的诗文
mín zhǔ gé mìng xiān qū sūn zhōng shān de shī wén

刀剑折戟沉沙，狼烟四起狂虐，半壁江山，半壁残梦。万仞峭崖，千丈浪头，屹立着一个坚强的巨人，深邃的目光中一丝丝沧桑，广博的胸怀中几缕缕悲壮。他——中华民国的缔造者孙文，以"天下为公"的气魄，在戎马倥偬的革命生涯中，挥洒诗之正气、文之力量。

孙中山（1866—1925年），名文，字载之，号逸仙，乳名帝象，谱名德明，于香港入教时号日新，从事革命出走日本后又号中山。广东香山县（今中山市）翠亨村人。同治五年十月初六日寅时（1866年11月12日晨）生。

早在从医的时候，孙中山先生就有忧国忧民的意识。当时的中国时局动荡，为了挽救民族危亡，结束了学生生活的孙中山，以为通过"求知当道，游说公卿"，便可以实现自己的理想，于是在长达八千多字的《上李鸿

孙中山像。拂去历史的积尘，中国古人的政治智慧仍能使人感受到历史的启迪。中国传统的大同思想，由中国革命的先驱孙中山先生变成了"天下为公"的理论与实践。

章书》中提出："人能尽其才，地能尽其利，物能尽其用，货能畅其流"是"富强之大经，治国之大本"。不料被腐败的朝廷所拒绝。此后，他毅然摒弃改良幻想，踏上暴力革命的艰险征途。

忙于从事实际革命工作的孙中山写诗不多，从能读到的来看，都是紧密配合革命斗争的，或是抒发革命情怀的，无不充满壮志豪情，鼓舞我们的斗志。

1899 年，孙中山为酝酿组织武装起义，用所写一首七绝《万象阴霾打不开》，作为起义时的联络暗号：

> 万象阴霾打不开，红羊劫运日相摧。
>
> 顶天立地奇男子，要把乾坤扭转来。

此诗浅显自然，明白如话。其中三四句钩锁相连，号召顶天立地的奇男子起来革命，参加武装起义，根本改变"阴霾"的"万象"，以挽救民族的危亡。这一句收束沉雄豪迈、慷慨激昂，使人感到艺术的魅力。

孙中山从创立兴中会到成立同盟会这段时期，也有著名的诗作。在《中山全书》中，就收录了他的《挽刘道一》：

> 半壁东南三楚雄，刘郎死去霸图空。
>
> 尚余遗业艰难甚，谁与斯人慷慨同！
>
> 塞上秋风悲战马，神州落日泣哀鸿。
>
> 几时痛饮黄龙酒，横揽江流一奠公！

这是中山先生沉痛哀悼 1906 年 12 月萍浏醴起义中的死难烈士刘道一的一首七律。诗中有他对革命同志的深切哀惋，对革命友谊的珍惜，更有他对革命事业的热忱希望。一个"雄"字，一个"空"字，蕴含着丰富的内容，抑扬有序，铿锵作响，余音不绝。

1917 年，孙中山完成了《建国方略》。这部著作的《民权初步》和《实业计划》部分，表现了对中国民主化、工业化的强烈愿望。而《孙文学说》部分，又是他不断追求真理的革命实践精神的再现。

1918 年，在《孙文学说》的自序中，孙中山回顾了民国以来的革命斗争，虽然认识到加强革命理论宣传对于推行革命运动的重要作用，但是他并没有总结出革命一再失败的根本原因。在改造中国的问题上，他仍然认为护法斗争是唯一可行的道路，而民国以来的建设"所以一无成就"，重要原因是革命党人于革命宗旨、革命方略"信仰不笃，奉行不利"，受了"知易行难"错误理论的影响。

五四运动爆发后，孙中山对国内封建势力的认识也有明显进步。他连续发表了《改造中国之第一步只有革命》、《救国之急务》和《八年今日》等讲演和文章，开始认识到中国革命的敌人不单是清朝皇帝、袁世凯、段祺瑞等反动头子，而是一个集团，这是他反封建民主思想发展过程的一个飞跃，基于以上认识，他提出了解决中国问题的办法是革命。

辛亥革命步入低潮以后，孙中山先生并没有放弃救国之理想。1919 年他在《护法宣言》中说："须知国内纷争，皆因大法不立，在法律，国会本不能解散，若不使国会复得完全自由行驶其职权，则法律已失其力……今日言和平救国之法，唯有恢复国会完全自由行驶其职权一途。"强烈抨击袁世凯解散国会这一违背共和的行径。孙中山先生正是和鲁迅先生一样，以文章作利刃将其插入敌人的心脏。这也正是中山先生维护共和的坚强意志的写照。

抛开政治历史，探闻一些有关孙中山个人的逸事，我们亦可以领略到孙中山先生诗文的风采。革命时代的他，与秋瑾女士有同志间的友谊。在秋瑾女士英勇就义后，中山先生曾到西湖秋社致祭，并为风雨亭写了"江户失丹忱，感君首赞同盟会；轩亭洒碧血，愧我今招女侠魂"这样至诚至真的句子；而诸如"今秋女士不再生"、"秋雨秋风愁煞人"之句则被传诵不已……

感悟孙中山先生伟大的一生，"光荣地、胜利地通过了一切重大的考验"，这位"伟大的革命先行者"、"先进的中国人"在诗文方面留给我们的也是宝贵的财产。

他的作品先后还有 1896 年的《伦敦被难记》，写的是他由美赴英，在伦敦被清驻英使馆绑架的十二天。1896 年针对德占领胶州湾、俄占领旅顺而写的《中国的现在和未来》；1903 年的《支那保全分割合论》，以及他赴南洋力驳保皇谬论的《敬告同乡书》；1904 年继续与保皇派论战的孙中山，在纽约发表《中国问题之真解决》；1905 年，同盟会成立，他被推为总理，

平均地權 創立民國 恢復中華 驅除韃虜

图为孙中山手书的同盟会纲领。萍浏醴起义是同盟会成立后发动的第一次大规模起义。

撰写了《民报》的《发刊词》，首次提出"民主、民权、民生"的三民主义，成为比较完整意义上的资产阶级革命纲领；1906 年针对袁世凯破坏共和的行径发表了《第一次讨袁宣言》；1917 年，俄国十月革命胜利，孙中山口授朱执信撰成《中国存亡问题》，赴广州成立护法军政府，就任大元帅；1922 年，著名的《孙文越飞宣言》发表；1924 年中国国民党"一大"召开，决定了"联俄，联共，扶助农工"三大政策，孙中山重新解释了三民主义，走上了与中共合作的道路。同年，孙中山发表《北上宣言》。

1925 年，孙中山先生的病情一天天恶化，但仍留下了"必须唤起民众，及联合世界上以平等待我之民族，共同奋斗"的那著名的百字遗嘱，对后人寄予殷切的希望。而今，我们仍能时时想起中山先生遗嘱里"革命尚未成功，同志仍须努力"这两句激励了无数人的话。

1925 年 3 月 12 日凌晨三时，一代天骄、身为民国国父的孙中山先生，永远地离开了我们，但他的精神将永远地鼓舞着后来人前进，再前进！